阳　　光
打在地上

洪子诚　主编

1978—2018 北大当代诗选

北京大学出版社
PEKING UNIVERSITY PRESS

图书在版编目(CIP)数据

阳光打在地上：北大当代诗选：1978—2018 / 洪子诚主编 . —北京：北京大学出版社，2018.8

ISBN 978-7-301-29497-0

Ⅰ.①阳… Ⅱ.①洪… Ⅲ.①诗集—中国—当代 Ⅳ.① I227

中国版本图书馆 CIP 数据核字（2018）第 071641 号

书　　　名	阳光打在地上——北大当代诗选 1978—2018 YANGGUANG DA ZAI DI SHANG——BEIDA DANGDAI SHIXUAN 1978—2018
著作责任者	洪子诚　主编
责任编辑	黄敏劼
标准书号	ISBN 978-7-301-29497-0
出版发行	北京大学出版社
地　　　址	北京市海淀区成府路 205 号　100871
网　　　址	http://www.pup.cn　新浪微博：@ 北京大学出版社 @ 培文图书
电子信箱	pkupw@qq.com
电　　　话	邮购部 62752015　发行部 62750672　编辑部 62750883
印　刷　者	三河博文印刷有限公司
经　销　者	新华书店
	660 毫米 ×960 毫米　16 开本　32.75 印张　468 千字 2018 年 8 月第 1 版　2018 年 8 月第 1 次印刷
定　　　价	79.00 元

未经许可，不得以任何方式复制或抄袭本书之部分或全部内容。
版权所有，侵权必究
举报电话：010-62752024　电子信箱：fd@pup.pku.edu.cn
图书如有印装质量问题，请与出版部联系，电话：010-62756370

目 录

编者的话 / 008

001 骆一禾
先锋 001 / 美丽 002 / 青草 002 / 首遇唐诗——纪念我的启蒙老师和一位老女人 004 / 艺术品 007 / 黑豹 010 / 塔 011 / 诗歌 014 / 为美而想 016 / 为了但丁 016 / 灿烂平息 018 / 壮烈风景 018 / 巴赫的十二圣咏 019

021 清 平
春天的书房 021 / 小小的知情者 022 / 为海子二十年忌日写下的几行诗 023 / 城市或人 023 / 天下人：绿豆 024 / 天下人：旅行 025 / 某青年 026 / 作为雪 027 / 作为我 028 / 端午 030 / 往贤与风景 030

032 西 川
起风 033 / 在哈尔盖仰望星空 033 / 明媚的时刻 034 / 杜甫 035 / 上帝的村庄 036 / 夕光中的蝙蝠 037 / 虚构的家谱 039 / 致敬 041 / 重读博尔赫斯诗歌——给 Anne 050 / 小老儿 051

055 陈陟云
梦呓 055 / 幻觉的风景 056 / 月光下海浪的火焰 057 / 茶马古道 059 / 最后的玫瑰 060 / 黄昏之前 060

062 老 木
形式是我们内心唯一的火焰 062 / S, 快乐的窗帘, 花朵和灵魂 063 /

悼一个朋友死亡 063 / 一种水果 063 / 秋天十四行之一 064

065 海　子
亚洲铜 065 / 自画像 066 / 写给脖子上的菩萨 066 / 打钟 068 / 粮食 069 / 歌：阳光打在地上 069 / 鱼筐 070 / 死亡之诗（采摘葵花）——给凡·高的小叙事：自杀过程 071 / 从六月到十月 072 / 自杀者之歌 072 / 肉体（之一）073 / 祖国（或以梦为马）074 / 面朝大海，春暖花开 076 / 春天，十个海子 076 / 黑夜的献诗——献给黑夜的女儿 077

079 臧　棣
咏荆轲——为1991年秋天的死亡和梦想而作，或纪念戈麦 079 / 未名湖 082 / 我喜爱蓝波的几个理由 083 / 小挽歌丛书 084 / 纪念柳原白莲丛书 085 / 芹菜的琴丛书 087 / 没有一种怀念能胜任这样的出没丛书——写于邓丽君忌日 088 / 纪念王尔德丛书 088 / 作为一个签名的落日丛书 090 / 读仓央嘉措丛书 091 / 母亲的金字塔入门 092 / 我的蚂蚁兄弟入门 093

095 徐　永
想起四川 095 / 火车站 096 / 含着眼泪赞美 098 / 梦想仓央嘉措的夜晚 099 / 映山红 101 / 建德江或当我们这样谈论一条河 102

104 林东威
夜读李商隐 104 / 内心的雪景 106 / 登高：兼与辛弃疾同志商榷 107 / 纪念世界艾滋病日 108 / 看一部美国巨片 110 / 独居日记 111 / 出走 114 / 去年冬天的被动语态 115 / 关于龙树 116

118 阿　吾
对一个物体的描述 118 / 三个一样的杯子 120 / 相声专场 121 / 比赛痛苦 124 / 我们一家都生在河边——为吾儿摩西百日而作 124 / 一年三百六十五句 125 / 我在等谁 127

129 钱文亮

图腾之春 129 / 虚症 130 / 低音 131 / 给 MF 131 / 在大讲堂 133 / 农耕之神（选三）134 / 一天 136

137 哑 石

数数 137 / 拆解 138 / 小巫 139 / 瞅 140 / 欢乐 141 / 喜鹊诗 142 / 飞碟诗 144 / 剖词 144 / 郁轮袍 146 / 果皮箱 147

149 莫雅平

我们之间共同的东西 149 / 被盗的老皮鞋 150 / 甘蔗与傻瓜之歌 152 / 一种穿着衣服的云 153 / 也许我只是业余地活着 154 / 你要照顾好自己的椅子 155 / 喝葡萄酒的不同方式 157

159 蔡恒平

父亲十四行 159 / 预感十四行——给邵燕君 160 / 深居——给茗风 161 / 汉语——献给蔡，一个汉语手工艺人 161 / 流水十四行——给王风 162 / 愿望十四行 163 / 1994年元月的自画像 164 / 立秋十四行 165

166 西 渡

最小的马 166 / 雪景中的柏拉图 167 / 死亡之诗 168 / 颐和园里湖观鸦 168 / 一个钟表匠人的记忆 169 / 秋歌 172 / 微神 173 / 梅花三弄 175 / 挈云——纪念骆一禾 176 / 同舟——为森子而作 177

179 戈 麦

打麦场 179 / 圣马丁广场水中的鸽子 180 / 凡·高自画像 181 / 刀刃 182 / 事物 183 / 金缕玉衣 183 / 最后一日 184 / 梦见美 185

188 洛 兵

梦里水乡（歌词，周笛谱曲）188 / 春天的新娘（歌词，洛兵谱曲）189 / 爱上（歌词，洛兵谱曲）190 / 王建墓 191 / 武侯祠 192 / 晚钟 193 / 早安 193 / 引力波 194

195 麦　芒

怎么样切近现实 195 ／流放 197 ／春日阅读《浮士德》197 ／雨 198 ／冬日中的某一天 199 ／幸福之子 200 ／亲爱的阿莱克茜丝 200 ／赞歌给蓝色的黄昏 202 ／奥德修斯错过的岛 204

205 橡　子

左边的耳朵里有一场弦乐四重奏，右边的耳朵里有一片寂静 205 ／有时也会欣喜 206 ／趁热喝 206 ／永远是夜 206 ／不是，不是 207 ／给女儿 207 ／悲剧的轰鸣声 208 ／抑郁 208

210 周　瓒

长椅上的俩女生 210 ／中转站 212 ／大天使——赠贞姬 213 ／此刻，给爱猫——致一只名叫"white stocking"的小猫 213 ／翼 215 ／永恒 216 ／雪的告白——For Si-an 216 ／变形记 217 ／哪吒的另一重生活 218 ／精卫 220

223 雷武铃

献诗 223 ／平原印象 224 ／冬天的树 225 ／白云（二）226 ／低语 228 ／远山——给塘友 230 ／街边花园 232 ／旅途 234 ／夏夜——给巨文 237

240 雷　格

无锡乌篷船 240 ／玄想中的天鹅 241 ／丁家房（组诗选四）243 ／法国日记（组诗选三）247

251 周伟驰

信念的制造 251 ／对怀疑论者的三分法 252 ／河流 254 ／蜃景 255 ／望星空的人 256 ／我的星座 259 ／深处 261 ／小山水 261 ／卡尔·马克思奔跑 262 ／博喻课 263

267 杨铁军

一条吃满水的船 267 ／短章 268 ／有所思 272 ／沉重的树林 273 ／云上云下 274 ／后来的月光 276 ／牛犄角岭 277 ／丁酉年春回乡即景 278

282　姜　涛

编辑部的早春 282 ／送别之诗 283 ／古猿部落 285 ／网上答疑 286 ／鸟经 287 ／一个做了讲师的下午 288 ／重逢 288 ／人类之诗 290 ／乌兰巴托的雪 290 ／周年 292 ／幸亏——给 Raffel 夫妇 294

297　冯永锋

啊，那来自南方的雨 297 ／满天星 307 ／无解之结 308 ／火车女神 309 ／夜光表 310 ／棕背伯劳 311 ／毕业十年 312

313　程一身

我来到北京 313 ／论灵魂的虚构性——未名湖畔仿佩索阿 314 ／在二七广场 314 ／二重奏：栅栏与灌木丛 315 ／用空气制造 315 ／时代的劳作者 316 ／不朽者预感到自身的死亡 316

318　席亚兵

燕子飞 318 ／村庄 319 ／晴春 320 ／模拟的记忆 321 ／思恋者之歌 322 ／荷东 323 ／江城 324 ／轰轰烈烈，犹如疲劳 325

327　冷　霜

流水十四行 327 ／梳形桥 330 ／影子的素描 331 ／核桃树 333 ／母女俩 333 ／1996 年的一张快照 334 ／《小王子》导读 335 ／在人民大学 337 ／我们年龄的雾 338 ／傍晚读友人论诗信有作 339

340　王雨之

七个小矮人和白雪公主的对话录 340 ／和一对情侣同居——FOR X. X 347 ／与冷霜的一次不期而遇 351

355　胡续冬

在藏棣的课上 356 ／太太留客 357 ／水边书 358 ／祖先——为月半节祭祖而作 360 ／一个雷劈下来 361 ／安娜·保拉大妈也写诗 362 ／犰狳 364 ／白猫脱脱迷失 365 ／IWP 关于社会变迁的讨论会 366 ／娃娃音 368

369 陈 均
毛时代的隐逸诗人——写给朱英诞 369 / 云意诗 371 / 秋色 371 / 田园诗 372 / 生活史的形状 373 / 给另一个人 373 / 河南酱 374 / 电视剧 375

376 王 敖
绝句 376 / 绝句 376 / 绝句 377 / 我曾经爱过的螃蟹 377 / 我的狗不会叫 378 / 鼹鼠日记 379 / 隐居 386 / 回乡偶书 387 / 一个皇帝去找王敖 387

391 余 旸
过年回家 391 / 坟墓 392 / 种红薯 392 / 敬礼——仿庞德同名诗 393 / 叔父们 394 / 乡村记事（选二）394 / 闲聊 396

399 倪湛舸
双栖 399 / 流年 400 / 即景 401 / 无题 401 / 圣像与偶像 402 / 黄金国 402 / 相对论 403 / Invisible Black Matter 403 / Lollipop & Jellyfish 403 / Intimacies of Four Continents 404 / 潮信来，方知我是我 405 / The Burnout Society 405 / 曙光的宽恕 406

407 谢笠知
冬天的一个下午 407 / 黑夜小令 408 / 短歌 408 / 秋虫 410 / 闪电 411 / 小巷 413 / 云南采菌记——给赵星垣 415

421 马 雁
我们的道路——献给 Emma 421 / 热的冷——献给 soumir，和我的灵魂 422 / 母亲——向北岛致敬 422 / 樱桃 423 / 冬天的信——给马骅 424 / 你是我重复的病和甜——为陈志朋 425 / 上苑艺术馆 426 / 沙峪口村 427 / 北京城 428

430 曹疏影
赎 430 / 群山 431 / 小游仙诗（两首）432 / 新年 433 / 除夕 434 / 强盗史 435 / 哺乳 436 / tomatobuddha haiku——给 t 437

438 王 璞
和巴赫有关，和历史有关 438 ／从五道口折返 439 ／宝塔——给李春及一代人 440 ／未竟的事业 440 ／怀远——为新生命而作 442 ／秋兴——为新生命而作 443 ／琐忆：史的交织，读程凯专著，感动而作 443 ／杂咏：赠别刘子凌 444

446 黄 茜
一觉 446 ／给佩索阿 447 ／挖荠菜——赠胡、阿，及诸友 448 ／忧愁 449 ／苏湾 451 ／深红——致 MY 459

461 徐 钺
姆里亚 461 ／夜晚，第二十五个荷马 462 ／序曲 464 ／另一种低语 466 ／真实与虚构——致王风 466 ／钢琴 468 ／秋日 468 ／希望 469

471 王东东
诗 471 ／羞之颂 472 ／谒比干庙 475 ／复仇 476 ／南京 479 ／听琴 481 ／白马寺 482 ／圆明园 483 ／图书馆 484

486 范 雪
爱的劳役 486 ／感时（之一）487 ／出差的旅人 488 ／北京的问好 489 ／美国草坪 491 ／赤道 492 ／一个一般的晚上 494

496 李 琬
见证 496 ／春节 497 ／雍和宫 498 ／"消极的能力" 499 ／探戈 501 ／在海边，克尔凯郭尔 502 ／浪潮 504

505 王彻之
冷和热 505 ／柠檬的等待 506 ／十一月之诗 507 ／密歇根湖 508 ／林荫道 509 ／我从空气中的金色划过 509 ／橙子——给 w 510 ／兵马俑 511

编者的话

20年前的1998年5月,臧棣、西渡编选的《北大诗选1978—1998》由中国文学出版社出版。臧棣在《跋一:三点说明》中说:

> 我和西渡都不承认有"北大诗歌"这回事。这种拒认,部分原因是担心它被混同于"校园诗歌",部分原因是出于诗歌史的考虑;而最主要的原因也许最简单:任何诗人都只承认他们献身于诗歌,而不是臣服于带有地方性或群体性的归类概念。但是,另一方面,我也强烈地感到,在"北大诗歌"这一名称里很可能归结了某些重要的文学现象:当代诗歌的许多变化或多或少都与此有关。

我同意这个看法,也就是并不存在什么"北大诗歌"或"北大诗派"。也同样赞同另外的观点,从这所校园走出的诗人,在精神和诗艺上有一些共同的地方,他们的写作也与中国当代诗歌建立了某种特别的、不大能说清楚的关联。可是,既然已经有了1998年版的《北大诗选》,为什么还要叠床架屋又来编一本?没有别的原因,就是又过去了20年,原来的诗人有了新作,也不断出现优秀的后继者。在这个喧嚣的消费时代,校园里的诗歌情热并未冷却,仍赓续繁茂,这让人感动——

> 它们是真实,宏大的。对短暂,激荡而易于疲惫的生命
> 它们恒久,平静,始终如一的饱满精神,是长存的抚慰。

因此,就有了《阳光打在地上》这个选本。这个本子,可以看作对臧棣、西渡选本的承接和延伸。

在编选原则、体例上,两个选本有相同的地方,也有许多不同。《阳光打在地上》入选诗人有所减少,是想让入选者能有较多的作品展示。另外,在侧重表现校园诗歌文化,和侧重体现诗人的艺术水准上,也有向后者偏移的想法。也就是说,不限于选入他们求学阶段的作品,而更多从"当代诗歌"成就的角度,来考虑诗人和诗作的取舍。限于篇幅,各人名下的作品数量仍是偏少,也无法容纳许多长诗。从初选到最终定稿,篇幅删削几近一半;这是编选者经常遇到的无奈。更重要的是,由于编者眼界和艺术鉴赏力存在的缺陷,佳作的遗漏肯定难以避免。

自20世纪80年代开始,我就关注这个学校的诗歌文化,不断读年轻人写的诗,也认识其中一些引领风骚的翘楚。可是,我从未参加过校园里的任何诗歌活动:讨论会、朗诵会、诗歌节、诗歌晚会等等。按理说,我并无资格编这个诗选,况且也没有人要我做这件事。自告奋勇的原因,一是觉得借这个诗选的出版,可能会为这些诗人提供集体的"自我纪念"的机会,也让后来者有了借鉴和超越的目标。另外的原因,则是长期读他们的作品,作为在语言、情感和心智上的受惠者对他们表达的感激和敬意。

编选过程中,得到许多人的热情支持;西渡、周瓒、冷霜、钱文亮、姜涛、高远东、清平、臧棣等提供许多资讯,对人选和作品提出不少建议,并告知我一些诗人离开学校后的去处和联系方式,这里要特别表示感谢。没有这些

支持，这项工作不可能完成。感谢出版社在听到我贸然提出的编选设想时，没有惊愕、拒绝，而表示愿意考虑；这让我颇感意外。我想，大概是他们也像我一样，突然间怀有这样的心愿：

> 我们一定要安详地
> 对心爱的谈起爱
> 我们一定要从容地
> 向光荣者说到光荣

洪子诚
2018 年 2 月

骆一禾

1961年2月生于北京,祖籍浙江杭州。1979年就读于北京大学中文系,大学期间开始新诗写作,并参与校园诗歌活动。毕业后任职于北京《十月》文学编辑部,主持《十月之诗》栏目。1989年5月31日因突发脑溢血去世。生前在刊物上发表诗几十首,留下近两万行诗作和几万字诗论。离世后经友人和出版社整理出版的诗集有:《世界的血》(春风文艺出版社,1990)、《海子、骆一禾作品集》(南京出版社,1991)、《骆一禾诗全编》(上海三联书店,1997)、《骆一禾的诗》(人民文学出版社,2011)。

先 锋

世界说需要燃烧
他燃烧着
像导火的绒绳
生命属于人只有一次
当然不会有
凤凰的再生……

在春天到来的时候,
他就是长空下
最后一场雪……

明日里

就有那大树的长青

母亲般夏日的雨声

我们一定要安详地

对心爱的谈起爱

我们一定要从容地

向光荣者说到光荣

1982

美　丽

又闻雨声

那水里的浪花盛开

你那葱青的小屋顶依旧

阳光晒暖后背

飘着春雪

一种早早的感觉

使我期待你

你是才惠的青草

初通人性

1984.9

青　草

那诱发我的

是青草

是新生时候的香味

那些又名山板栗和山白果的草木
那些榛实可以入药的草木
那抱茎而生的游冬
那可以通血的药材　明目益精的贞蔚草
年轻的红
那些济贫救饥的老苦菜
夏天的时候金黄的花朵飘洒了一地

我们完全是旧人
我们每年的冬末都要死去一次
渐渐地变红
听季节在泥土中鸣叫

而我们年复一年领略着女子的美
花萼四裂
花冠像漏斗一样四裂
开裂的花片反卷
白色微黄　有着漆黑的种子
子房和花柱遍布着年轻的茸毛

因为青草
我们当中的人得以不被饿死
妻子在苤苢的筐子里度过了难产
她们的胶质
使丝织品泛映光泽

我该爱这青草

我该看望这大地

当我在山岗上眺望她时

她正穿上新布衣裳

1986. 12. 1

首遇唐诗
——纪念我的启蒙老师和一位老女人

我就坐在那些青年之中

遥对讲台

痛苦就在我的手里

双腿急驰于乡村

我自愿地坐在白浪般的火焰之中

倾听这个年代

对于我们的不解之词：

唐诗

人们说　他们这么回答着问话

就像晚清的秀才

只读一点徐氏志摩，然后妄谈新诗

在那个年代

我是怎样得到唐诗的呢

是在淮河两岸枯水的乡村里

一个私塾先生的宝书中

他开始说诗

他竟至不能讲完　而抚摸着

我的脑袋

娃呵　他说

在淮河边上他们都这么叫孩子和小牲口

你可记得　学诗当具斗胆
自念书空料理　万里蓝天
青天如不可出
你要出去

先生死的时候
从他的口袋里，一只很大的口袋里
掏出了一只本子
也就是一只纸碎酥黄的燕子
命我抄写他收集的
一百零一种词牌
而先生就在土炕上度着自己的几口气
低矮的椽子上生着白菌
娃儿们在蓝天上拥着纸窗
我就这样来到春晨　难忘的燕子
先生没有走出过乡村多远
先生家
先生也教书也种地　收成不好
先生不配教书
先生讲诗　一生读过的书没有几本
先生才能不大陈旧而干净
先生从未著书立说　不和秀才交往
先生佩服的是律师施洋，一个大罢工里的革命者
先生不知道刘文学
先生很少议论别人
先生只与施洋见过两面，在那些离开家乡

投靠亲友　走州过府的工人当中

先生远远地看了两眼

就记住了一辈子

从清晨到午夜

先生没有资格教书，种地刚刚活得起

把我带大的老女人说：先生好可怜

先生对她笑笑

那是一个读书人与一个文盲和平的笑

她每天送给先生一碗红烧土豆

先生送碗回来

说她识字识得好

我坐在不时发问的人群当中

想到唐诗

我想听听

在城市里谈起唐诗的人是怎么回事

先生只让我抄写唐诗

我抄唐诗

先生从不许我带走

先生最后口述词牌　不久就病倒了

先生让我手摸唐诗

如摸先生的棺椁

先生一世只收集了五种唐诗

先生看我如看幸福

在一个风和日丽的早上　先生身体健康

摸我的脑袋　口称娃儿

"好娃儿　讲完书了……总有一天讲完

那会儿就教不着你了……
天下很大大如诗
放手去闯　莫结秀才
结识几个有本事的英雄"

先生临死的时候
吩咐唐诗一同下葬
房子扒掉　墙土下田肥肥庄稼
先生此说：我已不能再念
只能让你自抄
诵是活的　抄是死的
惟愿不要因此害了你　娃儿
野渡无人舟自横

乡村大道的两侧
栖息着黄土坟墓　队队上擎一只粗碗
麦田投往天边
前方是焚烧石灰的土窑
学诗的尽头是火红的窑火
而
直去东方的坡道下面
滚动着雨天之后的急流

1987.9.24

艺术品

三姐是一个小人物
我对她怀有同情。

三姐贪吃一只橘子
带着这张照片　她匆匆长大
乘上北进的列车
在陌生的雪地里，扒着农场的大豆
一直扒出了黑土
黑土凝视着她
在雪色如刀的寒光里
这黑土是大地的眼睛　北方的
残酷宝石
使一个人显得渺小了

每逢她寄回已经长大的照片
我们都说三姐是个美人
她在寒冷北方。
从三姐来信里　美人正在变成爱人
他的提琴正在吱吱叫着，偶然也动人心弦
好像是千年的铁树开了花
这个人就是姐夫
他们成亲很晚，没有离散
有一段他们分开在两个地方
必须乘坐火车
不远千里，前去吵架
姐姐有时流泪，姐夫成了酒徒
姐夫是个大爱人
是个自学成才的小提琴手
是我诗歌的启蒙老师
是个堂堂男子
力量过人，写过红色歌曲

在仓房失火的时候

一脚将冒火的油桶踢倒

说起这些往事,他说:没事儿

她在眼睑松弛的时候

第一次参加舞会

尽管姐夫指挥乐队,也还是步子不对

他的琴声已臻于化境

如迟到的青春

铁树已时时开花,绕梁三日

偶尔在家宴上投入拥挤的家具中间

跳上两步

狭窄的房间,更显得姐夫已经发胖

真是不可救药

小人物

时代的缩影,真实的写照

不论是成是败

他们都没有害过别人

他们的青春无法追回

因此三姐的爱护,可以把她的儿子宠坏

因而在宁静的秋日里　回忆如海

他们又说起岳母刺字的故事

这些姐姐年轻时没有读过

听她的丈夫缓缓道来,一个孩子

也是一件艺术品

一片幼小的纯金

谁一步拉下,就永远追不上

而三姐明白事理

只是在梦中惊叫

儿子正在叫她,她以为她的儿子

已经惨遭不幸

就在太阳升起的时候,映上晴窗

映上两个噩梦里的老百姓

映上平民的海洋

黑　豹

风中,我看到一副爪子

站在土中,是

黑豹。摁着飞走的泥土,是树根

是黑豹。泥土湿润

是最后一种触觉

是潜在乌木上的黑豹,是

一路平安的弦子

捆绑在暴力身上

是它的眼睛谛视着晶莹的武器

邪恶的反光

将它暴露在中心地带

无数装备的目的在于黑豹

我们无辜的平安,没有根据

是黑豹,是真空里的

煤矿,是凛冽,是背上插满寒光

是四只爪子留在地上

绕着黑豹的影子　然后影子

绕着影子

天空是一座苦役场
四个方向
里,我撞入雷霆

咽下真空,吞噬着真空
是晒干的阳光　是晒透了太阳
是大地的复仇
一条张开的影子
像野兽一样动人,是黑豹
是我堆满粮食血泊的豹子内部
是我寂静的
肺腑

1988.6.8—20

塔

四面空旷,种下匠人的花圃
工匠们,感谢你们采自四面的祝福
荒芜的枝条已被剪过,到塔下来
请不要指责手制的人工
否则便是毫不相干
而生灵的骨头从未寝宿能安
在风露中倒在这里。他们该住在这里了
塔下的石块镇压着心潮难平
　　他从未与我无关
工匠们,你们是最好的祝福

游离四乡，你们也没有家，唯你们
才能祝福
你们也正居住在手艺的锋口
在刀尖上行走坐立，或住在
身后背着的大井中央，抬头看见
一条光明，而一条光看见
手艺人的呼吸，指向一片潮湿

站在凭吊之上，站在
祝福的对面
我从不心怀恶意。
同看着一轮明镜
水银遮挡了我的眼睛

而死者以空旷袭击我们，安息之地。
一片石头砌成的打麦场
无声无息，打下石头做的麦子
怀着幸福来到这里的女孩儿
看风景的好风景，在好里生长着自己的相貌
额头已像麦地金黄
用她们美穗的手指叩响铜盘
洒出露水和汉语消失的声音

而死者以空旷袭击我们
他们生前伟大，手挽着画海的盾牌
袒露的胸膛上刻着诗
他们为我们而死，并且阻止我们
因为他们曾经战斗
而我两手空空，他们都不能抵御我

在我为他们凿下的鱼龙里
骑虎相搏

哦,那倾斜的美貌,热恋中的
葡萄。你们在俯看金石的时候
呈现了多美的果实。
鲜灵的、牺牲者的胸房
像那些黝黑的塔松,在空旷外环绕
呼吸着青铜上的冰冷
坚实的梦想,此时危险得
好像是一柄开刃的钢刺
深深地浸入新生的毒气

来吧,让我来说:生
对于死
是有毒的,因为他满身鲜花
在死亡中过于醒目
像一匹好马的亮眼
在锈绿的巨蜥眼中打颤

是呵,不是让我走开
让玻璃的窗格晃动在这海边的小小城市
博物馆的红顶
平坦地听候阳光美日的吩咐
鱼鳞混合在细密的卵石上
像一首颂歌

而我呢?塔内的人们
我对你们真正敬爱,决然离去。

给你们留下温暖的气息
十年之后，它将
引导着你们前来找我
倘若我已残缺不全，我
也不会拒绝一根铁制的箍子
那是我的工匠所做

我就在打麦场上
吹动着一片风中的麦子
它说我热爱生活

1988.1.6

诗　歌

那些人　变成了职业的人
那些会走动的职业
那些印刷字母
仇恨诗歌

我已渐渐老去

诗歌照出了那些被遗忘的人们
那些被挑剔的人们
那些营地　和月亮
那片青花累累的稻麦

湿润的青苔　即大地的雨衣
诗歌照出了白昼
照出了那些被压倒在空气下面的

疲累的人　那些
因劳顿而面色如韭的人
种油棕的人　采油的人
披挂着白色胶片的人
刀　钻头　乳房和剑麻
骷髅的痛苦和漂泊的椰子
那些野惯了的人
肮脏山梁上的人　海边闪光的
乌黑的镇子
那些被忽视在河床下
如卵石一样沉没的人
在灾荒中养活了别人的人
以混浊的双手把人抱大的人
照出了雨林　熏黑的塔楼
飞过了苍蝇的古老水瓶
从风雪中归来的人　放羊的人
以及在黑夜中发亮的水井
意在改变命运的人
和无力改变命运的人
是这些粗人背着生存的基础
有人生活，就有人纪念他们
活过、爱过、死过　一去不回头

而诗歌
被另一种血色苍白的人
深深地嫉恨
他们从来也没有想过
写下这样的诗歌

为此　带着低能而无名的火舌

向诗歌深深地复仇

1988.3.16

为美而想

在五月里一块大岩石旁边

我想到美

河流不远　靠在一块紫色的大岩石旁边

我想到美　雷电闪在这离寂静远的

地方

有一片晒烫的地衣

闪烁着翅膀

在暴力中吸上岩层

那只在深红色五月的青苔上

孜孜不倦的工蜂

是背着美的呀

在五月的一块大岩石的旁边

我感到岩石下面的目的

有一层沉思在为美而冥想

1988.5.23

为了但丁

这是不可篡夺的但丁

但丁不为真实所限，他永远青翠

不是真实，但丁的密林是真实的极限

比黑暗更黑暗

但丁指出了面目可憎

但丁从未说完

但丁使孤独达到了万般俱在

在其中占据的，必为他所占有

在但丁之外长期分裂

但丁遭遇孤独，其他孤独成为可造

他只被发现，不被瓦解

在但丁的三书里

那些精英只一歌便已锋芒顿挫

被书抛弃

但丁之书不被经过

它充满光明，它的光线不是道路

但丁醒来，他的光线不是道路

但丁醒来

而沉睡中的人们仍是一群凶手

天堂的但丁

而不是文学的但丁

这永远是但丁和但丁的诗篇

为了但丁

未来垂直腾起，绵延而去的只是时间

在时间里我们写下渊薮

为了但丁

死亡也不能阻止，死亡是在到达的下面

和死亡我们只能谈论骨头

为了但丁

倾听风暴，然后熄灭

走自己的路,然后在那里焚毁,大火连篇

1989.2.20

灿烂平息

这一年春天的雷暴
不会将我们轻轻放过
天堂四周万物生长,天堂也在生长
松林茂密
生长密不可分
留下天堂,秋天清杀,今年让庄稼挥霍在土地
     我不收割
留下天堂,身临其境
秋天歌唱,满脸是家乡灯火,
这一年春天的雷暴不会将我们轻轻放过

壮烈风景

星座闪闪发光
棋局和长空在苍天底下放慢
只见心脏,只见青花
稻麦。这是使我们消失的事物
书在北方写满事物
写满旋风内外
从北极星辰的台阶而下
到天文馆,直下人间
这壮烈风景的四周是天体
图本和阴暗的人皮

而太阳上升
太阳作巨大的搬运
最后来临的晨曦让我们看不见了
让我们进入了滚滚的火海

1989. 5. 11

巴赫的十二圣咏

最少听见声音的人被声音感动
最少听见声音的人成了声音
头上是巴赫的十二圣咏
是头和数学
沿着黄金风管满身流血

巴赫的十二圣咏
拔下雷霆的塞子,这星座的音乐给生命倒酒
放干了呼吸,在。

在谁的肋骨里倾注了基础的声音
在晨曦的景色里
这是谁的灵魂?在谁的
最少听见声音的耳鼓里
敲响的火在倒下来

巴赫的十二圣咏遇见了金子
谁的手斧第一安睡
空荡荡的房中只有远处的十二只耳朵
在火之后万里雷鸣

我对巴赫的十二圣咏说
从此再不过昌平。
巴赫的十二圣咏从王的手上
拿下十二支雷管

清 平

本名王清平,1962年3月生于苏州。1983—1987年就读于北京大学中文系,毕业后至人民文学出版社工作。1996年获刘丽安诗歌奖。出版的诗集有《一类人》(作家出版社,2007)、《我写我不写》(Red Hen Press,2013)。担任美国铜峡谷出版社2011年出版的中国当代诗歌选集《推开窗》(Push Open the Window)的中文主编。1990年代以来,参与策划人民文学出版社的"蓝星诗库"丛书,责编《海子的诗》《西川的诗》《顾城的诗》《食指的诗》《王家新的诗》《孙文波的诗》《萧开愚的诗》,责编"诗世界丛书"之《郑敏诗集》《绿原自选诗》《吕剑诗存》,"中国诗歌评论"之《语言:形式的命名》《从最小的可能性开始》《激情与责任》,以及陈敬容诗集《新鲜的焦渴》,阿垅诗文合集《阿垅诗文集》,屠岸诗集《深秋有如初春》等。

春天的书房

如今时过境迁,爱情的歌谣已难以听见
在毕生的畏地,在一片绿色之后
巨大的春天扶摇而来

窗外的树长得高大、结实,如我前世的爱人
时光流逝,她盛年的力量不可抗拒

她有必死的勇气,也敢于杀人

我要等多久才能像爱人那样
相隔一步之遥,目睹心爱的世界
抚摸手边的一切,让他们惊觉而惘然

经过春天,我要打败所有的书
我要干我熟悉的营生,让红色和绿色同归于尽
让他们邪恶,面对前世的深情问心无愧

1991

小小的知情者

不同于幸福的女子,不同于灾难,你是
小小的知情者,不惧怕任何生活
就像我不惧怕你的关怀,就像花

开在枝上,但也不怕小小的迁徙
因此你是远游的女子,也是守家的女子
在红尘的围困中渐渐彻悟

那些虚假的困难,如同简单的话语
忽然说出来,而它曾经多么难以启齿
在想象的幽谷中默诵着神秘

如今已音容渺茫,但也没有悲伤
怀念也不是必需的一物,春天也可以不来
大雪中,秋树下,你一样怀有最初的感激

和最初的锋芒,平原的锋芒,它可以

马不停蹄回到家乡，可以不杀人

而结束那些妄言与妄想，那些不健康

1992

为海子二十年忌日写下的几行诗

在人群中，我已经不认识你。

你来了，你走了，像罗马诞生了另一个罗马。

二十年前，你打开了一个世界，并亲手将它关闭。

然而它至今仍是一座花园，有不绝的游人

和像崇拜自己一样崇拜你的，未来的创造者。

爱他们吧。现在你有了爱他们的能力。

现在，你无须坐在太阳上，就能获取最美的火焰。

2009.3.26

城市或人

在布宜诺斯艾利斯和北京通航之前，两地的空气早就贯通了。在莱特兄弟发明飞机之前，乌云翻滚的穹隆中，一碧如洗的蓝天上，早就有无数条航线静候着那些将被严格搜身的人们，奇怪、悲惨、一言难尽地度过他们一生中虚无而又令人肃然起敬的一段旅程。然而，很难想象，相距遥远的两座城市在通航之后，两地的空气仍旧比两地的人民更贯通，而在飞机被发明一个多世纪后，几乎很难用辽阔来形容的地球大气层中，依旧有无数的航线在静静地等待或许永不到来的旅客。很难说这是一个秘密——一切敞开着：人民和空气、残忍和残忍的等待。两座或两座以上的城市之间，实际上只有一个秘密：我们所看到的今天，一部分属于早已完成的往昔，一部分属于尚未呈现的未来。两者之间并没有一根链条、一座桥梁将它们连通。我们的容身处不是意义时间的缝隙、转折点，而只是一把短尺上的一个刻度——它可能是地球人类最伟大的发明，而在局限于物理时间的宇宙风的吹拂中，持续地闪烁、颤动，提示着造物主手中一册极薄的解码书：精确的人类仅存于无限的等候。就像幸福仅存于灵魂的远离。

2016.4.8

天下人：绿豆

远处，绿豆滚动。风停了又起。我看到绿豆不是最小的国家。不是最小的笑话。所有不靠谱的人民都靠它。所有绿豆里有我，念着天下人：风起云涌。天下人：豆芽里争上等——我抬头即是风险资本。绿豆天花板高过绿豆的长城。不细量，差不多一样遥远的绿党，可梦一层皮。差不多慢性毒，解急性毒。

我在北京碎碎念。我在绿豆里想念天下人挥着差不多的小刀。哦阳光。小桥流水里有人说我是个小秀才。哦，童年。远去的雕刻在夸饰的窗帘。天才的谎言多么狠、多么诚恳、多么未知于呼风唤雨的蝌蚪。这是被热爱的野蛮在地球外的地质学中；这是以大海为核心的平原和丘陵：无限流水的前程在无限教育中断送。我在此地，即我在郢都城忆往昔。

毗邻最小的国家，粮食堪忧，但和平有保障。毗邻最小的笑话，神经落寞，但欲望有弹性。哦，让人头疼，让人有安全感的绿豆、绿豆里的天下人、天下人中的我、我心头的蹩脚比喻犹如掩耳盗铃……而终究，想想看这么多，滚动的绿豆，哪一颗不是万物的卧底？
——从原子核、细胞壁，到想破脑袋也想不通的，无限可分的我、无限不可分的一场空。

2014.12.1 凌晨

天下人：旅行

窗下，枕边，后花园。盛开秘密之花的土壤，丝绸，巴洛克条，完全没有秘密。写一段旅程，我找不到通往我自己的捷径：天下人修身、天下人齐家、天下人遨游于道德羊角，而苦难不过是死不了。

十年、二十年，沿途的秘密都在沿途的公告。沿途的邪恶，都印上分级的门票。——天下人行路，越来越像老师的粉笔在黑板上画出的示意图：下课时擦掉的不是早已被铭记的山河，也不是勿忘我

意义重大的虚无——天下人行路而没有一个人，在其行列中，计算出哥德尔定理的不完备：我在哪里，那里就没有一段通向我的旅程；我在哪里，那里就呼啸着一百列火车：窗内祖先，窗外祖国。

这不是我旅行的理由、不旅行的理由。这是秋风不得不吹，夕阳不得不美。这是彼此厌恶的东方、西方，不得不靠近

同一个厌倦了蔚蓝的大海。哦,我曾说
我停不下来——我错了:在一千个地球

上,惟有一个御风而行的旅行者,在窗
下、枕边、后花园撒下惆怅的种子,等
待着空气去等待发芽,等待着夕阳去等
待开花,等待着停不下来的旅行去等待
一个取代他的旅行者:夏娃,或芭比娃。

2015. 10. 18

某青年

绒毛的数学前进于溪畔,桉树的
旁边小叶黄杨低头而似未低头。
它们没有同一种遗忘,
遗忘的次数却几乎一样:无穷
仿佛已接近惟一。对这晨露般的好奇。

更简便的计算实际上已到尾声,但为何
一切好似刚刚开始?看这鲁莽、看这潮湿,
一刻前才从绒毛上升起霞光:啊,耀眼
只能用耀眼来形容。而鲁莽不是真的鲁莽。
我曾说,美有什么稀奇……就是这潮湿。

没有一个广大的世界驰骋于绒毛
是显而易见的一幅画。多么遗憾,我曾
躺在这幅画上,而未能成为它的一部分。
——我是否来到过小叶黄杨和桉树的身边?

——我饮过晨露。但我不曾见过它们的闪烁。

那轻微的声响我听过。
白纸上铅笔的沙沙声犹如啼哭
在两个婴儿之间交换着乡愁。
十年前,美妙的减法已离开我
奇怪而分叉的故乡。只有感冒还记得它。

我的溪流不在我到过的任何一片山谷。
它光芒犹存于某位青年的量子物理学黄昏。
不是他的绒毛、桉树、倾斜的细枝,是他本身
遮住了一天中大部分时光:黄昏之神奇的
黯淡,掩护了这位青年漫长的盛开。

2016. 2. 23

作为雪

雪已远在世界的另一端。
像无数次知晓又忘记的那样,
这不是特别的一次。
纷纷扬扬但并不持久的雪,
带来的总是跟不上的步伐,
身体的、思想的,也许还有
刚刚过去实际上永不过时的新闻。
从窗口望出去,"雾失楼台"这句诗
仿佛是长在雾气里的一棵树,
它一直在那儿,从未消失、修剪过。
吟诵它的人不多也不少,其中一些

是附庸风雅、但不乏可爱的触景生情者。
他们不了解好诗、坏诗，他们吟诵，
尽他们所能，聚集起略显浅薄的爱。
在雪所带来，很快将加倍的茫然中，
我看到的诗歌和人比这还要多一些：
有更深刻的吟诵者、更棒的诗句，
格外古老、神秘的人诗一体者，
像恐惧美杜莎一样，不敢面对诗歌，
却不怕向诗人射击的兵士，
以及，似乎更值得描绘的
走马灯一样，围着诗歌转圈的
官吏、书生、帝王、妓女和强盗。
——是的，我看到的远不止一场雪和它
消失后出现的一棵树、一句诗；
我看到的几乎是一切。然而，
在雪所带来的，越来越加深的迷惑中，
在一点点逝去，却仿佛越来越堆积的这一个下午，
一句诗、一棵树、一些可爱的附庸风雅者，
胜过了这世上的一切。

2015.11.20

作为我

阴雨的早晨，仍旧油条加豆浆。
一个国家如此自然。
和它比，我矫情……你看，
多少年，我从一个细胞分裂出
那么多细胞，却还像一个国家的名字那样

孤零零贴在这个国家脸上：
地震不走，拆迁不走，雾霾
不走，飞机失联不走，校园枪击不走，
难民性侵不走，腐败不走，反腐败不走，反腐败被腐败不走，
爱滋不走，埃博拉不走，次贷危机不走，革命、反革命、公知、新左派、
围攻、起哄、虐猫、打狗、扶起老人被
讹诈……都不走啊真的是
举一万个例子等于一个也不举。
——我不是一个国家的名字。但为何那么像？
我在此，仿佛蜘蛛精在此、孙悟空在此、赫拉
克勒斯在此、乌拉诺斯在此、克洛诺斯和女娲在此……
看我怎样修炼出比他们更拧巴的道行。
我在此，仿佛不是我在此，而是我的
高中哲学老师在此："一个事物必须有它
镜子一样的反方向"
——物质必须伴随反物质；
——杀人犯必须伴随被杀者；
——矫情的我必须伴随自然的祖国：
需要靶子，我就是靶子；需要楷模，
我就是楷模；需要叛逆，我就是叛逆；
需要传统，我就是传统；需要联盟，我就是
联盟；需要不结盟，我就是不结盟……这样够了么？
不够！——这才是真正矫情的信仰：
怎么矫情都不是最好的矫情。
在十二月的风中，望着窗外的
二道沟，我忽然感到虚妄的力量
从天而降——这么多爱与不爱的蛮力啊
雨和雨，二道沟和二道沟，国家和国家……

我仿佛就是不爱雨、不爱二道沟,却总爱在
雨中二道沟晃悠的,居委会主任。

2015. 12. 25 子夜

端　午

水泥地上,树叶的影子干燥、迷人。
江河流着,海波动着,在蓝天下。
我坐在马甸的一个小区里,在一只黄色的
流浪猫,和一只幼年的麻雀的安静中,
一幅无知、微小、晃动中停顿的图画,
令我不知所措地虚弱。
这图画是美么?这让我无言以对的五分钟,
用谁的命运,多少人的命运,
茫然地涂鸦出这清晰的轮廓?
这一天,我希望是任何一天的昨天,
在郢都、汴梁,在拿撒勒、特洛伊,在月亮
和一百卷描述她的神话中,以同一种速度飞驰而去。

2015. 6. 20

往贤与风景

三四种木料,更多未尝有过的谈话。
风将自己一次次吹走,为了让我此刻
想象十几人在他们的夏花园里飘忽,
是面前这一片柳枝的回忆。

很多颜色像劣质酒和姑娘
忽然就融合在一起——七彩皆白。

后来白也没有了踪迹。后来，
颜色中出现了我自己。

伟大的表情渐有损缺，像是
一部巨著终于等来撕页。
风景无处不在地从云端飞起，
与山川汇合在地下铁。

列车驶过暗道，车厢耀眼。
贤明制造者懒散地扮演着
被几千瓦灯光磨亮的少数。
不断的旅程，时时中断。

小说家的遗憾出现在史籍中，
颇似一段鼓舞的回忆。
远望盛夏，没有什么能写成篇章：
挥汗的人影皆聚成耳畔的风凉。

2017. 5. 18

西　川

　　本名刘军，1963年生于江苏徐州，1981—1985年就读北京大学英语系。曾任职于新华通讯社、中央美术学院，现为北京师范大学国际华文写作中心教授。出版诗集有：《中国的玫瑰》（中国文联出版社，1991）、《虚构的家谱》（中国和平出版社，1997）、《大意如此》（湖南文艺出版社，1997）、《隐秘的汇合》（改革出版社，1997）、《西川的诗》（人民文学出版社，1999）、《个人好恶》（作家出版社，2008）、《够一梦》（重庆大学出版社，2012）、《我和我：西川集 1985—2012》（作家出版社，2013），诗文、随笔集《让蒙面人说话》（东方出版中心，1997）、《水渍》（百花文艺出版社，2001）、《游荡与闲谈：一个中国人的印度之行》（上海书店出版社，2004）、《深浅》（中国和平出版社，2006），诗论集《大河拐大湾——一种探求可能性的诗歌思想》（北京大学出版社，2012），译著《博尔赫斯八十忆旧》（作家出版社，2004）、《米沃什词典》（合译，生活·读书·新知三联书店，2004）、奥拉夫·豪格诗选《我站着，我受得了》（合译，作家出版社，2009）、盖瑞·施耐德诗选《水面波纹》（牛津大学出版社，2012）。编有《海子的诗》（人民文学出版社，1995）、《海子诗全编》（上海三联书店，1997）。2002年美国艾奥瓦大学国际写作项目和亚太研究中心访问学者，2007年纽约大学访问教授，2009年加拿大维多利亚大学写作系奥赖恩访问艺术家。

起　风

起风以前树林一片寂静

起风以前阳光和云影

容易被忽略仿佛它们没有

存在的必要

起风以前穿过树林的人

是没有记忆的人

一个遁世者

起风以前说不准

是冬天的风刮得更凶

还是夏天的风刮得更凶

我有三年未到过那片树林

我走到那里在风起以后

1986.5

在哈尔盖仰望星空

有一种神秘你无法驾驭

你只能充当旁观者的角色

听凭那神秘的力量

从遥远的地方发出信号

射出光来，穿透你的心

像今夜，在哈尔盖

在这个远离城市的荒凉的

地方，在这青藏高原上的

一个蚕豆般大小的火车站旁

我抬起头来眺望星空

这时河汉无声，鸟翼稀薄

青草向群星疯狂地生长

马群忘记了飞翔

风吹着空旷的夜也吹着我

风吹着未来也吹着过去

我成为某个人，某间

点着油灯的陋室

而这陋室冰凉的屋顶

被群星的亿万只脚踩成祭坛

我像一个领取圣餐的孩子

放大了胆子，但屏住呼吸

1985.9　1988.1

明媚的时刻

无比珍贵的是那明媚的时刻
在冬天的郁闷中回到我的心窝

在一座北方的城市
我被生活打垮
明媚的是一支烟和一首抒情的歌

明媚的是少年那清纯的嗓子和他的吉他
明媚的是门前的一朵云窗前的一朵花
明媚的是街上滚滚而过的日光的洪流
明媚的是一个青年女子昂扬的头发
明媚的是你欢愉的飞翔
是你停落在黄昏
叫着我的名字

我听到这呼唤这呼唤令我向往

而我却远远地避立在梧桐树下望着你

在人群之中浮现又像影子一般消亡

是那春末的黄昏多么明媚

你和我擦肩而过多么明媚

你给我带来那即将降临的阵雨的感觉

我把这感觉带入十二月的黑夜

1987.1　1988.11

杜　甫

你的深仁大爱容纳下了

那么多的太阳和雨水；那么多的悲苦

被你最终转化为歌吟

无数个秋天指向今夜

我终于爱上了眼前褪色的

街道和松林

在两条大河之间，在你曾经歇息的

乡村客栈，我终于听到了

一种声音：磅礴，结实又沉稳

有如茁壮的牡丹迟开于长安

在一个晦暗的时代

你是唯一的灵魂

美丽的山河必须信赖

你的清瘦，这易于毁灭的文明

必须经过你的触摸然后得以保存

你有近乎愚蠢的勇气
倾听内心倾斜的烛火
你甚至从未听说过济慈和叶芝

秋风，吹亮了山巅的明月
乌鸦，撞开了你的门扉
皇帝的车马隆隆驰过
继之而来的是饥饿和土匪
但伟大的艺术不是刀枪
它出于善，趋向于纯粹

千万间广厦遮住了地平线
是你建造了它们，以便怀念那些
流浪途中的妇女和男人
而拯救是徒劳，你比我们更清楚
所谓未来，不过是往昔
所谓希望，不过是命运

1989.10

上帝的村庄

我需要一个上帝，半夜睡在
我的隔壁，梦见星光和大海
梦见伯利恒的玛利亚
在昏暗的油灯下宽衣

我需要一个上帝，比立法者摩西
更能自主，贪恋灯碗里的油
听得见我的祈祷

爱我们一家人:十二个好兄弟

坚不可摧的凤仙花开满村庄
狗吠声迎来一个喑哑的陌生人
所有的凤仙花在他脚旁跪下
他采摘了一朵,放进怀里

而我需要一个上帝从不远行
守住家乡的一点点精神
他的光透过墙洞射到我的地板上
像是一枚金币我无法拾起
在雷电交加的夜晚,我需要
这冒烟的老人,父亲
走在我的前面,去给玉米
包扎伤口,去给黎明派一个卫士
他从不试图征服,用嗜血的太阳
焚烧罗马和拜占庭;而事实上
他推翻世界不费吹灰之力
他打造棺木为了让我们安息

1990.3

夕光中的蝙蝠

在戈雅的绘画里,它们给艺术家
带来了噩梦。它们上下翻飞
忽左忽右;它们窃窃私语
却从不把艺术家叫醒

说不出的快乐浮现在它们那

人类的面孔上。这些似鸟
而不是鸟的生物,浑身漆黑
与黑暗结合,似永不开花的种子

似无望解脱的精灵
盲目,凶残,被意志引导
有时又倒挂在枝丫上
似片片枯叶,令人哀悯

而在其他故事里,它们在
潮湿的岩穴里栖身
太阳落山是它们出行的时刻
觅食,生育,然后无影无踪

它们会强拉一个梦游人入伙
它们会夺下他手中的火把将它熄灭
它们也会赶走一只入侵的狼
让它跌落山谷,无话可说

在夜晚,如果有孩子迟迟不睡
那定是由于一只蝙蝠
躲过了守夜人酸疼的眼睛
来到附近,向他讲述命运

一只,两只,三只蝙蝠
没有财产,没有家园,怎能给人
带来福祉?月亮的盈亏褪尽了它们的
羽毛;它们是丑陋的,也是无名的

它们的铁石心肠从未使我动心

直到有一个夏季黄昏

我路过旧居时看到一群玩耍的孩子

看到更多的蝙蝠在他们头顶翻飞

夕光在胡同里布下了阴影

也为那些蝙蝠镀上了金衣

它们翻飞在那油漆剥落的街门外

对于命运却沉默不语

在古老的事物中,一只蝙蝠

正是一种怀念。它们闲暇的姿态

挽留了我,使我久久停留

在那片城区,在我长大的胡同里

1991.2

虚构的家谱

以梦的形式,以朝代的形式

时间穿过我的躯体。时间像一盒火柴

有时会突然全部燃烧

我分明看到一条大河无始无终

一盏盏灯,照亮那些幽影幢幢的河畔城

我来到世间定有些缘由

我的手脚是以谁的手脚为原型?

一只鸟落在我的头顶,以为我是岩石

如果我将它挥去,它又会落向

谁的头顶,并回头张望我的行踪?

一盏盏灯,照亮那些幽影幢幢的河畔城
一些闲话被埋葬于夜晚的箫声
繁衍。繁衍。家谱被续写
生命的铁链哗哗作响
谁将最终沉默,作为它的结束

我看到我皱纹满脸的老父亲
渐渐和这个国家融为一体
很难说我不是他:谨慎的性格
使他一生平安;很难说
他不是代替我忙于生计,委曲逢迎

他很少谈及我的祖父。我只约略记得
一个老人在烟草中和进昂贵的香油
遥远的夏季,一个老人被往事纠缠
上溯300年是几个男人在豪饮
上溯3000年是一家数口在耕种

从大海的一滴水到山东一个小小的村落
从江苏一份薄产到今夜我的台灯
那么多人活着:文盲、秀才
土匪、小业主……什么样的婚姻
传下了我,我是否游荡过汉代的皇宫?

一个个刀剑之夜。贩运之夜
死亡也未能阻止喘息的黎明
我虚构出众多祖先的名字,逐一呼喊
总能听到一些声音在应答;但我
看不见他们,就像我看不见自己的面孔

致　敬

一、夜

在卡车穿城而过的声音里，要使血液安静是多么难哪！要使卡车上的牲口们安静是多么难哪！用什么样的劝说，什么样的许诺，什么样的贿赂，什么样的威胁，才能使它们安静？而它们是安静的。

拱门下的石兽呼吸着月光。磨刀师傅佝偻的身躯宛如月芽。他劳累但不甘于睡眠，吹一声口哨把睡眠中的鸟儿招至桥头，却忘记了月色如银的山崖上，还有一只怀孕的豹子无人照看。

蜘蛛拦截圣旨，违背道路的意愿。

在大麻地里，灯没有居住权。

就要有人来了，来敲门；就要有羊群出现了，在草地。风吹着它从未梦见过的苹果；一个青年人在地下室里歌唱，超水平发挥……这是黑夜，还用说吗？记忆能够创造崭新的东西。

高于记忆的天空多么辽阔！登高远望，精神没有边界。三两盏长明灯仿佛鬼火。难于入睡的灵魂没有诗歌。必须醒着，提防着，面对死亡，却无法思索。

我给你带来了探照灯，你的头上夜晚定有仙女飞行。

我从仓库中选择了这架留声机，为你播放乐曲，为你治疗沉疾。

在这星星布阵的夜晚，我的头发竖立，我左胸上的黑痣更黑。上帝的粮食被抢掠；美，被愤愤不平的大鸟袭击。在这样的夜晚，如果我发怒，如果我施行报复，就别跟我谈论悲慈！如果我赦免你们，就赶紧走路，不必称谢。

请用姜汁擦洗伤口。

请给黄鼠狼留一条生路。

心灵多么无力,当灯火熄灭,当扫街人起床,当乌鸦迎着照临本城的阳光起飞,为它们华贵的翅膀不再混同于夜间的文字而自豪。

通红的面孔,全身的血液;铜号吹响了,尘埃战栗;第一声总是难听的!

二、致敬

苦闷。悬挂的锣鼓。地下室中昏睡的豹子。旋转的楼梯。夜间的火把。城门。古老星座下触及草根的寒冷。封闭的肉体。无法饮用的水。似大船般漂移的冰块。作为乘客的鸟。阻断的河道。未诞生的儿女。未成形的泪水。未开始的惩罚。混乱。平衡。上升。空白……怎样谈论苦闷才不算过错?面对岔道上遗落的花冠,请考虑铤而走险的代价!

痛苦:一片搬不动的大海。

在苦难的第七页书写着文明。

多想叫喊,迫使钢铁发出回声,迫使习惯于隐秘生活的老鼠列队来到我的面前。多想叫喊,但要尽量把声音压低,不能像谩骂,而应像祈祷,不能像大炮的轰鸣,而应像风的呼啸。更强烈的心跳伴随着更大的寂静,眼看存贮的雨水即将被喝光,叫喊吧!啊,我多想叫喊,当数百只乌鸦聒噪,我没有金口玉言……我就是不祥之兆。

欲望太多,海水太少。

幻想靠资本来维持。

让玫瑰纠正我们的错误,让雷霆对我们加以训斥!在漫漫旅途中,不能追问此行的终点。在飞蛾扑火的一刹那,要谈论永恒是不合时宜的,要寻找证据来证明一个人的白璧无瑕是困难的。

记忆：我的课本。

爱情：一件未了的心事。

一个走进深山的人奇迹般地活着。他在冬天储存白菜，他在夏天制造冰。他说："无从感受的人是不真实的，连同他的祖籍和起居。"因此我们凑近桃花以磨练嗅觉。面对桃花以及其他美丽的食物，不懂得脱帽致敬的人不是我们的同志。

但这不是我们盼待的结果：灵魂，被闲置；词语，被敲诈。

诗歌教导了死者和下一代。

三、居室

钟表吐露春光，蟋蟀在它自己的领地歌唱。不允许的事情发生了：我渐渐变成别人。我必须大叫三声，叫回我自己。

我用收集的道具装饰房间。每天夜晚，我都有幸观赏一场纯粹由道具上演的戏剧。

厨房适于刀叉睡眠，广场适于女神站立。

镜中的世界与我的世界完全对等但又完全相反，那不是地狱就是天堂；一个与我一模一样但又完全相反的男人，在那个世界里生活，那不是武松就是西门庆。

我很少摸到我的脸颊、我的脚踝。我很少摸到我自己。因此我也很少批评我自己，我也很少殴打我自己。

常常有这样的事情发生：刘军打电话寻找另一个刘军。就像我抱着电话机自言自语。

精神病患者的微笑。他暴露给太阳和女人的生殖器。他以头撞墙的声音。他发育不良的大脑。"对不对——对不对？"——他反复追问的问题。

我的家没有守门人。如果我雇一个守门人，我就得全力以赴守住他。

如果这房间坐进美女三千，你是兴奋还是恐惧？美女三千，或许是三千只狐狸精，对付她们的唯一办法是将她们灌醉。

一个曾以利斧断指的男人，来向我讲述他的爱情故事。

别人的经验往往成为我们的禁忌。

墨水瓶里的丁香花渐渐发蓝。它希望记住今夜，它拼命要记住今夜。但这是不可能的。

我用内心的秘密滋养这莲子：一旦荷花开放，就是夏季。

四、巨兽

那巨兽，我看见了。那巨兽，毛发粗硬，牙齿锋利，双眼几乎失明。那巨兽，喘着粗气，嘟囔着厄运，而脚下没有声响。那巨兽，缺乏幽默感，像竭力掩盖其贫贱出身的人，像被使命所毁掉的人，没有摇篮可资回忆，没有目的地可资向往，没有足够的谎言来为自我辩护。它拍打树干，收集婴儿；它活着，像一块岩石，死去，像一场雪崩。

乌鸦在稻草人中间寻找同伙。

那巨兽，痛恨我的发型，痛恨我的气味，痛恨我的遗憾和拘谨。一句话，痛恨我把幸福打扮得珠光宝气。它挤进我的房门，命令我站立在墙角，不由分说地坐垮我的椅子，打碎我的镜子，撕烂我的窗帘和一切属于我个人的灵魂屏障。我哀求它："我口渴的时候别拿走我的茶杯！"它就地掘出泉水，算是对我的回答。

一吨鹦鹉,一吨鹦鹉的废话!

我们称老虎为"老虎",我们称毛驴为"毛驴"。而那巨兽,你管它叫什么?没有名字,那巨兽的肉体和阴影便模糊一片,你便难于呼唤它,你便难于确定它在阳光下的位置并预卜它的吉凶。应该给它一个名字,比如"哀愁"或者"羞涩",应该给它一片饮水的池塘,应该给它一间避雨的屋舍。没有名字的巨兽是可怕的。

一只画眉把国王的爪牙全干掉!

它也受到诱惑,但不是王官,不是美女,也不是一顿丰饶的烛光晚宴。它朝我们走来,难道我们身上有令它垂涎欲滴的东西?难道它要从我们身上啜饮空虚?这是怎样的诱惑呵!侧身于阴影的过道,迎面撞上刀光,一点点伤害使它学会了的呻吟——呻吟,生存,不知信仰为何物;可一旦它安静下来,便又听见芝麻拔节的声音,便又闻到月季的芳香。

飞越千山的大雁,羞于谈论自己。

这比喻的巨兽走下山坡,采摘花朵,在河边照见自己的面影,内心疑惑这是谁;然后泗水渡河,登岸,回望河上雾霭,无所发现亦无所理解;然后闯进城市,追踪少女,得到一块肉,在屋檐下过夜,梦见一座村庄、一位伴侣;然后梦游五十里,不知道害怕,在清晨的阳光里醒来,发现回到了早先出发的地点:还是那厚厚的一层树叶,树叶下面还藏着那把匕首——有什么事情要发生?

沙土中的鸽子,你由于血光而觉悟。

啊,飞翔的时代来临了!

五、箴言

击倒一个影子,站起一个人。

树木倾听着树木,鸟雀倾听着鸟雀;当一条毒蛇直立起身体,攻击路人,它就变成了一个人。

你端详镜中的面孔,这是对于一个陌生人的冒犯。

法律上说:那趁火打劫的人必死,那挂羊头卖狗肉的人必遭报应,那东张西望的人陷阱就在脚前,那小肚鸡肠的人必遭唾弃。而我不得不有所补充,因为我看到飞黄腾达的猴子像飞黄腾达的人一样能干,一样肌肉发达,一样不择手段。

葵花居然也是花!

为什么是猫而不是老虎成了我们的宠物?

小小的疼痛,像沙子涌入眼眶的感觉——向谁索取赔偿呢?

一本书将改变我,如果我想要领会它;一个姑娘将改变我,如果我想要赞美她;一条道路将改变我,如果我想要走完它;一枚硬币将改变我,如果我想要占有它。我改变另一个生活在我身旁的人,也改变自己;我一个人的良心使我们两人受苦,我一个人的私心杂念使我们两人脸红。

真理不能公开,没有回声的思想难于歌唱。

愤怒使咒语失灵。

对于海上落难的水手,给他罗盘何用?

不要向世界要求得太多;不要搂着妻子睡眠,同时梦想着高额利润;不要在白天点灯;不要给别人的脸上抹黑。记住:不要在旷野里撒尿;不要在墓地里高歌；不要轻许诺言；不要惹人讨厌；让智慧成为有用的东西。

可以蔑视静止的阴影，但必须对移动的阴影保持敬畏。

太阳鸟争飞，谁在驱赶？

什么样的好运才能终止你左眼皮不住的跳动？

六、幽灵

空气拥抱我们，但我们向未觉察；死者远离我们，在田野中，在月光下，但我们确知他们的所在——他们高兴起来，不会比一个孩子跑得更远。

那些被埋藏很深并且无人知晓的财富，被时间花掉了，没有换取任何东西。那些被埋藏很深并且渐被忘却的死者，怎能照顾好自己？应该将他们从坟穴挪出。

他人的死使我们负罪。

悲伤的风围住死者索要安慰。

不能死于雷击，不能死于溺水，不能死于毒药，不能死于械斗，不能死于疾病，不能死于事故，不能死于大笑不止或大哭不止或暴饮暴食或滔滔不绝的谈说，直到力量用尽。那么如何死去呢？崇高的死亡，丑陋的尸体：不留尸体的死亡是不可能的。

我们翻修街道，起造高楼，为了让幽灵迷路。

那些死者的遗物围坐成一圈，屏住呼吸，等待被使用。

幽灵将如何显现呢？除非帽子可以化作帽子的幽灵，衣服可以化作衣服的幽灵，否则由肉转化的幽灵必将赤裸，而赤裸的幽灵显现，不符合我们存在的道德。

黑暗中有人伸出手指刮我的鼻子。

魔鬼的铃声，恰好被我所利用。

七、十四个梦

我梦见我躺着，一只麻雀站在我的胸脯上对我说："我就是你的灵魂！"

我梦见一座游泳池，四周围着铁板。我伏在铁板上纵情歌唱，我的脚在铁板上踢出节拍，而游泳池内忽然空无一人。

我在梦中偷盗。我怎样向太阳解释我的清白？

我梦见一堆书信堆在我的门前。我弯腰拾起其中的一封。哦，那是我多年以前写给一个姑娘的情书！她为什么归还？

我梦见一个女人给我打来电话。一个陌生的女人，一个似乎已经死去的女人，以关怀备至的口吻劝告我，不要去参加今晚的晚会。

我梦见我从地面上消逝。在地铁车站，我听见一个老太婆的抽泣声。

我梦见海子嬉皮笑脸地向我否认他的死亡。

我梦见骆一禾把我引进一间油渍满地的车库。在车库的一角摆着一张铺着白色床单的单人床。他就睡在那里，每天晚上。

我梦见我走进一间乌烟瘴气的会议室。会议室里坐满了面孔模糊、一言不发的男人和女人。我坐下，这时一个满脸是血的男人闯进门来，大呼小叫："谁是叛徒？"

我梦见一个孩子从高楼坠落。没有翅膀。

我梦见了变形的钢铁，我梦见了有毒的树叶——这是一座城市在崩塌：

大火熊熊，蒙面人出没。但一座小楼却安然无恙；我没有失约，我坐在楼门口的石阶上，但我等待的那个人始终没有出现。

什么样的马叫做"小吉星马"？

什么样的陨石使大海燃烧？

我梦见我躺着，窗外海浪的喧声一阵猛似一阵。这座孤岛上连海鸥也无法栖息，而那个闪现于窗口的男人的面孔是谁呢？

八、冬

这是头发变白的时候，这是猎户座从我们身旁经过的时候，这是灵魂失去水分，而大雪落向工厂传达室的时候，一个座位上的姑娘受到邀请，走下灯光变幻的舞池，一个业余作者停止写作，开始为黎明的鸟雀准备食品。

雪在下，马粪被冻硬。乡村会计跳舞进城。

一只猫停在中途，用两种声音自我辩论。

一幅小时候看不懂的画至今依然无法看懂。

那部盖在雪下的出租汽车洁白得像一头北极熊。它的发动机坏了，体温下降到零。但我不忍心目睹它自暴自弃，便在车窗上写下"我爱你。"当我的手指划在玻璃上，它愉快地发出"吱吱"响，仿佛一个姑娘，等待着接吻，额头上放光。

疾病不在冬天里流行，疾病有它自己的打算。

被冻住的水龙头，节约了每一滴水；冰封的大海，节约了我们的死亡。

每次我在半夜醒来，都是炉火熄灭的时候。我赤脚下床，走向火炉，弄响火钳,那不辞而别的火焰便又噼噼啪啪地回来,温暖这世界黑夜的口水和呼吸。对于那恰好梦见狼群的人,我生火是救了他,我多想告诉他,即使是在寒冷的中心,火焰也是烫手的;狼群惧怕火焰,一定是由于它们中间有谁曾被火焰烫伤。

哦,破门而入的好汉,你可以拿走我床底的钱罐,你可以拿走我炉中的火焰,但你不能拿走我的眼镜、我的拖鞋——你不能冒充我活在这世上。

一个不具姓名的地址使我沉默良久,一张面孔被我忘却:另一种生活,另一种排遣时间的方法,构成了我的另一部分血肉。我手持地址走上风雪弥漫的大街,我将被什么人接纳或拒绝?

痰迹,有人生存。

寒冷低估了我们的耐力。

1992

重读博尔赫斯诗歌
——给 Anne

这精确的陈述出自全部混乱的过去
这纯净的力量,像水龙头滴水的节奏
注释出历史的缺失
我因触及星光而将黑夜留给大地
黑夜舔着大地的裂纹:那分岔的记忆

无人是一个人,乌有之乡是一个地方
一个无人在乌有之乡写下这些
需要我在阴影中辨认的诗句
我放弃在尘世中寻找作者,抬头望见

一个图书管理员，懒散地，仅仅为了生计
而维护着书籍和宇宙的秩序

1997.1

小老儿

小老儿小。小老儿老。小老儿一个小孩一抹脸变成一个老头。小老儿拍手。小老儿伸懒腰。小老儿到我们中间。小老儿走到东。小老儿走到西。小老儿穿过阴影。小老儿变成阴影。小老儿被绊倒。小老儿也绊倒别人。小老儿紧跟一阵小风。小老儿抓住小风的辫子。小老儿跟小风学会打喷嚏。小老儿传染得树木也打喷嚏。石头也打喷嚏。小老儿走进药店。小老儿一边打喷嚏一边砸药店。小老儿欢天喜地。小老儿无所事事。小老儿迷迷糊糊。小老儿得意忘形。小老儿吃不了兜着走。有人不在乎小老儿，小老儿给他颜色看。

小老儿看见谁就戏弄谁。小老儿不分有钱人没钱人。小老儿不分工人、农民、商人、士兵、学生、知识分子，或者无业游民。小老儿打瞪眼的人。小老儿打吐痰的人。小老儿打吃饭时吧唧嘴的人。小老儿打吃饭时吆五喝六的人。小老儿打拉屎不冲水的人。小老儿打不洗手的人。小老儿大打出手，真地大打出手。小老儿打得气喘吁吁。小老儿着急上火。小老儿打别人自己流出了鼻血。小老儿陡生道德感。小老儿的道德反道德，所以小老儿觉得头重脚轻。小老儿病了。小老儿需要休息片刻。小老儿发烧38度2。小老儿听见救护车的怪叫。小老儿住进人民医院。小老儿和男医生女医生打得火热。小老儿装死。小老儿从医院里溜出来。小老儿的病被一阵热风加重。小老儿变成一种病菌。

小老儿是猫变的或者是果子狸变的。小老儿变成小老儿。一个小老儿变成20个小老儿。小老儿喜欢凑热闹。小老儿学习认识小老儿。小老儿和小老儿比赛在粪便里游泳。小老儿和小老儿比赛擤鼻涕。小老儿读地图。小老儿发现了广东和内蒙、山西和河北。小老儿需要8000万个小老儿。8000万个小老儿分赴各地。8000万个小老儿相互之间靠打喷嚏联络。8000万个小老儿像流窜犯，抓住两个不流窜的大官、3000个无处流窜的小官。小老儿和他们一起玩发烧的小鸟，一起被五颜六色的鸟屎滑倒。

小老儿手拿小铁铲，铲走小花和小草，铲走蚂蚁和屎壳郎。小老儿封锁学校，占领学校。封锁村庄，占领村庄。小老儿在道路上挖陷阱。春天来了。小老儿不是小燕子，却觉得自己是春天的同谋。小老儿享受春天的小雨点。春天的小雨点同样洒在贪官污吏的头顶，小老儿偏不觉得自己是贪官污吏的同谋。小老儿和他们对干。小老儿瞧不上蚊子的小把戏。小老儿瞧不上大肠杆菌小模样。小老儿腿脚麻利，胳膊有劲。抓住大熊猫、小熊猫。原来它们是化了装的大狗熊、小狗熊。小老儿隐约觉得自己重任在肩。小老儿怀疑自己在替天行道。其实小老儿是瞎猫碰上死耗子。但小老儿忽然很严肃。小老儿吃不好睡不着。小老儿本来就疯疯癫癫现在越发疯疯癫癫。

小老儿决定结束无为而治的传统。小老儿决心不再遵守看热闹的本分。小老儿对小老儿说：应该人人争说小老儿。于是小老儿写酸溜溜的诗。小老儿做客东方电视台。小老儿是主人。小老儿是主角。小老儿是主语。小老儿也是自己的谓语和宾语。小老儿有点神秘。嘿嘿嘿，小老儿否认自己叫"小老儿"。小老儿否认自己曾经存在过。小老儿绝口不提自己的身世，为的是让人摸不着头脑。小老儿因此口齿不清。口齿不清并不妨碍小老儿发挥想象力。小老儿给每个人拨电话。小老儿在电话里不出声。小老儿敲每一户的房门。小老儿帮助你认识你也是一个小老儿。小老儿挤到夫妻之间、情人之间。小老儿推开他们，又粘住他们。小老儿知道自己成了谣言的宠儿。

小老儿坏吗？小老儿好吗？小老儿要干什么？小老儿究竟要干什么呢？小老儿自己绑架自己向全世界要赎金。小老儿自己毒自己向全世界要解药。小老儿肩负着向全世界派送小老儿的使命。小老儿背后必有高人指点。但小老儿自己也有点莫名其妙。小老儿高兴。小老儿膨胀。小老儿把卡拉OK重新发明一遍，把乘法口诀重新发明一遍。成了！成了！小老儿像气球一样飘起来。小老儿觉得飘来飘去很浪漫。小老儿轻轻落地。小老儿听见自己落地的声音。

小老儿跟着活人走。活人走成死人还在走。小老儿跟着死人走。死人们轻功了得，疾走如飞。小老儿看见了死人。死人看不见小老儿。小老儿终于看见了死人。小老儿不敢看，又想看，又不敢看。小老儿长出头发是为了让头发倒竖。小老儿长出心脏是为了让心脏跳得嘭嘭嘭。小老儿看见了白床单、白被单、白口罩、白色的大门和白色的墙壁。小老儿看见了白色是救护车像死人一样疾走如飞。小老儿以前也看到过。小老儿忘了。小老儿看到了空空荡荡的白。小老儿看得头发晕。小老儿在白色中又看到一个黑点。黑点扩大，小老儿看到了空空荡荡的黑。小老儿知道大事不好。

小老儿看见有人去拜神佛。小老儿看见有人拧走全城的电灯泡。小老儿接到情报：有人冒充小老儿在饭馆里白吃白喝，就像有人冒充高干子弟骗钱骗色。小老儿碰上比他更坏的人。小老儿来了劲。小老儿发现了发财的机会。其实小老儿发财也没用。小老儿偷走超市里的面包和方便面。小老儿编造关于小老儿的电视连续剧。小老儿给慌里慌张的人们发奖状。小老儿给姑娘们写情书。但很快小老儿就厌烦了。小老儿发现许多人戴上墨镜，假装看不见小老儿。小老儿不高兴。小老儿对付墨镜，见一个摘一个，或要求两个戴墨镜的人相互用眼神儿表达他们的爱憎。

人人惧怕小老儿。人们相互猜测对方是不是小老儿，在银行，在饭馆，在火车站，在歌舞厅。人们猜不出个所以然，所以170万人排山倒海逃离城市，留下85万个空寂的房间。但更多的人将自己反锁在家中，大气不敢出，大话不敢讲。小老儿看到了自己的威力。小老儿对此很自豪，同时对此也很纳闷。小老儿心想：小老儿是个什么东西！小老儿发呆，在空无一人的街头。小老儿歌唱，唱得自己泪流满面。小老儿自己感动了自己，像个文学青年。小老儿痛苦万分，想自己背叛自己。小老儿背叛了自己。小老儿背叛了已背叛的自己。

小老儿并非杀人不见血。小老儿带头吃大蒜、喝板蓝根。小老儿带头阅读加缪的《鼠疫》和马尔克斯的《霍乱时期的爱情》。小老儿为知识分子发明小老儿形而上学和小老儿隐喻。小老儿反对把小老儿变成一个太便宜的话题。小老儿号召人们："别出门！"小老儿启发被关禁闭的人们反向推导出自己是有罪之人。小老儿让人发愁，让人记住自己是一个人。小老儿让人看到生活以外。小老儿本没有目的现在觉得自己的目的已经达到。小老儿要走了。小老儿舍不得走。小老儿喜欢快刀斩乱麻。但小老儿又粘粘糊糊。

小老儿不出声。小老儿吞了隐身草。小老儿在墙上写大字："立即消灭小老儿！"于是全城的人终于倾巢出动，透过气来，回过神来，全城寻找小老儿。全城逮捕小老儿。小老儿无处可逃。小老儿终于被拿下。小老儿被装进玻璃瓶子，被贴上标签：小老儿A、小老儿B、小老儿C。小老儿被审判。小老儿没有道德之罪但被强加了道德之罪。小老儿被关进小黑屋。小老儿在小黑屋子里照镜子。小老儿看到镜子里除了黑什么都没有。小老儿有点害怕。时候到了，小老儿被枪毙。但小老儿打不死。小老儿又站起来。小老儿又变大又变小。小老儿烦了。小老儿自己掐自己的脖子。小老儿自己揪自己的头发。小老儿头发太多揪不完。小老儿揪完头发又长出头发。

小老儿闹腾一场。小老儿钻进鸽子棚。小老儿钻进下水道。小老儿没有碰到其他小老儿。小老儿回到自己的小地盘。小老儿忽然发现世界上只剩下了小老儿。小老儿被寂静塞住了耳朵。小老儿看见星期二的夜晚比星期一的更黑些。小老儿发现每一朵云彩都坐着一个小老儿。小老儿恍然大悟：有瘟疫的蓝天比没有瘟疫的蓝天更蓝些。小老儿爱上了小痰盂、小鼻涕、小眼泪、小痱子。小老儿变得有思想。小老儿变得煞有介事。小老儿思量东山再起。但这一会儿小老儿不吃不喝。小老儿面黄肌瘦。小老儿长叹一声，一座大楼应声倒塌。小老儿大笑一声，一只小鸟肝胆俱裂。又来了！又来了！

2004.7

陈陟云

广东电白人,1963年2月生,1980—1984年就读于北京大学法律系。长期在广东从事司法工作,现居广东佛山与肇庆。大学期间开始诗歌写作。2005年开始在《花城》《诗歌月刊》《山花》《十月》《上海文学》等报刊发表作品,入选多种诗歌选本。已出版诗集《燕园三叶集》(合著,长江文艺出版社,2005)、《在河流消逝的地方》(花城出版社,2007)、《陈陟云诗三十三首与两种解读》(合著,上海文艺出版社,2011)、《梦呓:难以言达之岸》(中国青年出版社,2011)、《月光下海浪的火焰》(长江文艺出版社,2014)。发起"中国先锋诗歌论坛""品嚼诗意,留传经典"等诗歌活动。获第九届十月文学诗歌奖。

梦　呓

当是某生某世。一个春意酣然的下午
松间竹影,一幢回形的房子,庭榭环绕
我只走一侧
桃花在远处于开与未开之间被我移入脑中
光照暧昧,万年青的叶子晃动
仿佛一晃万年

我和你的相遇这一回该不是梦呓了吧

婢女款款而至

但时间的密码遗落在历代,墙墙林立

铜镜悲情而嘶哑

一尊光滑的柱子,被刻上难懂的图案

失忆总是常态

我的体内,在期待之中盛开温暖的年轮

言辞泛滥的年代,叙述只为某种无从把握的情绪

你我之间,水面辽阔,安静而透明

只有虚构寒光凛冽

只有流水擦亮忧伤

一生何其短暂,一日何其漫长

2007.4.14 下午 佛山

幻觉的风景

经由岁月的夹缝,把手伸给你

众多叶子醒来,它们的触觉在一个冬天回暖

触手可及的柔润,组成蛊惑人心的风景

掌纹的走向,决定风景的内容

我们相遇于此,掌心与掌心的潮湿

在叶脉中迷失。蜷伏于你的曲线

感叹万物的苍老。生命如此短暂

我们却从不吝啬时光

生存的空间,堆积太多的幻觉

你我的情形,恰似两棵相望之树

相偎相依只能连根拔起

在无人离去的地方,我目睹一个人的离去

在无人哭泣的时刻,我掂量着一颗泪水的决绝

2009.5.14

月光下海浪的火焰

画轴展开时,你须在现场

随即入画。面对一生中极少提及的大海

未知何朝之月,拖曳着如此巨大的月晕

时光难得比月光宁静

波涛未必比生命汹涌

月晕下的海面,是滚滚而来的火焰

发着浅蓝色的暗光,燃烧,熄灭,湮没

无休无止的火焰!无休无止的燃烧,熄灭和湮没

请选择一个时段,譬如公元二十一世纪的某一年

最好是夏天,最好是子夜时分

两个相爱的人,像两颗撞击的水滴

溅落海滩。生命的短暂,不可遮蔽相爱的久远

两滴水的缠绵,从来就不是一种短暂

如来自寒武纪两丝蓝藻的纠结

深入地层,还会构筑另一种相传的方式

此时,月光是唯一的映照

以点,以束,以片,以慢镜头的动作

展开事物的可见性

笑容可见,掌纹的走向可见

甚至发际的暗香、脉搏的起伏也清晰可见

唯独世界消隐,记忆消隐

两个影子的重叠,犹如两片叶子的抖动

惊栗于错过而不曾相遇的假设

惊栗于火焰的熄灭和燃烧
惊栗于十指的紧扣，是两束忧伤的根须
在泥土深处锁闭的纠缠
而展望海面，月光的开阔就是情感的开阔
滚滚而来的火焰背后，就是滚滚而来的星系和宇宙
以及宇宙之外的无边，无人敢于想象的高远
或许，两个人也就是两个宇宙
血肉、经脉、骨骼和气息，构成体内的星系
细胞和血液的星体，以运转形成平衡
以生生灭灭形成新陈代谢
心脏的某一处海边，也有两个相爱的人
缘于月光的缘由，以探寻的目光
仰望我们身体的宇宙
其实，两个具象的人，只是一个角度的参照
坐于海边，便是坐于物质的有限可见和灵魂的无限深远
两个相爱的人，只是两颗瞬间的水滴
在一个夏天的子夜，他们的爱情
被赋予月晕的色泽，留给疏忽的目光，和删减的情节
他们的耳语，以丝绸的质地，在后人的海风中飘拂
他们对待事物的方法
是看着月晕下滚滚而来的火焰，燃烧，熄灭，湮没
然后，伸手紧握相爱的久远

画轴收起时，你还须在现场，不可随画而去

2011.7.13 夜 草于汕头南澳岛
2011.7.16 晚 改于佛山

茶马古道

"马背驮负的是生存",接过马缰时
我并没有忽略那牵马的手:突露的青筋
宛如古道,隐于黧黑的土地
沿坡而上,隐隐发光
"之后就是山,山山相连,如牙齿
在牙缝间,你只会听到马蹄的回响。"
或许,我该不是第一次在山中习骑
对应于某一朝代,敌人擅骑,尤精箭法
策马,张弓,瞄准:哦,在历史的射程内
一个彪悍的男人出现
死过千次之后,他会如期再死
但脸上刀劈的疤痕,却是生字最重的一撇
扯着他斜扣的帽檐
他的马匹精壮,马帮强大
杀戮之事,仅只是烟杆上轻冒的火花
他们嚼在口中的话语
酸甜苦辣褪尽
散发着女人吻别的留香
花梨和云杉漏下的光影
注入身下的泥土,如水,催生爱情和死亡的种子
长成娴熟的骑术和刀法
他们的头颅,系在马缰上
更是系在远方远远的梦中

一箭射出,我在倒下的一刹那,只看见
高高的云杉树顶上高高的白云,高高的白云上高高的蓝天

2013.6.5 夜

最后的玫瑰

最后的玫瑰,像即将熄灭的火
光焰的黄金提炼的忧郁
锻在骨子里,是高贵
扑面而来的,是雨中风吹火把的气息
只寻找疼痛的触点,盛开徒劳的美丽

最后的玫瑰,锋利的是花瓣
不是刺。虚空中伸出湿润的手指
瞬间被划破
流淌出来的血,也是玫瑰的颜色
冷艳,而不再炽热

最后的玫瑰,悬挂于来生的拐道上
点燃,它是灯
熄灭,它是灰烬

2014.10.16 夜

黄昏之前

黄昏之前,我必须跟上光的节奏
强暗光之间的纹理,穿透内心和躯体
像铁轨,密集而没有走向
像阡陌,纵横而无法驻足
我必须寻找那些隐迹的影
它们湿润,凝重,伤痕遍布,遗落天空
我必须循声而去
让它们巨大的翅膀,在心间抖动

大洋彼岸，风一定是反向地吹

海浪的波纹和船只，都离岸远去

水天一色的岁月，是一张日渐苍老的脸

看夕阳西下，大雨来临

看忽明忽暗的光影交错中

一只疲惫的水鸟

越过重洋

亲爱的，抵达之前，我必须降落

今生太短

来世无期

2015.6.29 夜

老　木

　　本名刘卫国，1963年生，江西萍乡人。1979年考入北京大学中文系（期间休学一年）。大学期间开始写诗，参与编选诗集和新诗潮诗歌推介活动，是中文系诗刊《启明星》的创办者之一。毕业后供职于《文艺报》等部门。1985年，编选了"内部交流"的《新诗潮诗集》（上下两集）和《青年诗人谈诗》，由北京大学五四文学社出版。这部诗集，对"新诗潮"的传播和影响扩大，做出重要贡献。上册选入北岛、舒婷、江河、芒克、顾城、杨炼、食指、多多等13人作品，多多的作品，是首次在出版物上的集结呈现。下册选入梁小斌、王小妮、韩东、吕德安、张枣、王家新、骆一禾、海子、西川、王寅、陆忆敏、陈东东、翟永明、欧阳江河、柏桦、车前子、廖亦武、宋渠、宋炜、于坚等73人的诗作，展现"朦胧诗"之后的新诗潮的状况。1988年，与贝岭、西川、陈东东等创办了诗歌民刊《倾向》。

形式是我们内心唯一的火焰

　　那个美貌的女人，二十岁
　　她怯弱的身姿在此刻又多么荒凉
　　夜间的城市里盛开着罂粟花
　　迷人的香气里充满了诱惑
　　又有危险的光芒

S，快乐的窗帘，花朵和灵魂

——在大清早，你快乐地梳头
风吹动窗帘，露出那盆玫瑰
就像灵魂的花朵
一夜之间已悄然苏醒

悼一个朋友死亡

死神的压迫和诱惑
在众人的奔忙中多么巨大
不可抵挡。而他们又将做什么
就像一场雨后是否还有另一场
我们一无所知

一种水果

一种水果
一种爱情的食物
如同日子所带来的
有时是酸辛
有时是甜蜜

我还在记忆那个夜晚的一切
你小声地哭泣
我递给你葡萄
也献给你人生的泪水

一种水果
一种爱情的信物

秋天十四行之一

宁静大块大块而且透明
这个季节金黄得令人沉静
你可以走在树林里和她谈话
不必说什么,心就能够交融
做一次长梦如同那些大雁
自由地飘飞是生命的幸运
因为她正时刻把你注视
既是赞许又是她心的跳动
回来,在山坡上长长地散步
体会秋天也体会生命
土地的香气干燥而清爽
河流是秋天的爱情,优美而感动
这时在风中站上一会儿该有多好
你的心闪闪烁烁,她的长发蓬蓬松松

海 子

本名查海生,1964年生于安徽怀宁县高河查湾。1979—1983年,就读于北京大学法律系。毕业后任职于校址在北京昌平的中国政法大学哲学教研室。1989年3月26日在山海关卧轨自杀,终年25岁。生前自印的诗集有《小站》《河流》《传说》《但是水、水》《麦地之瓮》(与西川合集)、《太阳·断头篇》《太阴·诗剧选幕》。离世后,骆一禾、西川等友人和出版机构整理出版的诗集有《土地》(春风文艺出版社,1990)、《海子的诗》(人民文学出版社,1995)、《海子诗全编》(上海三联书店,1997)、《海子诗全集》(作家出版社,2009)等。

亚洲铜

亚洲铜,亚洲铜
祖父死在这里,父亲死在这里,我也将死在这里
你是唯一的一块埋人的地方

亚洲铜,亚洲铜
爱怀疑和飞翔的是鸟,淹没一切的是海水
你的主人却是青草,住在自己细小的腰上,守住野花的手掌和秘密

亚洲铜，亚洲铜
看见了吗？那两只白鸽子，它是屈原遗落在沙滩上的白鞋子
让我们——我们和河流一起，穿上它吧

亚洲铜，亚洲铜
击鼓之后，我们把在黑暗中跳舞的心脏叫做月亮
这月亮主要由你构成

1984.10

自画像

镜子是摆在桌上的
一只碗
我的脸
是碗中的土豆
嘿，从地里长出了
这些温暖的骨头

1984

写给脖子上的菩萨

呼吸，呼吸
我们是装满热气的
两只小瓶
被菩萨放在一起

菩萨是一位很愿意
帮忙的

东方女人
一生只帮你一次

这也足够了
通过她
也通过我自己
双手碰到了你，你的
呼吸

两片抖动的小红帆
含在我的唇间
菩萨知道
菩萨住在竹林里
她什么都知道
知道今晚
知道一切恩情
知道海水是我
洗着你的眉
知道你就在我身上呼吸
呼吸

菩萨愿意
菩萨心里非常愿意
就让我出生
让我长成的身体上
挂着潮湿的你

1985.4

打　钟

打钟的声音里皇帝在恋爱
一枝火焰里
皇帝在恋爱

恋爱，印满了红铜兵器的
神秘山谷
又有大鸟扑钟
三丈三尺翅膀
三丈三尺火焰

打钟的声音里皇帝在恋爱
打钟的黄脸汉子
吐了一口鲜血
打钟，打钟
一只神秘生物
头举黄金王冠
走于大野中央
"我是你爱人
我是你敌人的女儿
我是义军的女首领
对着铜镜
反复梦见火焰"

钟声就是这枝火焰
在众人的包围中
苦心的皇帝在恋爱

1985.5

粮　食

埋着猎人的山冈
是猎人生前唯一的粮食

粮食
是图画中的妻子

西边山上
九只母狼
东边山上
一轮月亮

反复抱过的妻子是枪
枪是沉睡爱情的村庄

歌：阳光打在地上

阳光打在地上
并不见得
我的胸口在疼
疼又怎样
阳光打在地上

这地上
有人埋过羊骨
有人运过箱子、陶瓶和定石
有人见过牧猪人，那是长久的漂流之后
阳光打在地上，阳光依然打在地上

这地上
少女们多得好像
我真有这么多女儿
真的曾经这样幸福
用一根水勺子
用小豆、菠菜、油菜
把它们养大
阳光打在地上

1986

鱼　筐

孤独是一只鱼筐
是鱼筐中的泉水
放在泉水中

孤独是泉水中睡着的鹿王
梦风的猎鹿人
就是那用鱼筐提水的人

以及其他的孤独
是柏木之舟中的两个儿子
和所有女儿，围着诗经桑麻沅湘木叶
在爱情中失败
他们是鱼筐中的火苗
沉到水底

拉到岸上还是一只鱼筐
孤独不可言说

1986

死亡之诗（采摘葵花）
——给凡·高的小叙事：自杀过程

雨夜偷牛的人
爬进了我的窗户
在我做梦的身子上
采摘葵花

我仍在沉睡
在我睡梦的身子上
开放了彩色的葵花
那双采摘的手
仍像葵花田中
美丽笨拙的鸽子

雨夜偷牛的人
把我从人类
身体中偷走
我仍在沉睡
我被带到身体之外
葵花之外，我是世界上
第一头母牛（死的皇后）
我觉得自己很美
我仍在沉睡

雨夜偷牛的人
于是非常高兴
自己变成了另外的彩色母牛

在我的身体中

兴高采烈地奔跑

从六月到十月

六月积水的妇人，囤积月光的妇人

七月的妇人，贩卖棉花的妇人

八月的树下

洗耳朵的妇人

我听见对面窗户里

九月订婚的妇人

订婚的戒指

像口袋里潮湿的小鸡

十月的妇人则在婚礼上

吹熄盘中的火光，一扇扇漆黑的木门

飘落在草原上

1986.6.19

自杀者之歌

伏在下午的水中

窗帘一掀一掀

一两根树枝伸过来

肉体，水面的宝石

是对半分裂的瓶子

瓶里的水不能分裂

伏在一具斧子上

像伏在一具琴上

还有绳索
盘在床底下
林间的太阳砍断你
像砍断南风

你把枪打开，独自走回故乡
像一只鸽子
倒在猩红的篮子上

肉体（之一）

在甜蜜果仓中
一枚松鼠肉体般甜蜜的雨水
穿越了天空　蓝色
的羽翼

光芒四射

并且在我的肉体中
停顿了片刻

落到我的床脚
在我手能摸到的地方
床脚变成果园温暖的树桩

它们抬起我
在一只飞越山梁的大鸟

我看见了自己
一枚松鼠肉体
般甜蜜的雨水

在我的肉体中停顿
了片刻

1986.6

祖国（或以梦为马）

我要做远方的忠诚的儿子
和物质的短暂情人
和所有以梦为马的诗人一样
我不得不和烈士和小丑走在同一道路上

万人都要将火熄灭　我一人独将此火高高举起
此火为大　开花落英于神圣的祖国
和所有以梦为马的诗人一样
我藉此火得度一生的茫茫黑夜

此火为大　祖国的语言和乱石投筑的梁山城寨
以梦为上的敦煌——那七月也会寒冷的骨骼
如白雪的柴和坚硬的条条白雪　横放在众神之山
和所有以梦为马的诗人一样
我投入此火　这三者是囚禁我的灯盏　吐出光辉

万人都要从我刀口走过　去建筑祖国的语言
我甘愿一切从头开始
和所有以梦为马的诗人一样

我也愿将牢底坐穿

众神创造物中只有我最易朽　带着不可抗拒的死亡的速度
只有粮食是我的珍爱　我将她紧紧抱住　抱住她在故乡生儿育女
和所有以梦为马的诗人一样
我也愿自己埋葬在四周高高的山上　守望平静家园

面对大河我无限惭愧
我年华虚度　空有一身疲倦
和所有以梦为马的诗人一样
岁月易逝　一滴不剩　水滴中有一匹马儿一命归天

千年后如若我再生于祖国的河岸
千年后我再次拥有中国的稻田　和周天子的雪山　天马踢踏
和所有以梦为马的诗人一样
我选择永恒的事业

我的事业　就是要成为太阳的一生
他从古到今——"日"——他无比辉煌无比光明
和所有以梦为马的诗人一样
最后我被黄昏的众神抬入不朽的太阳

太阳是我的名字
太阳是我的一生
太阳的山顶埋葬　诗歌的尸体——千年王国和我
骑着五千年凤凰和名字叫"马"的龙——我必将失败
但诗歌本身以太阳必将胜利

1987

面朝大海,春暖花开

从明天起,做一个幸福的人

喂马,劈柴,周游世界

从明天起,关心粮食和蔬菜

我有一所房子,面朝大海,春暖花开

从明天起,和每一个亲人通信

告诉他们我的幸福

那幸福的闪电告诉我的

我将告诉每一个人

给每一条河每一座山取一个温暖的名字

陌生人,我也为你祝福

愿你有一个灿烂的前程

愿你有情人终成眷属

愿你在尘世获得幸福

我只愿面朝大海,春暖花开

1989. 1. 13

春天,十个海子

春天,十个海子全部复活

在光明的景色中

嘲笑这一个野蛮而悲伤的海子

你这么长久地沉睡究竟为了什么?

春天,十个海子低低地怒吼

围着你和我跳舞,唱歌

扯乱你的黑头发，骑上你飞奔而去，尘土飞扬
你被劈开的疼痛在大地弥漫

在春天，野蛮而悲伤的海子
就剩下这一个，最后一个
这是一个黑夜的孩子，沉浸于冬天，倾心死亡
不能自拔，热爱着空虚而寒冷的乡村

那里的谷物高高堆起，遮住了窗户
它们把一半用于一家六口人的嘴，吃和胃
一半用于农业，他们自己的繁殖
大风从东刮到西，从北刮到南，无视黑夜和黎明
你所说的曙光究竟是什么意思

1989.3.14 凌晨 3—4 点

黑夜的献诗
——献给黑夜的女儿

黑夜从大地上升起
遮住了光明的天空
丰收后荒凉的大地
黑夜从你内部上升

你从远方来，我到远方去
遥远的路程经过这里
天空一无所有
为何给我安慰

丰收之后荒凉的大地

人们取走了一年的收成

取走了粮食骑走了马

留在地里的人,埋得很深

草杈闪闪发亮,稻草堆在火上

稻谷堆在黑暗的谷仓

谷仓中太黑暗,太寂静,太丰收

也太荒凉,我在丰收中看到了阎王的眼睛

黑雨滴一样的鸟群

从黄昏飞入黑夜

黑夜一无所有

为何给我安慰

走在路上

放声歌唱

大风刮过山岗

上面是无边的天空

1989. 2. 2

臧 棣

本名臧力，1964年4月生于北京。1983年9月考入北京大学中文系，1990年硕士研究生毕业后供职于中国新闻社，1993年重回北大学习，1997年获博士学位并留校任教，北京大学诗歌研究院研究员。大学期间开始诗歌写作，自印诗集《大雨》（与清平、徐永、麦芒合著）。1989年12月、1996年参与创办诗歌民刊《发现》《标准》，1999年，与肖开愚、孙文波主编《中国诗歌评论》（人民文学出版社）。出版诗集有《燕园记事》（文化艺术出版社，1998）、《风吹草动》（中国工人出版社，2000）、《新鲜的荆棘》（新世界出版社，2002）、《宇宙是扁的》（作家出版社，2008）、《空城计》（台北，唐山出版社，2009）、《未名湖》（海南出版社，2010）、《慧根丛书》（重庆出版社，2011）、《骑手和豆浆 臧棣集1991—2014》（作家出版社，2015）。编有《里尔克诗选》（中国文学出版社，1996）。

咏荆轲

——为1991年秋天的死亡和梦想而作，或纪念戈麦

油灯昏暗，苍蝇如同篆字
钉在发呆的食物上，纹丝不动
这时来了一些人，开始在下等酒肆里寻找
改变历史方向的因素

酒碗里浓烈的镜子又一次消失
黑暗在飘飞,像他们身后的雪花
对未来的恐惧使他们茁壮成长
但那一天,我麻木的舌头却始终未能捕捉到

这漂亮的祝酒辞。黑暗在飘飞
长久地走路,突然驻足:
这之间如果有什么差别,那必定是
颤栗像一道油漆,深入浅出地刷在

他们僵硬的脸上,此刻我已醉眼朦胧
昨夜的房事在我的右颅内造成
异样的揩痛。多解风情的幽燕女子
我想我差不多已找到了亡国的根源

平生第一次,在下等酒馆里
他们遭遇严肃的问题。我也是如此
永恒的愤怒像丛生的皮癣
爬满就义者临终的遗言:噢,一切都提前了

如果人们以梦到死亡的次数
来推选国王的话,我当之无愧
我的灵魂喜欢说:不!从我嘴里说出的
这个字几乎可以排列到天边

也许我有点自负,我的使命
就是把被怀疑的一切压缩成可爱的深渊
的确,舞刀弄剑使我对人生有了不同的感觉
我已习惯于让历史尊重那致命的一击

但我更为倾心的不是血能染红什么
而是在宁静的夜晚：眨动的星光
神秘的迹象，为茅屋里飘摇的烛火所怀念
我为不止我一个人有这样的想法而举杯

黑暗在飘飞：这个冬天惟一的
一场大雪正被急着运往春暖花开
加工成耕田人的希望。而像我这样的酗酒者
则会紧锁眉头，幻想着怎样把人的一生

焊入壮丽的瞬间。借着酒劲
我察觉到有人喜欢黑，有人酷爱白
还有人迷恋聪明、诚实的百分比
流言和谎言像两头石狮，守卫人性的拱门

岁月流逝，直指苍穹，时间之树令人晕眩
镜子的深处：光阴的叶子纷纷飘落
却没有一片想到要遮住我的冲动
难道我的剑影像一道历史的皱纹

我暗恋着不朽，并知道选择的奥秘
只涉及有和无，而同多与少无关
我承认我一生最大的过错在于
对青春，这唯一的知识，忍不住说过"再来一回"

就像那些动的女子在黑暗中对我所说的
黑暗在飘飞：仰望星空从不会
让我萌生从上面掉下来的念头。唯有奇思妙想
使我的武艺出神入化。但即便如此

出生入死也不是我的本意
死太像一种拯救,太像是必要的善
当人类的权势频繁代替命运的力量
把它赐给我们大家时:我的厌恶重复人的觉悟

我不记得他们是如何把我弄出酒馆的
那位英俊的太子的请求并不诱人
我之所以答应,完全是考虑到不能
让平庸来玷污这样一次用剑安慰历史的机会

尽人皆知的结局并不令我难堪
或许我临死前与嬴政的对话曾让历史失色
带着嘲弄的口吻,秦王说"谢谢你的剑术"
"不,"我纠正道:"还是感谢我的灵魂吧"

1991.11

未名湖

虚拟的热情无法阻止它的封冻。
在冬天,它是北京的一座滑冰场,
一种不设防的公共场所,
向爱情的学院派习作敞开。

他们成双的躯体光滑,但仍然
比不上它。它是他们进入
生活前的最后一个幻想的句号,
有纯洁到无悔的气质。

它的四周有一些严肃的垂柳:

有的已绿茵密布，有的还不如
一年读过的书所累积的高度。
它是一面镜子，却不能被

挂在房间里。它是一种仪式中
盛满的器皿所溢出的汁液；据晚报
报道：对信仰的胃病有特殊的疗效。
它禁止游泳；尽管在附近

书籍被比喻成海洋。毋庸讳言
它是一片狭窄的水域，并因此缩短了
彼岸和此岸的距离。从远方传来的
声响，听上去像湖对岸的低年级女生

用她的大舌头朗诵不朽的雪莱。
它是我们时代的变形记的扉页插图：
犹如正视某些问题的一只独眼，
另一只为穷尽繁琐的知识已经失明。

1995.2　1996.4

我喜爱蓝波的几个理由

他的名字里有蓝色的波浪，
奇异的爱恨交加，
但不伤人。浪漫起伏着，
噢，犹如一种光学现象。
至少，我喜欢这样的特例——
喜欢他们这样把他介绍过来。
他命定要出生在法国南部，

然后去巴黎，去布鲁塞尔，
去伦敦，去荒凉的非洲
寻找足够的沙子。
他们用水洗东西，而他
用成吨的沙子洗东西。
我理解这些，并喜爱
其中闪光的部分。
我不能确定，如果早生
一百年，我是否会认他作
诗歌上的兄弟。但我知道
我喜欢他，因为他说
每个人都是艺术家。
他使用的逻辑非常简单：
由于他是天才，他也在每个人身上
看到了天才。要么是潜在的，
要么是无名的。他的呼吁简洁
但听起来复杂："什么？永恒。"
有趣的是，晚上睡觉时，
我偶尔会觉得他是在胡扯。
而早上醒来，沐浴在
晨光的清新中，我又意识到
他的确有先见之明。

2002

小挽歌丛书

远山埋没过天使。
但是，永恒的歉意里不包括

永恒的错误和永恒的真理。

远山如窍门，被成群的野兽卸下。

一切敞开，就如同自然的秘密就结果在

眼前这几棵野柿子树上。

论口感，野果滋味胜过传统渴望保持沉默。

林中路曲折，落叶沙沙作响——

提醒你，落叶现在是记忆的金色补丁。

各种化身朴素于你中有我，

就好像我睡觉的时候，蝴蝶在小溪边梦见我。

十一月的草丛中，竟然真的有蝴蝶

飞吻着奇妙的北纬 36 度。

嘿。大陆来的北方佬。你知道

什么东西比本地人更习惯于

这冷蝴蝶展示出的冰凉的尺寸吗？

最大的真实是包容无穷小，甚至是

包容最偏僻的风物。但现在的问题是

真实喜欢逆反蝴蝶。幽灵比天使更执着于倾诉。

正在唱出的挽歌，是中止的挽歌，

也是即将委婉永恒的挽歌。

起伏的挽歌，也起伏着十一月的蝴蝶

和你我之间的最后的距离。

2011

纪念柳原白莲丛书 [①]

身边已足够辽阔。

15 岁第一次结婚。比青春还左。

[①] 柳原白莲 (1885—1967)，日本女诗人。

26岁又嫁给煤炭大王。比金钱更右。
但是,左和右都把你想错了。
37岁春风把你吹到牛奶的舞蹈中,
做母亲意味着家里有一口大钟,
挂得比镜子的鼻尖还高。
历史是入口。闪烁的星星知道你的秘密,
就仿佛你给它们寄过紫罗兰和蜂蜜。
嘿,我在这里。你的喊声
回荡在爱与死之间。而死亡是
一种奇怪的回声,它带来的每样东西都很新鲜。
比如,悲哀是新鲜的,它不会
因日子陈旧而褪色。能判断你的人
似乎不是我们这些好色的圣徒。
据说鲁迅也没见过比你更美的女人。
而我感到的压力是,不变成一个女人
我就没法理解你的高贵。
但是崇拜你,就意味着减损你,
甚至是侮辱你。你提醒我们
你曾向秋天的风中扔去一块石头。
那意味着什么?你帮助语言在身体那里
找到一个窍门。对盛开的梅花说
只有细雨才能听得懂的话。而最重要的话,
如你表明的那样,只有讲出来
才会成为最深邃的秘密。
你赢得信任的方式令我着迷,就仿佛
信任不是一种选择,而是一次机遇。
最大的信任常常出现在早晨。

比如，柿子像早晨的眼睛，
脱离了夜晚带给它们的
低级趣味。柿子挂在明亮的枝头。
你发明了看待它们的目光，
从太阳的背后，从时间的反面。
猫头鹰已经飞走，乌鸦的黑拳头
摆平了时代的赌局。成熟的柿子，
肺腑间的珍珠的格言。你的和歌
并未让今天的风格感到遗憾。
因为你再次证明了，诗是这样的事情：
我们必须干得足够骄傲。

2011. 8

芹菜的琴丛书

我用芹菜做了
一把琴，它也许是世界上
最瘦的琴。看上去同样很新鲜。
碧绿的琴弦，镇静如
你遇到了宇宙中最难的事情
但并不缺少线索。
弹奏它时，我确信
你有一双手，不仅我没见过，
死神也没见过。

2013. 2. 27

没有一种怀念能胜任这样的出没丛书
——写于邓丽君忌日

这是时代的缝隙,里面的东西
需要新起一个名字。
这是在骨头上锉几个
透气的小眼。但不是动手术。
这是女神混入了女人,
或者,女性混入了女神。
迄今为止,还没有一种怀念
能胜任这样的出没。
这是一种东西,比思想更善于分享。
或者,这不是一种东西,
无价,但你不妨象征性地付点小钱。
这是曾用枪口戳过的太阳穴。
这是曾被谴责过的迷途。
这是激进的甜。从未抹杀过一个瞬间。
或者,这是曾经的我,穷得异常暧昧。
这是第一杯咖啡,马尿般泼向生活的颜色。
这也是我,第一次游进我的脑海。

2014.5.8

纪念王尔德丛书

"每个诗人的灵魂中都有一种特殊的曙光。"

——德里克·沃尔科特

曙光作为一种惩罚。但是,
他认出宿命好过诱惑是例外。

他提到曙光的次数比尼采少，
但曙光的影子里却浩淼着他的忠诚。
他的路，通向我们只能在月光下
找到我们自己。沿途，人性的荆棘表明
道德毫无经验可言。快乐的王子
像燕子偏离了原型。飞去的，还会再飞来，
这是悲剧的起点。飞来的，又会飞走，
这是喜剧的起点。我们难以原谅他的唯一原因是，
他不会弄错我们的弱点。粗俗的伦敦
唯美地审判了他。同性恋只是一个幌子。
自深渊，他幽默地注意到
我们的问题，没点疯狂是无法解决的。
每个人生下来都是一个王。他重复兰波就好像
兰波从未说过每个人都是艺术家。
伦敦的监狱是他的浪漫的祭坛，
因为他给人生下的定义是
生活是一种艺术。直到死神
去法国的床头拜访他，他也没弄清
他说的这句话：艺术是世界上唯一严肃的事
究竟错在了哪里。自私的巨人。
他的野心是他想改变我们的感觉，就像他宣称——
我不想改变英国的任何东西，除了天气。
绝唱就是不和自我讲条件，因为诗歌拯救一切。
他知道为什么一个人有时候只喜欢和墙说话。
比如，迷人的人，其实没别的意思，
那不过意味着我们大胆地设想过一个秘密。
爱是盲目的，但新鲜的是，
爱也是世界上最好的避难所。

好人发明神话,邪恶的人制作颂歌。

比如,猫只有过去,而老鼠只有未来。

你的灵魂里有一件东西永远不会离开你。

宽恕的弦外之音是:请不要向那个钢琴师开枪。

见鬼。你没看见吗?他已经尽力了。

他天才得太容易了。玫瑰的愤怒。

受夜莺的冲动启发,他甚至想帮世界

也染上一点天才。真实的世界

仅仅是一群个体。他断言,这对情感有好处。

因为永恒比想象得要脆弱,

他想再一次发明我们的轮回。

2011. 10

作为一个签名的落日丛书

又红又大,它比从前更想做
你在树上的邻居。

凭着这妥协的美,它几乎做到了,
就好像这树枝从宇宙深处伸来。

它把金色翅膀借给了你,
以此表明它不会再对鸟感兴趣。

它只想熔尽它身上的金子,
赶在黑暗伸出大舌头之前。

凭着这最后的浑圆,这意味深长的禁果,
熔掉全部的金子,然后它融入我们身上的黑暗。

2012. 11. 15

读仓央嘉措丛书

小时候在四川偏僻的集市上
见过的藏族女孩,在你的诗中
已长大成美丽的女人。
你写诗,就好像世界拿她们没办法。
或者,你写诗,就好像时间拿她们没别的办法。
假如你不写诗,你就无法从你身上
辨认出那个最大的雪域之王。
美丽的女人当然是神,
不这么起点,我们怎么会很源泉。
这不同于无论神冒不冒傻气。
她们是她们自己的神,但她们不知道。
或者,她们是她们自己的神
但远不如她们是我们的神。
1987,失恋如同雪崩,我 23 岁时
你也 23 岁,区别仅仅在于
我幸存着,而你已被谋杀。
且我们之间还隔着两个百年孤独。
多年来,我接触你的方式
就好像我正沿着你的诗歌时间
悄悄地返回我自己。1989,我 25 岁时
你 22 岁,红教的影子比拉萨郊区的湖水还蓝。
1996,我 32 岁时你 19 岁,
心声怎么可能只独立于巍巍雪山。
2005,我 41 岁时你 17 岁;
一旦反骨和珍珠并列,月亮
便是我们想进入的任何地方的后门。

2014，我 50 岁时你 15 岁；
就这样，你的矛盾，剥去年轻的壳后
怎么可能会仅仅是我的秘密。

2014. 2

母亲的金字塔入门①

你从画报上看到上了年纪
印第安女人的面孔
比时间的皱纹更密集于
命运之神从我们身上夺走的
生命的魅影。明亮的背景中，
太阳金字塔像一座孤岛
隐喻着它四周看不见的海水。
与你的姐妹相比，你不太热衷于
从风景中提炼秘密，无论是
生活的秘密，还是存在的秘密；
因为在你看来，太美的风景
都是对人生如梦的刻意的加速，
那近乎一种心灵的失控。
但这一次，情况似乎有点不同；
你明确地说，你很想去看看
桌状高原上的金字塔。就好像
只有现场才会成就这样的震撼——
巍峨的呼吸，竟然先于
阿兹特克人的直觉。巨大的静止

---

① 太阳金子塔 Pirámide del Sol，位于墨西哥的特奥蒂瓦坎古城城北。

化身为信仰的建筑,从每个角度
看过去,都比遗迹还擅长奇迹。
或许,它的静止的表演也意在提醒你,
我们并不是宇宙的唯一的观众。
有好几次,我努力避开来自世界
各地的游人,将自己置身于
金字塔那明亮的阴影中:那里,
亲爱的母亲,我所能看见的一切,
无不来自你无形的高度。

2015. 12. 1

我的蚂蚁兄弟入门

我穿过的黑衣服中
凡颜色最生动的地方
无不缀有你小小的身影。
黑丝绸的叹息,始终埋伏在
那隐秘的缝合部。任何时候
都不缺乏献给硬骨头的
柔软的黑面纱。来到梦境时,
黑肌肉堵着发达的
爱的星空。甚至连横着的心
都没有想到最后的出口
竟如此原始。我不知道我
是否应该表达一点歉意,
因为长久以来,我对你
一直怀有不健康的想法——
我想跨越我们的鸿沟,

陌生地，突然地，毫无来由地，
公开地，称你为我的兄弟。
身边，春风的淘汰率很高，
理想的观摩对象已所剩无几；
而你身上仿佛有种东西，
比幽灵更黑；一年到头，
几乎没有一天不在排练
人生的缩影。你的顽强
甚至黑到令可怕的幽灵
也感到了那无名的失落。
有些花瓣已开始零落，
但四月的大地看上去仍像
巨大的乳房。你是盲目的，
并因盲目而接近一种目的：
移动时，你像文字的黑色断肢，
将天书完成在我的脚下。

2016.4.17

徐 永

本名徐永恒,1965年10月生于四川。1983年考入北京大学中文系文学专业。大学毕业后长期担任新闻记者和媒体管理工作,历任《四川日报》记者、《中国青年报》记者、《成都日报》编委、《重庆青年报》社长、《课堂内外》总编。现为重庆艺术工程职业学院副院长。1987年与清平、臧棣、麦芒合出四人集《大雨》(自印),2009年与向以鲜、凸凹合出三人集《诗·三人行》(海风出版社)。其他诗作散见《北大诗选1978—1998》《1998中国最佳诗歌》《再见·20世纪——当代中国大陆学院诗选》《90年代实力诗人诗选》等选集及部分诗刊。

想起四川

想起那个地方
就想起褐红的岩石
大海退去了,为什么长江
还在不息地奔腾咆哮
男人们赤裸的身子
跌落悬崖,纤绳在空中
击出悠长的回响
他们的吆喝在世上传唱
或者横尸沙场,枪杆歪在身旁

女人们开荒种地，打柴上市，背盐回家

思念着亲人，哺养着

鸡、鸭、猪、狗和孩子

四川，四川，想起那里

就想起我喝过那里的水

我骑着矮个子的马，无数次地驰过

清澈的小溪，浪花溅上白净的卵石

在万仞高峰上我向远方眺望

自古以来它就是

一片血肉凝聚的土地

自古以来它就生产

稻米、美酒、军阀和诗人

1987

火车站

从所有的山村　所有的小镇

所有道路的起点　所有直接践踏着泥土的脚步

来到这里

白色　绿色　红色的车皮

在午夜时分的城市火车站

光芒褪去　无声叹息　只剩下

一路没有喘平的呼吸

一生无法恢复的劳累

从所有的贫穷　所有的衰败

所有枯萎的苗木　所有不再结出果实的土地

来到这里

瘦削　疲惫　阴沉的脸庞

在城市霓虹灯的诱惑下

闪射着希望　步伐匆匆　神情犹疑

第一次来到一个陌生的世界

它与屋檐下　燕子筑巢的老家

是多么不同啊

从所有的坎坷　所有的不平等

所有白白的劳动　所有一无所有的收获

来到这里

背上背着的印花棉布包　包裹着母亲留下的温暖

肩上扛着的塑料编织袋　隐藏着按捺不住的灼热信念

这里的夜晚无比嘈杂

你再怎么沉默也不可能使它变得宁静

兄弟啊

你第一次走了这么远的道路

尽管你十分惶恐　脚步沉重

请不要停止你的行动

你明天的早餐　你今生的未来

在那灰暗云层下的高楼的最底层

兄弟啊

你走上了一条再也无法回去的道路

你将呼吸有毒的气体　想起故乡泥土中青草的气息

你将行走在埋葬大地的水泥和沥青之上

而不能像尘土归于尘土

安然而卧　栖息疲倦的心灵和身躯

你将奋斗在比贫穷更加贫穷的旋涡之中

爬行在比不平等更加不平等的台阶之上

兄弟啊

这里依稀有一些没有消尽的风尘

那是记忆的神经末梢

那是浸透眼泪的回忆的开始

你大口大口地呼吸　好像就要失去从火车上突然醒来

迷迷糊糊的自己

请你稳住脚步　看看那浑浊的城市朝阳

那是你前进的方向

1998

含着眼泪赞美

含着眼泪赞美

一幢孤零零的老屋

檐下燕窝　篱笆上的藤萝

一段孤独的历史生长着

我们同样孤独地生活着

随着墙壁斑驳　脱落

我们的青春也开始蜕皮

滴水成冰的世界

你给我唯一的温暖

含着眼泪赞美

一册纸张泛黄的旧书

与我的年纪相比　你只能被叫做历史

你脆弱的外表下隐藏着一颗坚强的心

我小心谨慎地翻动

与那歌舞的灵魂　千年的长叹　不期而遇

我是不是曾经迷失

在你文字的迷宫中

我看到　一个自我的影子

含着眼泪赞美

一条幽深曲折的小路

我被你吸引　一路跋山涉水

你若隐若现　柳暗花明

像一个阴谋的诱惑

我寻找你的起点　你的终点

我始终寻找不到

你是没有起点　也没有终点的吗

而风中的云雾　悬崖绝壁的树

已与我擦肩而过

含着眼泪赞美

曾与我相伴的一切

曾经拥有　但不是天长地久

我的心中已焚琴煮鹤

但我不让我的眼泪滴落

2002

梦想仓央嘉措的夜晚

> 从那东方山顶
> 升起皎洁月亮
> 未嫁少女的面容
> 浮现在我心上
> 　　　　——仓央嘉措

今晚的月光好凄凉啊

我青灯黄卷

像一个穷经皓首的书生

青藏高原千年的夜　一袭暗红的氆氇

把我团团围住

此刻　你提灯夜行

雪地上留下两行足印

不过在天亮之前　没有人能够发现它们

转过八角街熟悉的街角　你不用回头也知道

大昭寺庄严的轮廓正变成一座巨大的阴影

你的身体与这阴影融为一体

行走在1702年拉萨的冬夜

你19岁的脸庞在烛火辉映下时暗时明

你的心中响起一支歌

好像母亲才旺拉姆的摇篮曲

又好像自己转动经筒时嘴唇的低吟

你走近那梦寐以求的玛吉阿米的小屋

举起超度朝圣者的右手　轻扣门上的铁环

发出千年寂静中唯一惊人的弱音

今夜的青稞酒粘稠得像古老高原的夜幕

你晃动金色的木碗　想确认那少女的面容

不会从圆形的酒液中消失

你在暖洋洋的火塘旁微闭惺忪的眼

你回到了故乡　西藏的山南

你见到了母亲　村里的老人　孩子　牦牛和帐篷

作为六世达赖喇嘛

你的青春不能被用于酿造一杯及时行乐的酒

佛堂的灵音召唤着你

拂晓的晨曦催促着你

你把少女的木碗舔得干干净净

把它揣在僧袍的最里层

以求长久地保存她温柔双手的体温

今夜你匍匐在慈祥的佛祖面前

额头紧贴冰冷的砖地　五体投地

我也试图从堆积的经卷中抬起头来

仓央嘉措　我看见了你

情圣　歌手　酗酒徒　在大苦大难中涅槃的佛

相隔300年　我们不约而同地泪流满面了

你迷离的神色依然显示出心中的错乱

似乎金碧辉煌的神殿从不属于你

酥油灯燃烧的芳香气息

总是把你带进杂乱街衢的沉醉　拉萨河畔的黄昏

还有玛吉阿米酒碗中美丽的倒影

2007

映山红

你曾恣意怒放在山崖

手里高举着春天的火把

无忧无虑的岁月里

你一路狂奔　飞扬的裙裾

击散我肩上冬日的雪花

然而黑暗太过无情
你燃烧自己奋不顾身
依然艳若云霞　红透半边天
依然灿若火海　燃烧整座山
你让我重新认识了一次黎明

有谁情愿抚爱一张饱经沧桑的脸
一定是因为见过她青春焕发的容颜
就像最美的花儿永远是你一样
曾经火一样开放　而又风一样消逝
留在我心中　一面血色殷红的旗帜

2012. 2. 14

建德江或当我们这样谈论一条河

移舟泊烟渚
我来到这条唐诗中的河流
想起吟咏绝句的孟浩然
也是在寻找一个地址
适宜从幽居再出走

这是一条多雾的河流
岸边的浣衣女进入水墨画中
然而再多的雾
也挡不住一弯清瘦的月亮
从水下升起

历史的碎片在水面漂浮
闪烁的光芒映出古人

他们此刻正舟行于水上
或者正举头对望
那个总在天空中陪伴他们的情侣

当我们这样谈论一条河
我们所谈的其实不是一条河
有个从乡下走出的文人
连续在随波逐流的破船上写信
收信人是城里的大家闺秀

还有个年轻的诗人
喜欢在水上给他心中的姐姐写诗
他曾写到，姐姐
今夜我不关心人类，我只想你
那时他已告别水乡跋涉到荒凉的戈壁

当我们这样谈论一条河
那些随风飘散的故事又随风而至
湮没在书页尘埃中的唐诗最后一次写信的日子
都被一一想起，但心中依然有一些句子
不知该向谁提起

2013.6.15

林东威

1965年生于北京,祖籍福建。1983年就读北京大学英语系,在校期间曾组织北大燕浪诗社。1987年毕业后至今在中央电视台工作。

夜读李商隐

只有在庄生的梦里你才醒着
听凭世界的手被诗歌所书写
一管笔提起来就悬了千年
只等着泪水凝成珠玉
琴弦断成华年……

灵感总是在东风无力的时候不期而至
中世纪的格律之王
在阴谋与爱情之间残喘
把春心托付给杜鹃
把后背暴露给人民
只用两三个典故
便草草了结了一生

义山,你的完美是我彻夜难眠的病根

不写诗的时候你扮演谁：

碌碌无为的幕僚　　一身风尘的旅人

温柔的猎艳能手　凄婉的意淫大师

慢性糖尿病的受害者　改革开放的牺牲品

巴山夜雨已经淹没了晚唐的歌声

一代人多年没有回家

而谁该是那双秋池涨水的明眸

被千里之外的一首《无题》彻底照亮

在寸寸相思中化为灰烬

而效仿你就意味着在平庸之中成为天才

伤心的话留给自己

伤肾的事让给别人

用几行七律把时代哄入梦乡

自己守着床头横陈的爱情

和衣斜倚到天明……

这时蓬山已然很远　　金屋尚未修成

玉桃不偷也罢　　灵犀没点就通

你耗尽一生为万物寻找对仗

可你自己的下联是谁？

在那个喧闹而热爱偶数的朝代

你是唯一孤独无匹的事物

帝国的秋阳斜照着你的落寞

你一旦开始追忆

历史只好一片惘然……

一个汉语的幽灵

林东威

独自穿行于平平仄仄的迷宫
千年之后,世界从你的梦中醒来
伸了个懒腰
决定不再押韵

内心的雪景

有些人独坐于世
只为把红尘坐成淡粉
花开只与花落有关
心情一片古典
那时另一些事物飘落在窗前
就此模糊了一生的视线

正是城里朱门洞开的季节
酒肉已成为打击腐败的重点
那白衣胜雪的人,踏马而来
轻启朱唇,提前化解了来世的仇怨
市民们连夜皈依了科学
相信剑不能伤的唯有语言

今夜雪拥蓝关啊今夜
后现代的叛军已经攻入了长安
金斯堡在大麻的烟雾里怀念李白
想起落雪的江南
一代精英们衣衫正单
围炉煮酒,些许风寒
美人随意一笑

登时使文学成为遗产

因此天才注定要被内心更深的积雪掩埋
在世界的迟暮之年热爱一切虚构的事物
为了玫瑰的名字不惜隐瞒重大历史事件
诗囊饱满骑驴下山冷不防被市场经济毁于一旦
而究竟是谁在很险的韵脚中与你狭路相逢，殷勤问安
用一生的智慧细读你雪中肌肤，幽香暗掩
谁抛却了书卷谁才能与文字表里如一，互为遗憾

剩下万里江山在对一个冬天的回忆中
与敌共眠

登高：兼与辛弃疾同志商榷

只有从楼上远眺出去的才叫风景
距离太近了只能叫草窠子或者树丛
只有同时具备一定的海拔高度、敞开的衣襟和一阵贼风
爱国主义的流感才能油然而生……

我们百年多病的肉体啊
总是在国破家亡的前夜
才突然渴望着扶杖登临——
拣一个晴朗的天气极目千里
江山分外妖娆
略带性挑逗意味
像一幅刚刚修补完的春宫图
壮丽得让人直想立刻断送

不小心错过了一世秋水

满脸的穷途末路

英雄无觅，孙仲谋处

叹口气暗地里把栏杆拍遍

掌心红肿，楞没吭声

只好别有用心地在壁上题诗

用墨臭加剧一个时代的腐朽

或是取出生锈多年的吴钩

舞出一身汗馊

还是没能封侯……

独自莫凭栏——油漆未干

乍暖还寒，当心非典

把历史仔细叠好

塞进一首《菩萨蛮》

从此褪尽肺热

却添失眠

纪念世界艾滋病日

> 据报道目前世界上三分之二的人
> 缺乏生理卫生常识
> 而另外那三分之一的人
> 心理也不再卫生……
> ——《鸡都叫伪科学谎言报》

同爱打交道是件麻烦的事情

青春在厚重的窗帘后付出代价

采摘玫瑰的手指同时被利刺和流言蜇中

历史呼啸着要求进步
却被一条来不及提起的裤子绊倒
二十世纪终于晚节不保
被迫交出几套不中用的免疫系统
致使科学又多了道难题
自由又多了个对手
词典又多了个略语
牧师又多了个借口

文明的每次腐朽总是先从腰部以下开始
几千年的考验都集中在一只裤带上
使它千锤百炼,系而复解;
去吧,上帝选择了你们
夜半打钟的孩子们
狂欢之夕你们怀揣微笑的骷髅
从另一张舌尖上品尝鸩酒
你们用来逃避孤独的温室
已成为向世界告别的囚窗
为了掩护全人类及时撤退
一代青年英勇做爱
与凶恶的HIV同归于尽……

其实预防的关键还在于宣传
和提高橡胶产品的质量
要注意定期给内衣消毒
出门前务必锁好内心深处
要充分相信电视台
争取全社会的理解

要继续爱你的邻人——

但别再通过体液

看一部美国巨片

总要有人去受难

另一些人才能得救

沉下去的是金属和记忆

浮起来的是痴男和怨女

据最近的市场调查显示

灾难已成为目前最畅销的文化用品

广大男女青年积极响应好莱坞号召

排队等待眼泪和电脑特技的洗礼

腰缠万贯的电影发行商

一夜之间就改写了爱情的标题

而测量一部好影片的标准

就是看观众在单位时间内分泌了多少液体：

情人们泪湿香帕，汗透罗裙

惊魂开窍，祛风解表

散场时不少人治好了感冒

也有人回到家就同床异梦

暗地里发誓这辈子一定要跟另一个人坐回豪华客轮……

继续航行吧，我心依旧——

只是多了层铁锈

只有电影院的情人座才是永远不沉的船

只有幸灾乐祸才能使我们志同道合化敌为友

青春的些微过错足以成为万世楷模
吻得最深的莫过于大海沉默的舌头；
其实所有的悲剧在上帝眼里都是喜剧
一块坚冰就埋葬了工业时代的钢铁梦想
而一盘拷贝又让信息时代重返梦乡

人和动物最本质的区别在于：
动物仅仅被动承受痛苦
而人类却不断复制痛苦
并且愉快地消费它们

独居日记

独居是美丽的
可以避开很险的人群
和很高的科技
在三十几平米的疆土上
我有至高无上的权力

当然最关键的因素是窗帘——
这道生活舞台上奇妙的幕布
拉开它我们观赏世界的闹剧
合上后开始上演最真实的自己
电视永远在耐心诚恳孜孜不倦地说谎
只有停电的时候才知什么叫心如明镜
楼上偶尔有重物落地
说明邻居们都在努力热爱生活
间或有人在窗外引吭高歌

一查日历才知这天是惊蛰

这个一室一厅的国度最大的好处
就是个人隐私会受到充分的保护
比如我每次解完小便
总爱在洗手间的镜子前顺便端详一下这张脸:
关于它我究竟了解多少
这张善变的面具后到底藏着些什么——
其结果总不免是一脸无辜几分茫然
最后只好色厉内荏冲着镜里说声你他妈的老实点
总之是有则改之无则加勉

不时也有朋友来坐一坐
唯一的一只长沙发被各种臀部温暖了又冷下来
茶杯上留下各种牌子的唇红印和一些不易消失的元音
某些臀部们渐渐成了常客
另一些则一去不返
后来有消息说坐到了大洋彼岸的某只洋马桶上
其实坐哪儿还不是一样便秘
从此也就慢慢断了联系

没人来访的时候我也并不孤单
屋里有为数可观的蟑螂与我终日相伴
陪着我发呆思考抽疯感冒
和我分享书籍和夜宵
看我心血来潮半夜三更起来炒菜
吃饱了撑的搬起哑铃砸了自己的脚;
一次它们竟大着胆子偷听某女士打来的电话

接着就趾高气扬地爬上餐桌
那意思像是终于抓住了我什么把柄
我万不得已只好超度了两个领头的灭口
随后便是通宵挑灯苦读佛学

靠墙是一排书架
铅字们或立或卧
好似后宫佳丽三千而望幸焉
操各种口音的页码表面和睦相处暗地争风吃醋
思想的最大特点是排斥红尘，吸引灰尘——
而灰尘不过是时间的自然馈赠
书斋生涯的必备道具
我们却之不恭
不如与尘埃共舞……

幽居在帝国的都城
比唐朝的终南山还要隐蔽
不会有快马飞驰而来
宣称自己代表皇帝
突然敲门的不是查水表的
就是京东快递；
南窗下枯坐的便是消瘦的骑士
跨一匹文字的驽马
每晚独自返回
内心的领地

出 走

有时候真想

横下心来一走了之

坐上一天一夜的火车

把自己随便扔在哪个偏远小站

隐姓埋名以泥涂面

径直投奔当地游击队

大碗喝酒大块吃肉

和脸蛋皱红的二妞吹灯上炕;

一日忽然放下屠刀退隐江南

深山一座白云几片

找间尼姑庵比邻而居

对着素面桃花的姐妹们

终日不起妄念

只管垂涎……

就这样和三十多年的历史一刀两断

跟谁都不打招呼

也不留片语只言

让他们百思不解

最后只得去报案

开个会分析该同志平日言行种种疑点

让知情者提供线索

让外星人背这黑锅

至于那些不清不楚的情债

连同拖欠了好几年的房水电

只好来世一并偿还

想走就抓紧时间

革命最忌优柔寡断

趁着天色未亮

将那碎银子胡乱裹上几两——

暮春三月，莺飞草长

不知是否还来得及

把今生的过错细细遗忘……

去年冬天的被动语态

一年里最精彩的日子被标在日历之外

完美的内心生活被磨损的键盘所期待

羊皮在大多数时间并没有被狼披着

世界的缺陷只能被一场大雪暂时掩盖

末世的无政府思想被午夜缺氧的脑细胞再三背叛

舌头被谎言重复得像另一个更低级的器官

阿司匹林被家族性偏头痛顽强抵抗

温度计被燃烧的诗行深度灼伤

于是一只未成年乌鸡被邻居推荐的偏方反复清炖

病后的身子被各种民间智慧轮番大补

而唐朝的梅花正在江南被禁止攀折

对复辟的热情又一次被寒流耽搁……

猎人的诡计终于被狐狸识破

白马已经被王子骑成了黑骡

地雷被小心翼翼地踩响八路被击毙鬼子被误伤

衣物被迫不及待地撕开针织被君子丝织被流氓

伊人体侧的幽香被哪只伤风的鼻子独自暗嗅
神赐的面包被谁祈祷的右手重新变回石头？

帝国的编年史被酒后的梦呓肆意篡改
人民的听觉被几套固定的动宾词组长期支配
一个黑暗的时代等着被两匹赤裸的肌肤骤然照亮
而对春天的渴望早已被雪莱那句诗彻底埋葬

关于龙树①

龙树并不是一种树
就像热狗不是一只狗

关于这个人我们其实也说不出什么
书上记载只有寥寥几页
还不一定是真的
只知道他年轻时不太检点
在生活作风上走过些弯路
尽管后来浪子回头自学成才
可终归留下个污点
不像其他英雄模范
比如张思德，或者白求恩
一生白璧无瑕，没有私处

据说他写过几本书
但是能看懂的人没几个

---

① 龙树（Nagarjuna）：二、三世纪时南印度人，释迦牟尼之后最伟大的佛教思想家，大乘中观学说创始人。主要论著有《中论》《大智度论》等。

这些家伙要么突然失踪
要么一天到晚呆坐不动
一副傻逼呵呵的表情
也有的语无伦次又哭又笑
看来病得着实不轻

总之他没来过中国
中国人民对他还很陌生
他也没干出啥丰功伟绩
足以改变历史的进程——
因为照他的意思
历史压根儿就没他妈什么进程

阿 吾

本名戴钢，1965年1月出生于重庆。1985年毕业于北京大学地理系，1988年毕业于中国社会科学院研究生院哲学系，曾在媒体和企业工作多年。1982年初开始现代诗写作，1986年在《诗刊》首届"大学生诗座"发表处女作，同年出席"第六届青春诗会"。1987年提出"不变形诗"。出版诗集《足以安慰曾经的沧桑》（湖南文艺出版社，2007）。另有哲学著述《角度陷阱与人生误区》（重庆出版社，2007）。曾获1996年中国新闻奖，《诗探索》2011年度诗人，长安诗歌节第七届现代诗成就大奖。

对一个物体的描述

该物体产于四川
八一年起归北京保管
它长1.72
宽0.43
厚0.21

物体为不规则状
暂时称作组合式
有一个椭球体
两个圆柱体

两个圆锥体

五个长方体

表面呈天然光泽

物体有九个大开口

无数的小开口

气体液体固体经此进出

推断内部并非结实的质地

而由众多小物体构成

每个各具备一定功能

或者处理气体

或者处理液体

或者处理固体

物体的静止状态

可归纳成四类

一是直立

二是平躺

三是侧躺

四是折叠存放

另外，在特定条件下

比如小物体功能正常

周围环境允许

物体能自行移动

向前向后向左向右向上

注意：不能向下

速度通常每秒 1.50 米

最高达到每秒 8.30 米

一些看来高雅的活动
它也能进行
像吸引异性
排斥同性
发射节奏稳定的声波
发射噪音……
综合上述情况
根据规定第 99
该物体定名为阿吾

1987. 3. 14　北京

三个一样的杯子

你有三个一样的杯子
你原先有四个一样的杯子
你一次激动
你挥手打破了一个
现在三个一样的杯子
两个在桌子上
一个在你手里
手里的一个装着茶
茶是故乡茶
茶水半杯
茶叶沉在杯底
杯子中午擦过
杯口留一线茶垢

桌子上的两个

各有专门用途

一个用于喝酒

杯中常有酒味

你拿起喝酒的一个

此时无酒味

一个用于喝奶

奶由奶粉冲泡而成

你在桌子上写信

屡有奶气扑鼻

奶气正在扑鼻

1987.4.3 北京

相声专场

经一个女人介绍
出来两个男人

一个个儿高
一个个儿矮

个儿矮的白又胖
个儿高的黑且瘦

第一句话是瘦子说的
第二句话是胖子说的

胖子话少
瘦子话多

瘦子奚落胖子
观众哄堂大笑

胖子用嘴鼻伴奏
瘦子边唱歌边跳舞

瘦子舞成了武打
伴奏跑调到霍元甲

响起不同频率的声音
两个人弯腰成一般高

胖子斜视瘦子一眼
瘦子带胖子向左侧退下

出来一个老头
观众用右手打左手

经一个女人介绍
老头叫牛倒立

老头先讲一句
老头再问一句

前一句声音粗
后一句声音细

老头介绍餐馆的名字
观众悄悄咽口水

名字讲到第三十六个
响起不同频率的声音

经一个女人介绍
出来一群男人

一、二、三、四、
五，一共五个人

五个人外形很不一样
就穿的服装相同

其中四个人闹意见
一个人竭力调解

调解一定时间
出现一次响声

这样已有七次
每次稍有差别

四个人终于团结
要调解的人赔礼

此时响起同种频率的声音
是右手打左手的声音

1987 深秋某日　北京

比赛痛苦

六个面围成房间
两人与家具组成家庭

床据东方
桌霸西方

柜子俯视一切
鞋子仰面听命

门排斥气流
窗拒绝阳光

她扑在床头
你压在桌面
比赛痛苦

1990.6.21 北京

我们一家都生在河边
——为吾儿摩西百日而作

孩子,这个傍晚
爸爸不能不想起你
一百天前
你出生在怀卡托河①边
每当我想到这里

---

① 怀卡托河,新西兰最大的河流。

双眼像河流一样潮湿

你长大后会知道

我们一家都生在河边

爸爸的那条河叫长江

妈妈的那条河叫黄河

哥哥的那条河叫珠江

你的那条河就叫怀卡托

求神带领你

就像带领摩西

求神带领我们一家

就像带领每一条河流

孩子，有一天你会明白

我们一家为什么都生在河边

2001.6.12 惠州

一年三百六十五句

一年三百六十五句

第一句默默无语

第二句默默无语

第三句也默默无语

第四句是愤怒的目光

第五句是遗言

全能的上帝呀

你什么都看见了

这个越来越世界的世界

我是顺服你

还是顺服我自己的忧郁

第六句结结巴巴

第七句用舌头缠绕脖子

第八句抒情

第九句思辨

第十句盲目

第十一句放任

第十九句峰回路转

第二十句纠正发音

第三十句基本流利

第四十句是真心的韵母

第五十句是无意的声母

第六十句是是是是

这个世界有太多的路

我不知道走哪一条才好

我必须选择一条

我注定是一只迷失的人羊

拟羊化地叫出第七十句

第八十句夸张

第九十句象征

第一百句寓言

很久很久以后

在世界的边缘

有一个孩子给成年人讲寓言

第一百零一句说很久很久以后

在世界的边缘

有一个孩子给成年人讲寓言

第二百句是过门

第三百句是过门

第三百六十句也是过门

第三百六十一句是叹息

第三百六十二句是叹息

第三百六十三句是深深的叹息

第三百六十四句是别了，地狱

第三百六十五句是天堂，早安

2007.4.17 重庆

我在等谁

我在等谁

我在这里已经等了半个小时

少数时间坐着

多数时间站着

表明我长久期待的心情

夹杂短暂的倦怠

这是一个丁字路口

两条大路交叉

有三个方向可以到达我的位置

起初我注视南方

望不到尽头的高楼大厦中间

车辆川流不息，行人摩肩接踵

接着我注视东方

车比人多

然后我注视西方

人比车多

我就这样南方、东方、西方地循环瞭望

多少车辆和行人

接近我，又远离我

没有人问我是不是他们要找的人

甚至没有人问我去哪里怎么走

这里还叫鱼洞

已不是我的那个鱼洞

最后我开始怀疑

我在等谁

我站在这里

或许就是为了站在这里

故乡罚我站在这里

2013.3.28 长沙

钱文亮

河南罗山人，1965年10月生。1985年大学毕业，2003年获北京大学文学博士学位。曾从事电大教师和杂志、出版社编辑等工作，先后担任过《通俗文学评论》编辑部主任、《网络文学》执行副主编等职，现为上海师范大学人文学院教授、上海师范大学都市文化研究中心研究员和北京大学诗歌研究院特聘研究员。大学本科期间开始诗歌写作，作品入选多种诗歌选本。近年与沉河、黄斌、夏宏等编办诗歌同人书《象形》。出版有专著《新文学运动方式的转变》（上海文化出版社，2010）、《诗神的缺席与在场》（上海文化出版社，2014）等。

图腾之春

裘毛丰茸　一只青羊远路上走来
爱情之前最明亮的一瞥
撞碎太阳的炸药库

一只白羊遁向北极　以大熊的沉思
守护裸体的洁白
疯狂的花蕊卷过慌乱的街道
大平原　神牛从土地里拱起
蹲时为丘　立起为岳　聚散成岭

恭贺的纸屑撒落山野
蛮勇之力将宇宙绷紧

蝴蝶衫的青春去了又来　跨海而啸
桥洞里的面包车　孵化
晦涩的半人半兽

裘毛丰茸　大草原青色的白昼
去年冬天没有生命
今年春天没有姓名　娇娆圣洁
如朱唇血肤之处子　以负电之目
挥洒醉日醉月之芳馥　大梦之外
紫褐色岁月在露珠里起鼾
一派粗壮之胡须自远古火中
笋生
红龙之精血潮动于灰色泥胎
木醉之感觉张开于怂恿的呼吸
向每一个动物星座的周期
放歌

1987.5

虚　症

写在纸笺上的清清水迹
阳光下匆匆逃遁
如潮人声被纸屑卷走
遥遥无及

在流水的日子里我选择一粒盐

正如我在地上的生命中

选择了一阵烟

1994.4.1 愚人节 武昌

低 音

将声音放低 释放

内心的爱情

将身体放平 倾听

久违的灵魂

就像上帝用无形的手指

拂过教堂的风琴

传到遥远的海滨

让那些从海上归来的耳朵

听到

让他们的命运神圣

就像溶洞里的地下河水

把话说给山听

1994.4.2 武昌

给 MF

一

光滑的岩石转过寂寞的老虎

在今夜,我听你大雪封山的1969

向我报喜的红灯笼,把天寒地冻的

上海
扔给了杭州

珞珈山是火炉里的水晶宫
水晶宫里是我清凉的你
没有见过硕鼠偷食,没有
听过蚂蚁争米,世界给了你
百宝匣,你以彩霞
点燃我的光阴

我的沧桑
像旧年烧红的纸张
在你发蓝的夜晚,哔剥碎落

二

晶莹发蓝的远方
让我远离地主的生活
从童年的秋千上跌下
走到了你的路上

天空与河流在海里汇合
风和雨在春天相爱
我的盐和你的雪
我的马和你的梦
在钻石的夜晚邂逅

三

大海搬开了石头

树影向深处移动

黑夜的落叶为你而扫净,净得

仿佛在等待

一曲和声的开始

在马路的尽头,灯光

啄开生活的窗纸

花儿走上春天的顶部

一缕阳光

沿着回忆上升

在大讲堂①

美是一切　请把灯光熄灭

谁的命运将在此上演

一条锁链

来到众人中间

在倾诉　在拒绝　在把原始的门打开

仆倒或站起　旋转或翻腾

象征的手掌　不息的河流

一束追光

将飘飞的衣袂捕获

瞬间人群散尽　空荡荡的

座椅　面对余热未尽的大舞台

---

① 指北京大学百年纪念讲堂。

钱文亮

扯下了日光灯的白手帕

发愣的安全门　开始闲聊起

芭蕾舞剧的沉默

2002.6

农耕之神（选三）

1

一个女人与三丈红绸

有光的夜晚喜鹊登枝

钓鱼的男人掉了时辰

大雾起时

鱼竿上蹲着发蓝的河神

长着茅草的大坟地

烟头紧绷暗红的神经

黑夜里回家的人黑着脸

2

面粉在油里打滚的日子

是麦草像阳光的日子

米粒儿在水中翻腾的日子

是风和雨相爱的日子

豆萁烧爆豆荚的日子
鲤鱼上水哗啦的日子
蹲墙根晒懒的日子、雪地里撵兔子的日子
粗糙的日子、饥饿的日子、杀猪的日子

都是土地爷的日子

3

父亲睡在他的睡眠里
他的猎枪在回忆
湖荡里的野鸭、大雁,还有
野天鹅
也在开会

水塘里的鲶鱼、乌鱼、鲫鱼,
老鳖和翘嘴白
仍然议论神奇的长竹竿　　父亲半夜
斥退野狼的怒吼

父亲雷电交加
终为雷电所伤

父亲云淡风轻

轻轻地,带走我的农耕时光

2005.6

一 天

放下键盘关机冬天静观流水的一天
走进树林沐浴阳光幻想野兽的一天
清风吹拂走过大桥等待绿灯亮起的一天

在白雪半覆的步道远望大湖
信步返家的
一天

黄金打造的一天
蓝宝石镶嵌的一天

隔着地球
听到祖国人声鼎沸推杯换盏的一天
无数个日夜涌入涌出的一天

2016.2.10 星期五 密尔沃基

哑 石

本名陈小平,四川广安人,1966年7月生,1983—1987求学于北京大学数学系基础数学专业。现居成都,任教于西南财经大学经济数学学院。著有诗集《哑石诗选》(长江文艺出版社,2007)、《雕虫》(自印,2010)、《风顺着自己的意思吹》(民刊《锋刃》20年纪念文集之一,2013)、《如诗》(黄河出版社,2015)、《火花旅馆》(台湾秀威,2015),以及诗文集《丝绒地道》(*The Atypical*,2011)。曾获首届华文青年诗人奖(2003)、第4届刘丽安诗歌奖(2007)、2016《星星》年度诗人奖(2017)等奖项。

数 数

据说恒河之沙多得难以计数
在有着细微触感的风鸣中
我瞥见小小的落日。确实
我有些呆笨看不清落日背后的可能。
假如在熙攘的人群中数数
我只能指出:你,我,他然后
便是"许多,许多……"
而每个孩童总认为沙粒是可数的
一如丛林中老虎燃烧的金色花纹。
"她柔软的心能坦然接受无限。"

有一回我三岁的女儿

说她梦见了巨人与天上星星一样多

似乎整个宇宙都没有一丝阴影

那时我真感到羞愧

不敢询问女儿是怎样计数这一切的

(像弯弯指头那么简单、确定?)

落日下我拖着肮脏的身躯散步

感到自己的能力极其有限

甚至看不清一粒金色的沙……或许

我只能好好地去爱一个人

而不是更多……譬如你,我,他

譬如那一直默默庇护你的人

……她 有时是你的女儿

更多时候她是血液苦苦哀求的声音……

2000. 2. 6

拆　解

我把自己拆解成骨头、血肉、心跳

拆解成不能返回的童年

拆解成虚无,和与虚无唱对台戏

的火焰……而我还是

什么都不懂,不懂人的形象

不懂雾一样渗进身体的时间

更不懂　　为什么我偏偏要爱上这里

爱上和亲人的争吵　　爱上

幸福的朦胧、清晰至极的苦难……

那么,让我把自己拆解成

一堆琐屑而毫无意义的事物吧
一面镜子，一团带血的棉纱
一个史官故意略去的谈话中的谎言
实在不行　我就把自己
拆解成锋利的钉子、一块摇晃的
需要固定的木板……你看看
我是渴望着将神的混乱引向欢乐的
……在风温热的吹拂下
甚至　甚至有一张情不自禁的脸！

2003.4.6

小　巫

小巫是个小屁孩。
他爹老巫，头顶四个旋，络腮胡漆黑
蓬乱，硬得像钢渣子。
修锁匠老巫，手艺细致、温婉
上门服务时，从没惊扰过雇主。
老巫莫得生育。不知哪一天，从何处
领回了这小屁孩。
人的命也日怪，小巫对老巫
他奶奶的亲得不得了
成天跟在老巫叮叮当当响的勾子后头
爹呀爹的叫唤个没完。
可这小屁孩，有个怪毛病：
没事时，爱把一把铜钥匙，含在嘴里玩——
说是像热天含着冰块，甚至
还自吹能尝出铜钥匙在不同时段的味道：

早晨酸酸的草莓味，晌午
则是又甜又稠的蜂糖味，到了晚上
就有点像烧烤摊上，刚烤熟的、还在冒气的
金黄鹌鹑……对此，老巫并不介意
"由他娘去吧。"大家也说
"对着呢，谁他娘的没点让人别扭的毛病呢？"
可有些毛病，是不能由他娘去的
——昨晚夜半，老巫住院了：
他，被人挖了眼睛，作案者正是小巫
——趁其熟睡，这个小屁孩
用那把已被含得精光闪烁的铜钥匙
噗哧一声，挖掉了，老巫的左眼。

2007.6.17

瞅

有点难了？很难了……那么多双眼睛
瞅着这发生的。这双眼，很难让风景再度清晰。

有时，朝如青丝暮成雪是准确的
有时，天气好，则需应允小花蛇，腰身慵懒
蔑视江河，悄悄反抗奔涌的真理——

手机坏了，修修也好。有时就大可不必：
让那些爱你的人、找你别扭的人
统统在风中跺脚、干着急。想一想
这未必不是件妙事呢。一位老资格公务员

正在市图书馆搞讲座，高声先进性教育

堂下一老妞，听得无名火起，蹦上台
清脆地，赏他几个耳刮子，并大喊抓流氓呀。
嘿嘿，想一想，这不也是件可乐之事吗？

有可能，会在这儿过完一辈子
两只瞳眸，越来越调不好焦距。但我知道
无论何时，只要你走出迷雾，瞅过来
我都是那可笑的奔涌，是小花蛇……更重要的
是那瘦老妞、胖流氓，是缕缕模糊的热气。

2007.8.16

欢　乐

有时，我把裤兜里硬币拿出来，
放在暗褐书桌上。它们
能兑换的欢乐，是如此微小，
让我几乎忽略，忘记它们的意义
——裤兜里，偶尔叮当响的，
还有童年的一个愿望。
叫不出它名字，更不愿
年复一年沉寂中为之刻意命名。
那时候，晚霞，湿漉漉的，
翠山热水间，我是头迷茫的小豹子，
分不清危险地跑来跑去……
有一天，渠江边细软的沙滩上，
我睡着了。醒来时，风恰好
掠过头顶上白云圆润的小脚趾——
左手手心里，正轻轻

握着一枚有着暗紫晶芒的小石头：
不知它是怎么到了我手里，
也说不出是哪种矿石。
晚霞。江水发出一万头豹子奔腾
的声响，我往山腰的家走，
左手，一直揣在裤兜里。
我想把小石子慢慢捂热，让晶芒
更为明亮，然后，朝缓缓
展开的夜空，拼命扔出去……
我想象着，以为能掷出一颗流星！
无论那时，还是短促现在，
沉暗群山和喧涌的江水，都是巨大的，
我，也一直没将小石子扔出去。
倒是现在，裤兜里经常出现
几枚硬币，叮叮当当响着，
和那枚仿佛还在的小石子亲密
混在一起。已掏不出它来了！
我掏不出巨大的，也掏不出微小的——
除了偶尔，梦中，我还会
莫明所以，回到那片悲伤的江滩，
在沙上，学写"欢乐"这一词语。

2008．7．22

喜鹊诗

嗯，年少时，受控于心灵的激情，
总是忘记，那里也是这里；
现在呢，身体正慢慢教育我们。

不是她越来越强大,而是
身体的脆弱,逐渐告诉你远方是
怎样的远方,而灵魂的歇息
之地,一片宁静、浩瀚的海水之下,
又有怎样真实的情景。如果
足够诚实,你会看见自己的身体,
弥漫各处。其时,儿子依约举石块,
砸向翠绿枝条上呱呱叫的喜鹊,
却始终不能中的。你知道,
经过不算漫长的岁月,自己就是
那石块,也是那喜鹊……重要的是,
它们朝气蓬勃,谁见了都会欢喜……
包括翠绿枝条奋力的一颤,
以及空气中,慢慢扩散的嗡嗡声,
都是你微弱的、终于活了过来的身体
——当然,在严格意义上,
被唤作儿子的,瞳眸有清凉雏菊,
更有你不了解的烈焰,所以,
他是更精确的你——那最模糊的你:
此世,泪水与羞愧,曾经灿烂的
时光的苦涩与甜蜜,全都无条件
赠与了身边的人,像一阵风,
像她们梦境中被风吹散的五彩阴翳……
最满意的事:不管现在,还是
身体夜鸟投林般回到了家的未来岁月,
我都是一团混沌,一次次教育和
被教育——从不放弃,自己颠覆自己!

2009.6.7

飞碟诗

无妨喜欢虚无的事情
此时，左手边放着一部书
《此时此地》，以及其他复杂的、
我把握不住的物什，譬如微尘，譬如
从身躯中分离出的另一人，他温热的磁力
让镜面泛起银色涟漪；曾经，贪夜读《物性论》
觉得朴素，可化身逍遥游，但鲲鹏之变，实属侥幸？
《西藏度亡经》呢？神秘而炫目的雪峰，仅徒手攀上它
就可减轻重力而瘦身。当然，这是层层象征的另一飞碟装置
需要从痛苦结晶出奇异引擎——在尾椎上装喷气火箭，真要命啊
有时，现实至透明的地步，蜗居一隅，也知晓银河何其缤纷
现在，就该去杂货店买盐。老板娘姓孙，但不是孙二娘
胸前的大波浪结晶出盐，不杀人，只育人，热热地
一涌，府河就噗噜噜开了，争相诵读《山海经》
南河呢，只管把冰结得幽蓝；奥维德正要
教导溜冰者如何对星空说荤话？模仿
关关雎鸠？无妨打开虫洞挖掘机
眼前，爆开的宇宙大丽花
应叠成纸上小小奇景

2009.1.5

剖　词

写下一个词语前，某种确定性
牵引着偶然，这，仿佛是
月出前星空的处境：有人翘首以盼，

暗祷能唤醒葱茏烟波的月亮，
此刻拥有一双妙手……请吧，
摁大小秘穴，将镜中雾慢慢驱散。

譬如，余生想用那刚烤熟的
面包，比拟热雾中性别尖耸的部分，
磐石是它的守护神；又或者，
雨水，如此解释声音与意义的脱轨：
近于光速的车厢中，你展翼
盘旋，她们仍在月台，挥泪送行。

已被写下的词语，拍打那些
正在下车的旅客的裤袋——
远方，落地银币如狂暴嘶鸣的小兽，
扭动，时代租赁了它们的欢爱，
而写作唯一不能规划的事，
是死亡，是雨中缓缓结冰的脸。

而水果铺再次上市了山坡的新鲜，
像从镜中捞出湿漉漉羔羊。
词语的胃口有多大，取决于历史中
她为爱对冲过多少风险……
黑脸修锁匠，总计划打开那不可能的
暗锁，磐石也如此，风，亦然。

事物获得形象，意味着开启了
真正偶然。你选择生的
纠缠、折腾，以便怂恿温暖的满月
碎于浩瀚！星群大小落笔，

词语的灰烬，鲜血腥味的唇：
诸事，此生，哦，唯有那肥瘦苦甜。

2014. 11. 16

郁轮袍

昨夜寒露依然残留在手腕关节里，
像决意驻扎下去的冰块。
我们，都有点握不稳方向盘了。
原来，国土改了姓氏，时序重置内驱，
飞蛾只好在蒙霜的玻璃窗两边，
朝着毛玻璃使劲哈气。
这和童年的冬日游戏多么不同，
舌苔，裸露的牙床，肺泡里的尘霾。
从吐纳恶政的角度看，博学的
远山，辩证之推演，无疑都是丑陋的：
细细寻找吹拂临界点颇为必要，
即使，梦境黏滑陷入了泥淖。
有必要，记起昨夜的星光穿过落地窗，
漫过餐桌，抚摸托盘上海涛递
过来的那只褐梨，她的茸毛，
发射一束束隐微、颤栗的溪流——
"国破山河在，城春草木深"
大陆架的挤压，频频定义哲学之无力，
但又必须说出一个苦涩的名字！
必须，我的美人，车窗内皮椅上，
你的美臀也是个温暖鸭梨……想来，
更有公主之骄傲，就像低沉的历史

当有烛焰，有暴烈截句。其实，
能用音符留住的，正为音符的消失，
令人动容者，往往庄严自欺，
如窗框飞奔，双腿间悬垂膨胀的铁钉。
每个黎明，天穹都撕开一个口子，
我们会一次次死去活来？
手腕虽冰冷，足底，却踩稳了
无名、浑莽的气机。来，摇下车窗，
挥手。咆哮车流，为你新谱一首琵琶曲。

2015.12.5

果皮箱

这揉皱的纸巾，扔进垃圾桶。
在公园，譬如成都活水公园，
垃圾桶也曾叫果皮箱。垃圾分类，
说到底是个环保问题；人群，
被分成各阶级，或是否觉悟智慧，
则包含了某种激进的视力，
虽然，暗夜萤火，中世纪灵修院
干渴的修女，都曾隐隐支持。
蜜桃细绒毛的皮，适合于撕；
青李子翠绿含霜的薄衫，要掀掉，
则考验着刀锋抿嘴的细致；
说到底，黄昏西天大片的晚霞，
也只是某只巨大火龙果削下的一条
带血果皮。夕光掩映的公园
小树林里，她，和偶遇的他，

一个保姆，一个家装熟练技工，
如山影间夺路而逃的溪流水草下
偷欢的螃蟹，刚刚品尝了酸甜、
致幻的水果。此刻，精液
裹在纸巾里，像揉皱的微腥祖国。
晚风，敲打着看似无言的树叶，
走几步，就有果皮箱，可以扔进去。

2016. 8. 28

莫雅平

诗人,翻译家,律师。1966年生于湖南省绥宁县李熙桥镇,1983年9月至1987年6月就读于北京大学英语系,北大本科毕业后到桂林工作,曾在漓江出版社任文学编辑25年,现为广西九宇律师事务所执业律师。业余从事诗歌、随笔创作和文学翻译。深沉时像个老头,率真时像个孩子,常被视为"老顽童",自我辩解道:"一个诗人应该童年、老年一起过!"有众多诗歌、随笔发表。有自创诗、翻译诗合集《诙谐与庄严》(漓江出版社,2017)出版,另有《魔鬼辞典》《匹克威克外传》《李柯克幽默作品选》《汤姆·索耶历险记》《被涂污的鸟》《我儿子的故事》《笑忘录》等十多种名著译作出版。

我们之间共同的东西

很多歌我只会唱第一句
但我从来不羞于歌唱
你不明白这意味着什么
却会莫名其妙地跟着哼起来
或者和我一起从一个曲子
流浪到另一个曲子
我们之间一定有某种共同的东西

一本正经地谈哲学时
我们谁也说服不了谁
不过我困了打哈欠时
你也会莫名其妙地跟着打
尽管你一点也不困也不想凑热闹
我的哈欠对你有感染力
至少哈欠是我们之间共同的东西

在都市里找不到厕所时
你会和我一样像热锅上的蚂蚁
深信自己深刻地理解了时间和空间
在解决内部矛盾的一瞬间
我们都是理解了自由
灵魂得到了升华的人

亢奋过后我们说
厕所是一块"人人平等"的圣地
所以人们每天都来这里朝圣
喜欢为一切哪怕是上厕所找理由
这也是我们之间共同的东西
十个手指常常不自觉地交叉而握
我们就说它们很孤独

被盗的老皮鞋

城市人把皮鞋连同喧嚣
　放在门口留在外面
我坐在家里的地毯上做白日梦
　想象遥远的草原蓝蓝的天

不想某一天太阳还在高照
　　我的老皮鞋已经被盗
那瞬间真让人相信
　　白天是另外一种黑夜

啊，我的老皮鞋已去到远方
　　一个陌生人正穿着它代我走路
不知夜幕降临时催它们入眠的
　　是绵绵情话还是鼾声如雷

啊，我的老皮鞋已去到远方

那个成为我远方的影子的陌生人
　　他是穿着自己的鞋子走别人的路
还是穿着别人的鞋子走自己的路
　　这一疑问使我久久难眠

我也曾穿过别人的鞋子
　　我也曾走过别人的路
那一次踏着雪泥奔赴巴士底狱
　　我用自己的嗓子喊出的是伏尔泰的声音

那一次去救伏尔泰真是可笑
　　严寒使我们忘记了本来的目标
那时候被踩坏的皮鞋胜过一千个理想
　　喊完"还我皮鞋"我们才发现自己的荒唐

啊，我的老皮鞋已去到远方

也许某一天我的老皮鞋还会回家
　　还带回一个追捕逃犯的警察
也许某一天我会成为英雄
　　就因为救人的英雄把它们忘在了河岸

啊，我的老皮鞋已去到远方
于是我才有了这许多从未有过的畅想

甘蔗与傻瓜之歌

我一生的时间那么硬梆梆
我说它是一根甘蔗竖在大地上
我知道所有的甘蔗最终注定被砍倒
但谁知道砍头去尾的甘蔗甜的剩多少
　　除了世上最可笑的傻瓜
　　谁会妄想去追寻甘蔗里的阳光

一个浪人啃着甘蔗四处厮混
他说："感谢上帝赐予我们打狗棍！"
你知道甘蔗的渣滓会跟着山路一起拐弯
但谁知道甘蔗的甜味会不会也跟着拐弯
　　除了世上最可笑的傻瓜
　　谁会妄想把甘蔗当作牧笛来吹响

我想象自己是浓缩着一百年阳光的甘蔗
你想象所有人都被某个浪人啃着或者吹着
我说没想过舔自己的鼻尖照样有傻瓜的嫌疑
而你说有了傻瓜人类才有了一副上天堂的楼梯
　　除了世上最可笑的傻瓜

谁会相信甘蔗里最甜蜜的东西是想象

一种穿着衣服的云

死神把那么多的人
像木柱一样钉在了墓地上
清明节啊让人欲哭无泪
我只愿多抚摸几块墓碑
它们是平等世界的名片
连国王都只有一张

总有人预先订购墓穴
像乡下孩子为了看电影
大中午就在露天摆好了板凳
但总有另一些人要反抗死神
他们的骨灰撒进了江河
鱼儿就成了他们来生的船

我看见一个官员的坟堆
当年他自以为是一把铁锤
能把别人像钉子一样钉上墙壁
而现在他自己被钉在了墓地
我还看见一个平民很开心
一个笑话作了他的墓志铭

这世界连墓地都拥挤
很多人死后都要找邻居
人死之后是不是还会孤独
人要死多少回才能明白

什么样的脊梁能擎起脸庞的旗帜
什么样的墓碑能镇住人生的宣纸

墓地让我学会了透视
我发现有些人看上去像人
其实是一种穿着衣服的云
死神固然把无数的人
钉成了一动不动的木桩
却没法把一朵云钉在大地上

也许我只是业余地活着

太阳每天准时把世界照亮
那是一个很专业的太阳
我只有下班后才想起该去看看太阳
只有晚上才有空想象自己是一朵玫瑰
我只是一朵业余的玫瑰

父母一辈子都在为我操心
他们是很专业的父母
而我只能把过年的部分时间献给他们
只能用不多的一点钱表达部分的孝心
我只是一个业余的儿子

领导每次说的话都很重要
他们是很专业的领导
而我只有在家里说话才颇分量
只有为孩子安排娱乐才显示出领导才能
我只是一个业余领导人

一株苹果树奉献了所有的果实

那是一株很专业的苹果树

而我只是把收入的一部分纳税给国家

我只享有纳税人的部分权利

我只是一个业余纳税人

舌头不能辨别白酒的好坏

我只是一个业余酒客

对单位领导的专横一声不吭

我只是业余爱正义

只有酒后说话才像一个国王

我只是业余很高贵

本想一加一等于二似的做人

但太多情况是一加一不等于二

我的数学是业余水平

我的情商是业余水平

我拉关系是业余水平

甚至谈恋爱都是业余水平

业余业余业余

也许我只是业余地活着

像一朵业余的玫瑰

你要照顾好自己的椅子

即使大地上的房子不属于你

即使房子里没有在等你的女人

房子外也没有你正在等的马匹

你都要努力活得像一个皇帝
想象各种肤色的蘑菇就是你的子民

无人陪伴的日子
你要照顾好自己的椅子

从前那些皇帝有很多妃子
而我只有用来写你的稿纸
皇帝巡幸不完所有的妃子就会老死
而我写出该写的字就能回归童年
一张写了字的纸是我为你修建的宫殿

无人陪伴的日子
你要照顾好自己的椅子

将来有了钱我会买一套大房子
我要在一个房间摆满明代的桌椅
在隔壁的房间摆上清代的书柜和瓷器
我上午会在清朝抽烟或者上QQ
下午则在明朝写字或者给你打手机

无人陪伴的日子
你要照顾好自己的椅子

孤独能孕育快乐的妙想——
你曾说：有一种皇帝般的境界叫裸体炒菜
我曾说：大脑和屁股要生活在不同的朝代
手头有一串清代的五帝钱丁当作响
我们就当是把康熙或乾隆捏在了手上

无人陪伴的日子

你一定要照顾好自己的椅子

喝葡萄酒的不同方式

一

一杯葡萄酒匆匆跌落喉咙的深谷

一头狮子一口就吞掉一只小白兔

我听不到白兔在狮子体内的哀叫

你看不见葡萄酒在食道中形成的瀑布

我们活得多么匆忙多么冷漠啊

一轮夕阳消失在大地的牙齿后面

我和你却常常是视而不见

二

其实我们可以活得慢一些

慢下来葡萄酒就成了魔法之水

把杯中的魔水轻轻地旋动

我就能看到日出日落、四季轮回

让那魔水顺着舌头慢慢地润下去吧

慢慢就会有无数嘴唇在你体内把你亲吻

你觉得你就是茫茫黑夜的一盏灯

三

终有一天你会拥有自己的一片土地

建议你在自己的园子里种上几株葡萄

把你收获的上等葡萄酿成葡萄酒
天空会用新一天的阳光赞美你的成就

把你所有的葡萄酒送给你所爱的人们
当葡萄酒为他们的脸庞抹上淡淡的胭脂
你便在大地上创造了一群天使

四

你没有葡萄园或葡萄酒也没关系
那就在一张白纸上写下"葡萄"二字
然后在后面添加一个"酒"字
这张白纸就成了你的酒窖

请你珍藏好这张芬芳的白纸
终有一天我们会拥有自己的一片土地
这张纸将证明我们在大地上的权利

蔡恒平

笔名恒平、王怜花，1967年生于福建福州。1983—1991年在北京大学中文系学习，获硕士学位。曾供职于福建电视台，现居北京，为职业经理人。著有诗文集《谁会感到不安》（安徽教育出版社，2011），和署名王怜花的《古今兵器谱》（中国档案出版社，2002）、《江湖外史》（新世界出版社，2010）等。

父亲十四行

老父亲再也没有力气像他多年前
曾经经常干的那样：狠狠揍我
放声大笑。笑声如此放肆
碗中的米酒陡然受惊，溢向桌面

我说，父亲，你应该心如古井
没有恩怨，安度最后的几年
我的好父亲，他就像我所说的
沉默寡言，早睡早起

对我和颜悦色，请我陪他饮酒
谈论琐碎的天气和酒的优劣

我想父亲活到尽头了

多年后我也是这样吗
风烛残年，晚景凄凉
哦，是的，父亲一生潦倒，到老也没走运

1989. 10. 21

预感十四行
——给邵燕君

我预感到风，我必须承受它

——里尔克

听我说：请回想一下
最初的雪和最初的雨
在你内心先于大地降临
这神秘的景象一年一次
越是长大，越是强烈
逐渐发展成用一生来等待
有时它像一间恐怖的房间
门开着，一个亮丽的金苹果
在一张黑桌上闪闪发光
但它的光芒并不照亮四周
更多的时候，你能看到一只蝴蝶的梦境
这古老的感觉和另一个大陆丛林中的猛兽相称
每个时代它吝啬地悄悄来到少数几个人身上
现在你该说你很幸福，"并且我能够承受它"

1991. 4. 18

深 居
——给茗风

现在可以长久地关闭房门

深居简出,和自己的内心和睦相处

没有问题、不需要问

清晨煮水泡茶,黄昏静坐或读书

如果有声音响起,那一定是敲门声

对此可以置若罔闻,继续想念

宋代精致典雅的书籍、点心和忧伤

冬天一到大风顺窗而过,虽然窗户紧闭

仍会有风漏进房间。那时就会觉得寒冷

像书桌上裁纸的刀片,明亮、硬朗、不动声色

倘若熄灭房间里所有的灯

然后擦亮一根火柴,外界的一切就停止了

你就是房间唯一真正的主人,觉得日子好过

1989.11.27

汉 语
——献给蔡,一个汉语手工艺人

数目庞大的象形文字,没有尽头

天才偶得的组装和书写,最后停留在书籍之河

最简陋的图书馆中寄居的是最高的道

名词,粮食和水的象征;形容词,世上的光和酒

动词,这奔驰的鹿的形象,火,殉道的美学

而句子,句子是一勺身体的盐,一根完备的骨骼

一间汉语的书房等同于一座交叉小径的花园

不可思议，难言的美，一定是神恩浩荡的礼物

因为它就是造化本身：爱它的人

必然溺死于它，自焚于它。然而仅仅热爱

就让我别无所求。——美从来是危险的

我生为汉人，生于世纪之末，活到如今

汉语的迷宫，危险的美的恩赐

是我最后栖身之处。我自囚于其中

那里是另一种真实，更高的真实

作为对比，或者作为报应，人们寄存形骸的世界

虚伪、下流、没有意义、丧失本质

时至今日，汉人啊：这是我们硕果仅存的荣光

守着神明的钻石一贫如洗

有谁和我一样？享有王国及其荣耀

1990. 3. 9

流水十四行
——给王风[①]

我们祖先中最有智慧的人说：上善若水
许多年过去了，少数几个智者理解了它
在生活中实现了它。但有谁像你一样
在我们这个嘈杂的时代，像一条大水

有时波涛汹涌，滚滚而过
有时沉静无言，像一枚落叶
当它看上去像万物一样安然

[①] 多年之后，王枫已改名王风，征得作者首肯，诗题将"王枫"改为"王风"。

或者澎湃,或者清澈

但它从未停滞:随物赋形的流动
永远的流动
这正是水的本性:兄弟啊,你该有多幸福

同样的幸福只有浮云和飞雪,并且
你从不多余地说明它:和万物真实地相遇
什么也不能真正伤害你

1991.6.13 北大 3062/45

愿望十四行

我想要学会飞翔,像一只鸟
忽高忽低地生活,每一次
栖落不同的树梢和田梗
我眼中的世界永远宽广无边

我想要学会耕种,像一个隐士
并没有人知道我心中还有一个叛徒
我要头戴草签,月光下邀请自己的身影
起舞、饮酒,唱一曲《将进酒》到天明

想到这些,我的心中有一束丁香
在悄悄开放。我真想摘下它
送给一个永远忧怨的女郎

呵,我心中的丁香!可我只能感受它,感受它……
我真想把自己藏进汹涌的人群,像把一片树叶

藏进森林：愿望永远有下一个愿望

1993.6.3

1994年元月的自画像

在加班工作中过了一九九四年元旦
这同时也是我的生日。见面的朋友
都说我过了一个"有意义的生日"
是否我也该有同感呢？

清闲下来后，有时间看一看自己的形象
和过去相比，我差不多认不得自己了
现在我是一个敬业的人
谈吐得体，举止适宜

在爱情上，我已做到诗人麦芒的誓言：
"我向空空的酒杯吐出心来
以后再不准它任意为谁跳动"
确实，风情万千我也只是愿意领略几回

哦，我那冷静的心只为活泼的躯体而跳动
我非常了解自己，因而很少同情别人
"我的未来将会怎样？"这个问题
只有上帝才知道。而我并不想知道

但在今天这样冷暖适宜的南方好天气里
我不禁要问一个老问题："幸福是什么？"
我的身体感到颤抖，我知道，这个时候

我就在幸福中：独自一人，有机会怜爱自己

1994 元旦

立秋十四行

秋天在这一天的某一刻从大地上升起
是要收获了，我想，可我眼前没有庄稼
天空像海一样蓝，我拖着自己的身影
走在苍穹下。哦，我应该感觉到这是秋天了

又一年的生活在逼近上天平的季节
我那曾为爱情所驱使的心啊
是从什么时候开始，又是为了什么
只为一杯啤酒的金黄而跳动

我已做到了铁石心肠
像刚刚过去的夏天一样汗迹斑斑
像刚刚来临的秋天一样空空荡荡

秋啊，这真是秋天了
我只有我的远方了
我眺望远方的双眼亮晶晶

1994.8.8 农历立秋

西　渡

本名陈国平，1967年8月生于浙江省浦江县。1985年考入北京大学中文系并开始写诗。1990年代以后兼事诗歌批评。1989年取得北京大学文学士学位，2015年取得清华大学文学博士学位。著有诗集《雪景中的柏拉图》（文化艺术出版社，1998）、《草之家》（新世界出版社，2002）、《连心锁》（中国友谊出版公司，2005）、《鸟语林》（南海出版公司，2010），诗论集《守望与倾听》（中央编译出版社，2000）、《灵魂的未来》（河南大学出版社，2009），诗歌批评专著《壮烈风景——骆一禾论、骆一禾海子比较论》（中国社会出版社，2012）。

最小的马

最小的马
我把你放进我的口袋里
最小的马
是我的妻子在婚礼上
吹灭的月光
最小的马
我听见你旷野里的啼哭
像一个孩子
或者像相爱的肉体

睡在我的口袋里
最小的马
我默默数着消逝
的日子，和你暗中相爱
你像一盏灯
就睡在我的口袋里

1990.2

雪景中的柏拉图

在空旷的旷野上下着，这盼望已久的安慰
在柏拉图的旅行中带来短暂的欢欣，就像
阿尔戈船从海上带回波塞冬寒冷的浪花
在他的头脑中，有更好的雪，中国的雪

在科林斯的天空下，和柏拉图骤然相遇
它从庭院的梅花带来问候，人们没有看见
因为人们不够孤单。它来自最高的信仰
这众神的使者，不会在阳光下羞怯地逃遁

更多的雪落下。这孤独的问候
没有人能够拒绝：它问候的是柏拉图的内心
背向阳光的树枝在那里已悄悄生长多年
这问候还会在明天持续。还会持续多年。

在图书馆阴暗的天井里，这古代严峻的大师
眺望着逝者的星空，预见到两千年后
美洲的一场雪、一次火灾，以及我们
微不足道的爱情，预见到理想国的大厦在革命中倾覆

但现在时光已教会他沉默，柏拉图和他的雪
在书卷里继续生存，充满了智慧和善意
这时是否该我抚摸着理想国灰暗的封皮
当我深夜从地铁车站步行回家，遇见柏拉图的雪

它劫持着我的想象，在这春天将临的日子
太阳正在向双鱼座走近，这最后的和最早的问候
逼我倾向道德，直到它骤然停住：引导着两只
饥寒交加的麻雀，在我的头颅里寻找粮食

1991.3.9

死亡之诗

……这时候我所向往的另一半是死亡
在故乡的天空下重新回到泥土
把最后一份财富分给贫穷的儿童
瘦弱的臂膊上搭着最后一名
双目失明的民歌手，走下水中
在背阴的山坡后面彻底消失
这时候我还能看到最后的
宝石之光、在静止不动的水面上……

1992.3.15

颐和园里湖观鸦

仿佛所有的树叶一齐飞到天上
仿佛所有黑袍的僧侣在天空
默诵晦暗的经文。我仰头观望
越过湖堤分割的一小片荒凉水面

在这座繁华的皇家园林之西
人迹罕至的一隅，仿佛
专为奉献给这个荒寂的冬日
头顶上盘旋不去的鸦群呼喊着

整整一个下午，我独踞湖岸
我拍掌，看它们从树梢飞起
把阴郁的念头撒满晴空，仿佛
一面面地狱的账单，向人世

索要偿还。它们落下来
像是被生活撕毁的梦想的契约
我知道它们还要在夜晚侵入
我的梦境，要求一篇颂扬黑暗的文字

1994

一个钟表匠人的记忆

> 诗歌是一种慢
>
> ——臧棣

一

我们在放学路上玩着跳房子游戏
一阵风一样跑过，在拐角处
世界突然停下来碰了我一下
然后，继续加速，把我呆呆地
留在原处。从此我和一个红色的
夏天错过。一个梳羊角辫的童年

散开了。那年冬天我看见她
侧身坐在小学教师的自行车后座上
回来时她戴着大红袖章，在昂扬的
旋律中爬上重型卡车，告别童贞

二

在世界的快和我的慢之间
为观察留下了一个位置。我滞留在
阳台上或一扇窗前，其间换了几次窗户
装修工来了几次，阳台封上了
为观察带来某些不同的参照：
当锣鼓喧闹把我的玩伴分批
送往乡下，街头只剩下沉寂的阳光
仿佛在谋杀的现场，血腥的气味
多年后仍难以消除。仿佛上帝
歇业了，使我和世界产生了短暂的一致

三

几年中她回来过数次，黄昏时
悄悄踅进后门，清晨我刚刚醒来时
匆匆离去。当她的背影从巷口消失
我猛然意识到在我和某些伟大事物
之间，始终有着无法言喻的敌意
很多年我再没见她。而我为了
在快和慢之间楔入一枚理解的钉子
开始热衷于钟表的知识。在街角
出售全城最好的手艺；在我遇上
我的慢之前，那里曾是我童年的后花园

四

在我的顾客中忽然加入了一些熟悉
的脸庞，而她是最后出现的：憔悴、衰老
再一次提醒我快和慢之间的距离
为了安慰多年的心愿，我违反了职业
的习惯，拨慢了上海钻石表的节奏
为什么世界不能再慢一点？我夜夜梦见
分针和秒针迈着芳香的节奏，应和着
一个小学女生的呼吸和心跳。而她是否听到？
玷污了职业的声誉，失去了最令人怀恋
的主顾：我多么愿意拥有一个急速的夜晚！

五

之后我只从记者的镜头里看到她
作为投资人为某座商厦剪彩，出席
颁奖仪式。真如我盗窃的机谋得逞
她在人群中楚楚动人，仿佛在倒放的
镜头中越走越近，随后是我探出舌头
突然在报上看到她死在旅馆的寝床上
死于感情破产和过量的海洛因：
      一个相当表面的解释
我知道她事实上死于透支，死于速度的自我耗竭
但为什么人们总是要求我为他们的
时间加速？为什么从没人要求慢一点？

六

这是我的职业生涯失败的开始

悲伤的海洛因,让我在钟表的滴答声里
闻到生石灰的气味:一个失败的匠人
我无法使人们感谢我慷慨的馈赠
在夏天爬上脚手架的顶端,在秋天
眺望:哪里是红色的童年,哪里又是
苍白的归宿?下午五点钟,在幼稚园
孩子们急速地奔向他们的父母,带着
童贞的快乐和全部的向往:从起点到终点
  此刻,我同意把速度加大到无限

1998.6.14—17

秋　歌

秋天,最后的裸露的乳房,
秋天,最后的异性的光芒,
生存的道路像刀刃一样窄,
月光和最后的雨都是细的。

秋天,天空运送着密云的军团,
秋天,云朵的后面神在读诗,
椅子的靠背磨光后颅的头发,
他起身,我们的天就开始下雨。

秋天,树木的呼吸转暗,影子变长,
而在树木的内部,一把白刃的斧子
敲击着,鼓声咚咚,落叶纷纷,
蝴蝶拉着枯叶的手掉进舞蹈的深渊。

秋天,树木的嘴角渗出血,还穿着裙子,

秋天，满山的枫叶在燃烧，还露着肩膀，
秋天，姑娘的身体在溪水中发抖，还剩爱，
秋天，我们的泪水已干，还剩田野的悲伤。

秋天，这最后的光我已目睹，
秋天呵，我为什么身陷其中？
靠着这最后的光芒，我静静立着，
像一株白桦，像一个裸身的少女。

2000.9.14

微　神

从来没有一位
让我膜拜的神
但亲近我的、钟情于游戏的
神，却有好多

此刻，正有一位
钻进我的抽屉
试图从我过去的墨迹里
帮助我找到失败的证据

还有很多位躲藏在书页间
每当我收拾书柜
便打着喷嚏，从字句里
跳出来，愤怒地和我打招呼

还有一位更小的神
喜欢骑着蚊子

在房间里飞来飞去
他的忠告总是来得非常及时

另一位提醒说：
"可别忘了我，我
一直住在灯的心脏里
给你的日子带来光明。"

另外的神热爱美食
住在厨房里，专注于菜谱
关心我的健康
可他们始终没有习惯冷心肠的冰箱

而你一直是他们暗中的领袖
噢，你这小小的幸福的家神
美好得像一个人
我因你而知道　为什么

木头的中心是火
大海深处有永不停息的马达
（那五十亿颗心脏的合唱）
宇宙空心的内部一直在下雨

如此，我膜拜你这心尖的微神

2008.5.27

梅花三弄

三月,携故人东郊访梅
我的情怀是满山的梅花
饮酒、听琴箫合奏
在春风里一直坐到黄昏

四月,我思故人
到山中摘一把青梅
煮一壶老酒
让心情缭绕梅香、酒香

五月,山中的梅子熟了
城里没有故人的消息
我的怀念是落不尽的梅雨
漫过长江的堤岸

六月,梅子下枝
我的思恋是满山的青
那郁积的绿的海呵
望穿故人的秋水

啊,钟山!钟情的山

2008.6.1

拏 云
——纪念骆一禾

把攀索系在云的悬案上。
议论远了。风声却越来越紧
你从大衣兜里翻出一枚鹰卵
摊开手,一只雏鹰穿云而去
证实你在山中停留的时间。
与我们不同的是,鸟儿生来便会
裁剪梦的锦被:那大花朵朵。
最难的是,无法对一人说出你的孤独。

贴紧天蓝的皮肤,一丝丝的凉。
太阳盛大,道路笔直向上。
只有心跳在告诉血液:你不放弃。
这时候想起心爱的人,心是重的。
小心掉头,朝下看:视野内并无所见
除非云朵一阵阵下降
赶去做高原的雨。星星的谈话:
是关于灵魂出生的时刻。说,尚未到来。

银河上漂浮着空空的筏子。
人间的事愈是挂念
愈觉得亲切。胼胝是离你最近的
现实,也是你所热爱的。
泪水使心情晶莹;你一呼吸
就吞下一颗星星,直到通体透明
在夜空中为天文学勾勒出新的人形星座

闪闪发光,高于事物。

这是你布下的棋局,但远未下完。
你以你的重,你艰难的攀升
更新了人们关于高度的观念。
你攀附的悬岩,是冷的意志
黑暗,而且容易碎裂。
那个关于下坠的梦做了无数遍。
恐惧是真实的,而愿望同样真实。
最后的选择,几乎不成为选择:

抽去梯子,解开绳扣,飞行开始。

2010.3.23

同 舟
——为森子而作

我热爱无人看守的风景
甚于人见人爱。我乐山,也乐水
最好是,山水相连。

谁渡我百年?谁家女子与我同船?
我从来不是一个好的划手。
且听春风载我于水上。

水波不勉力,也不尽责,
水波的一生只自如;如果我们的爱也如此,
否则它就是一支反向的桨。

执着的人不堪自渡。
我的船只信任波浪的势力，
从此岸到彼岸，从春到秋。

春秋，我们在此岸反复写信
给宠爱我们的梅花；在彼岸
我们的自我悬在雨丝风片，一只鹤飞跃的弧形。

风景是我的一只桨，诗是另一只。
有时我们写出的比我们高贵，
但我们写出的也叫我们高贵。

比起我们的先辈，我们穷酸，地位卑微，
但说起灵魂的自由，我们也像他们一样无羁，
宇宙之大放不下我们一生的心事？

最得力的一支桨，不要误认爱情，
叫友谊；不信我的人会撞到南墙，
回头也不见岸。

比起舵手或桨手，我更爱靠近舷窗的位置。
翻动的酒帘如我的心动。
你说，风给我们的自由已经足够。

2015. 11. 18

戈 麦

本名褚福军,1967年8月8日生于黑龙江省萝北县宝泉岭农场。1985年考入北京大学中文系。1989年毕业,获文学士学位,就职于《中国文学》杂志社。1991年9月24日自沉于京郊万泉河。1987年开始诗歌创作。其遗作由西渡等友人整理出版:《彗星——戈麦诗集》(漓江出版社,1993)、《戈麦诗全编》(上海三联书店,1999)、《戈麦的诗》(人民文学出版社,2012)。

打麦场

悲伤的日子　和麦穗
一起　晒在一块崭新的打麦场
那些闪光的麦芒
反射着麦种痛苦的黄金

一根空空的麦秆中
一只被捕获的蚊子梦见
徒步走向麦垛的人
高喊:生命太长

啊,生命太长

面对一架嘹亮的打谷机
我曾问过
还会有几次

一排排欢快的金子跳着唱
"没有几次,没有几次
只要有阳光锋利的牙齿,同样
不能把一半——扔在路上。"

1989

圣马丁广场水中的鸽子

圣马丁广场我水中的居留地
在雨水和纸片的飞舞中
成群的鸽子哭泣地在飞
环绕着一个不可挽回的损失

圣马丁广场,你还能记得什么
在雨天里我留下了出生和死亡
在一个雨天里,成群的鸽子
撞进陌生人悒郁的怀里

那些迷漫在天边的水,码头和船只
不能游动的飞檐和柱子
在天边的水中,往何处去,往何处留
在湿漉漉的雨天里,我留下了出生和死亡

我不愿飞向曾经住过和去过的地方
或是被欢乐装满,或是把病痛抚平

中午和下午已被一一数过,现在是
雨水扩充的夜晚,寂寞黄昏的时刻

1989.12

凡·高自画像

直到最后,干燥还能作为一种色彩
被阳光镶在肉体里
被痛苦锈在田野上
像一只蒸发着热气的头颅
冒着细长而僵硬的触须,像海绵
被一种药水吸干,在那里皱着

一双翻白的斜眼凝视的地方
如果不是空荡荡的稻草人的衣裳
就是一排排葵花的根茬
其实所能看到的只是一只耳朵
在一条细细的河水上发颤
现在,我希望它能再跳一次

可是始终有一种力在脑子周围向外拉
即使扣紧冬天刺猬一样的帽子
力仍能从骨缝中向外渗透
脸,像荒年的野草一样长满胡茬
一把刀锯从外向里,又从里向外
在脑髓和粘膜之间充满紧张

我已经感觉到了光线的弯曲

它自上而下，压迫着我

像错掺的颜料一样落满双襟和前额

心脏，一位灰黄老人的巨眼

微小的手指偏向抖动的边沿

像，两个精神病中的，一个

这是在一辆马车从阿尔的大道上离开以后

一层漂浮的灰尘浮动在麦田的上空

一个久病初愈的人，和一只方形的烟斗

伴着烟缕，从黄昏到午后

像一面镜子上积存的秽物

我的一生已彻底干涸

1990.5.26

刀 刃

我凝视着一把刀的边缘

美洲豹，丝绸一样光滑的毛皮

像一片绿色的影子

滑过刀锋时一个窃贼闪亮的庄稼

此刻，夜色将残

我脉管中那同行的伙伴已抵达天边

弑血的刀子，透过豹子的双眼

眺望着波光秀丽的河床

在这昏暗的腹地

两个持刀行凶的家伙

是哪一个，最先向主动手
刀子，就是福灵；刀子，就是危险

1990.7.21

事　物

河岸上那些病倒的树木
曾经是爬上陆地的人群
在不名的夜晚
他们走进了小林神的妖身

水滩上那些浑圆的石头
曾经是狂吠过的野猪的头颅
它们面朝夜空
用心模仿过云中的河蚌

而那些天空中滑翔的飞鸟
曾经是流矢射中的刀枪
它们在不安的尸体内剧烈地跳着
曾试图挽回愚蠢的过失而卑劣的命运

1990.8.13

金缕玉衣

今日，看到你不灭的青光，我浊泪涟涟
夏日如烧，秋日如醉
而我将故去
将退蹑到世间最黑暗的年代
固步自封，举目无望

我将沉入那最深的海底
波涛阵阵，秋风送爽

我将成为众尸之中最年轻的一个
但不会是众尸之王
不会在地狱的王位上怀抱上千的儿女
我将成为地狱的火山
回忆着短暂的一生和漫长的遗憾
我将成为鹿，或指鹿为马
将谎话重复千遍，变作真理
我将成为树木，直插苍穹

而你将怀抱我的光辉的骨骼
像大海怀抱熟睡的婴孩
花朵怀抱村庄
是春天，沧浪之水，是夙愿
是我的风烛残年

1990. 8. 13

最后一日

我把心灵打开
我把幸福留下
我把信仰升至空中
我把空旷当作关怀

屋宇宽敞洁净
穹寰熠熠生辉
劳作的人安于田上

行旅的人四处奔忙

我把黑夜托付给黑夜
我把黎明托付给黎明
让不应占有的不再占有
让应当归还的尽早归还

眷恋于我的
还能再看一看
看这房屋空无一物
看这温暖空无一人

那始终惦念着的
你还能再度遥想
一个远离天涯的谷穗
如今已长大成人

但是也只能再看一看
但是也只能再想一想
我把肉体还给肉体
我把灵魂还给灵魂

1990.8.16

梦见美

在一颗星星的肉体里，我梦见美
发亮的植物菌攀附住皓白的岩面
它们微小的胃和发甜的口腔
食物的鼓乐此起彼伏，这是岩浆的美

在一枚野杏的果仁中，我梦见美

所有的小风在秋千上摇晃

雌雄同株或雌雄异株

花的基因也是蜂的基因，这是植物的美

在一只蜗牛的体内，我梦见美

一小杯淡红色的有机物盛放着

嘴偏向一侧的帽檐一直垂到体内

像细得不能再细的鹅管，这是基因的美

在一只公蜂的舌尖上，我梦见美

含羞的顶端用蜜液刷着异性的腹部

透明的子宫，那厚厚的墙哟

更小的蜂在那里漫游，这是生命的美

在一把匕首的刀刃上，我梦见美

一滴血像一个蛛网上挣扎着的肚子

刚刚有手枪一样的嫉妒瞄准过肚脐上

十环中核心的位置，这是性别的美

在一小块荒芜的石子上，我梦见美

一只高倍望远镜斜架在日光的炉子上

像是在洞穴中，栖息的白蛾窥见了

一秒钟内钵上绘出的图影，这是艺术的美

恋人呀，在你精心雕琢的指尖上，我梦见美

那是神在我们日常生活中留下的陀螺

总是有两个不倦的身体在二十个纹蜗内不停地游

一个对另一个的记忆印在了躯体的其他部位，这是时光的美

瓦尔特·惠特曼，你说你在梦里梦见

我在这世上回避了什么

还能够再梦见什么

在那些深藏不露的事物上，美是怎样复生的？

1991.3.28

洛 兵

藏名扎西茨仁。诗人，音乐人，作家。1967年出生于四川成都，1984年考入北京大学俄罗斯语言文学系。大学期间获北京大学五四文学奖诗歌一等奖及未名湖诗歌朗诵会创作一等奖。1990年开始流行音乐创作，担任音乐制作人、唱片公司高管。为国内众多知名歌星创作过作品，为三十余部影视剧创作过配乐和插曲。出版诗集《路过你，谢谢你》（四川人民出版社，2017）。另著有小说《秋风十二夜》《绝色》《今天可能有爱情》《新欢》《天外》，散文集《我的音乐江山》。2010年从幕后走向台前，在全国各地演唱新作，命名为"吟游"系列。2017年出版第一张个人专辑《吟游天外》。数十次获得全国各地年度十大金曲及各种最佳作词或作曲奖。

梦里水乡
（歌词，周笛谱曲）

春天的黄昏请你陪我到梦中的水乡
让挥动的手在薄雾中飘荡
不要惊醒杨柳岸那些缠绵的往事
化作一缕轻烟已消失在远方

暖暖的午后闪过一片片粉红的衣裳
谁也载不动那扇古老的窗

玲珑少年在岸上守候一生的时光
为何没能做个你盼望的新娘

淡淡相思都写在脸上　沉沉离别背在肩上
泪水流过脸庞　所有的话　现在还是没有讲

看那青山荡漾在水上　看那晚霞吻着夕阳
我用一生的爱去寻找那一个家　今夜你在何方

转回头迎着你的笑颜　心事全都被你发现
梦里遥远的幸福它就在我的身旁

春天的新娘
（歌词，洛兵谱曲）

就这样为那个男人梳妆
让他觉得你多么漂亮
变成他最好的收藏
春天的新娘

就这样在孤单中摇晃
脸颊埋进命运的手掌
忘掉痛苦的飞翔
春天的新娘

春天啊春天　最美的嫁妆
一片婚纱带走你　旧时的模样
未知的未来　玫瑰的海洋
骑着白马的幸福　来到身旁

春天啊春天　我会在远方
把你和你的梦想　慢慢地遗忘
天空还很远　日子还很长
没有你的原野　有谁还在唱

爱　上
（歌词，洛兵谱曲）

雨后的城市很明亮
每个人都显得很匆忙
一辆婚车奔向机场
这一切与我无关

我们望着两边的窗外
除了树林还是树林
有几片红了　秋天要来了
这一切与我无关

时间到了　笑着说走了
很多人看着　很多陌生的脸
通道很长　就像一片海
你是自己的船长　一去不返

而我还留在这个地方
而我还留在这个无边的城市
这是多么的令人心碎
越是想你　你却越来越远
越来越远

王建墓

你家的年会曾像海湾
那时候我没有你大
却总是会想
将来有一天
让你漂浮在我的洋流中

那座土堆有海的气息
每天晚上
很多和你一样美丽的女子
到昏黄的角落起舞化蝶
她们骗过了我们
说我们的头发纠在一起
像古代什么火焰
我们的身影纠结在一起
像刚刚出土的剑鞘
略显斑驳
很是脆弱

这种时候可能很久
也可能很短
像你的嘴唇像你的眼神
一个介于失误和错误之间的
尖锐和温存

——在你家隔壁
有座古墓叫王建墓

是王建墓

被盗光了

1986. 4

武侯祠

所有过来的南方人中
最爱我的是古刹的绿
不经武侯祠去找你的小路
我已经不走了

把梧桐叶洒在护城河上
把姐姐的手放在我的背上
冬天一点不过分地寒着
我们一点不过分地恋着

天府的糍粑慢慢金黄
碑石上的青苔越来越厚了
古色古香的浓绿里
我们傻里傻气地望着对方
修不完的十五中校门啊
我要从城门洞那边去北方了
我们都不信有一天你会变老
会把我忘掉

绿黄的庙祠边上全是田坝
草们秧们在我走后不全开花
稍远的集市延伸向北方
我们在冬天不全贩卖爱情

1986. 9

晚　钟

晚钟敲响
从城市那边飞来宁静的翅膀
有家的人请回你们的家
没家的人请走进那夕阳

晚钟敲响
从夕阳眼里落下宁静的忧伤
爱我的人请过来一起唱
恨我的人请躲开那月光

晚钟敲响
从月亮上面流出宁静的凄凉
生者依旧习惯地擦去泪水
逝者已矣请返回你们的天堂

晚钟敲响从天堂上面
传来星空的回荡
醒来的人守好你们的梦想
沉睡的人请把一切遗忘

1992.2

早　安

高架桥，浓雾蒸腾。
两个飞碟从低空盘旋而来，舷窗口的灯火，闪烁不停。
走近一看，却是两杆高耸的飞碟灯，早已被人类剥皮抽筋，铸成了僵直的标本。只有在这般玄幻的浓雾中，才把一丁点遥远的本相，呈现在同类的面前。

柔润如酥的雨丝。
整装待发的尾气。
遛狗的人走过三盏路灯。
一切渐渐被谜语掩埋。
我在晨风和雾霾中疼爱着你。我在绞索和井盖中畸恋着你。
早安,我的北京。

2009. 10

引力波

永夜之中,一群神灵在放风筝。
——你一直在扯这根线,干什么?
——让他们找,让他们想,找到这里,或者消散。
——他们会知道,所有的公理,都是我们恩赐的特例。他们最终的存在,只是一个孤证。

2016. 11

麦 芒

本名黄亦兵，1967年9月30日夜晚出生于古老的湖南常德城，并继承了母亲身上祖传的湘西土家族血液。1983—1993年就读于北京大学中文系，先后获得中国文学学士、硕士和博士学位。于1983年正式开始写诗，部分早期作品散见于各种学生与民间刊物。与北大同学臧棣、清平、徐永合出四人诗集《大雨》（自印）。1990年参与创办同仁诗刊《发现》。1993年赴美，2001年获得美国加州大学洛杉矶分校比较文学博士学位。自2000年起至今任教于美国康州学院，研究并讲授中国现当代文学和比较文学。继续用中文和英文双语创作，翻译和朗诵，著有中文诗集《接近盲目》（作家出版社，2005），中英文双语诗集《石龟》(2005)，以及英文学术专著《当代中国文学：从文化大革命到未来》(*Contemporary Chinese Literature: From the Cultural Revolution to the Future*，纽约：Palgrave Macmillan，2007）。2012年在中国国内获第20届柔刚诗歌奖主奖。

怎么样切近现实

"要成为一个诗人，就不能成为别的"
谁能接受这样的苛求
我是一个完整的人，有很多欲求
都是诗歌所难以彻底满足的

当我把手伸向水，水就退缩
当我想摘果实，果实就消失
这就是当代坦塔罗斯的严酷处境
你写诗，现实就在你生命中挥发或溜走
足够让你头疼的了

惩罚，不见得一定是监禁或绞刑
一个年轻人观赏春天的花
花心中有一只蜜蜂，但这些
都是俗套，如果有一位姑娘出现
姑娘也难免陷入她所代表的词的泥淖
没有透明的内脏供你瞻仰
两腿之间一切都是假象

记得马王堆出土的老年女尸，两千年
仍保存着头发、肌肉、连同
肠胃中尚未消化的甜瓜子
当我在阴暗的博物馆向下久久凝视
那如猴爪一样丑陋的皱褐躯干
我悲悯地问自己："美到哪儿去了？"

我写诗，我就不能生活
诗中的生活就像那具木乃伊般的女尸
我生活，我就不能写诗
浪费在写诗上的每一分钟都
削弱着我理应全部投入生活的精力勇气

你总不能左手握住生活，右手
执笔在一张白纸上滑动吧

不要相信那些说爱你的诗人们

哦，亲爱的女人，因为

他们所说的永远是下一个现实

1998. 3. 25

流　放

下午，阳光照在脸上。像往常一样我陷入昏昏沉沉的睡眠。

梦里我从上往下浏览一片广大的褐绿色地图，这里是陆地，那里是与陆地隔海的群岛。所有的地名都直接标在高低起伏的地形之上。我的眼睛贪婪，仿佛亲临这片地球一样。唯一与真实不同的是，在此地图上，看不见自己的一双眼睛也同样诧异地看不见一个人影；哪怕那些标志着世界上最繁华的都市的地方也突然，在沼泽般的深绿色之中，暴露得如此偏僻荒凉。

我却听得见某个女人遥远的声音（我朦胧记起她的姣好身姿）："你看，当你许诺我们分离之后的美好远景的时候，你忘了只要一个人切断自己的根，他或她就进入了一个新世界，而这个新世界本质上已被完全陌生符号化，处在我们一度熟悉的现实世界的扭曲背面。它代表着永不回头的噩梦般的流放，而非我们曾经想象过的旖旎蜜月之旅。"

"但反过来你也可以说它很自然。"我记不起我曾这么嘟哝补充一句。

2000. 3. 31

春日阅读《浮士德》

……春日阅读《浮士德》

书中的浮士德渐渐苏醒……

麦　芒

过于衰老的浮士德
（浮肿的眼泡）
面对过于年轻的世界
发出如下感慨：
"——世界，我不能占有你
如同我一度以为自己能占有格蕾辛或是海伦
你是幻影，然而我必须把你当真
——靡非斯特，请你呼使
日月星辰
风火雷电
全部的精灵
帮助我体现这一最高意志"

一只杜鹃叫着
在深夜的山谷里

一滴露珠闪烁
在黎明的草丛中

2000. 4. 1

雨

它有时在这里，有时在那里
有时在醒来时分，有时仍在酣然梦里

它是诗人的礼物，从冰岛神话中分离出来
寄到你所在的曼哈顿街道上

有时则是在希腊荒岛的残石立柱旁

年老的海伦因茕身一人而感到的脸上晶莹泪光

它有时像船,运来我们遭困时亟需的粮食

当我们在一起时它是最缠绵的……

2002. 2. 17

冬日中的某一天

冬日中的某一天
我在田埂
路上
偶遇一条冻僵的蛇

它的形状
好似一根被扭曲的木棍

农夫的教训
立刻用这根木棍重重敲击我的脑门
"决不怜悯
那日后将咬噬你心
置你于死地的
敌人"

我平静地跨过它
继续前行

看见
淡淡的远山

以及山脚下
冒着白色炊烟的
乡村

无事发生
这是一个
冬天，没有爱情
一个没有爱情发生的冬天

2003. 1. 19

幸福之子

  我梦见我的父亲，经过一场浩劫，臃肿的他掉了体重，沉默寡言，重新显得消瘦然而肩宽结实，恢复了他的高个身躯。我的母亲在一旁痛哭，忧心忡忡地看着他，年轻的风韵也因这悲伤重新回到她身上，不可抑止的女性的吸引力。我梦见时间就这样反拨时针：那时我尚在历史之外，只能盯着我的父母，看到一切变化。

  那时我是幸福之子。

2004. 9. 19

亲爱的阿莱克茜丝

亲爱的阿莱克茜丝
我在芝加哥机场
转机的时候给你打电话
电话那端传出你清晰的声音
"我觉得我母亲一直在围绕着我"

我沉默无语
宽大的窗外停机坪上黑夜已经笼罩

我们都对未来的死亡感到恐惧
而当它果真发生之后
我们感到的惟有空虚

就像这架停机坪上一动不动的飞机

何时它将重新发动，起飞？

忙碌的一切旅程，都将终止于静止

然而周围的人们此刻还在来去匆匆
谁也不愿意躺下，不动

今夜我将前往爱荷华
美国的心脏，安全的地带
那里的玉米地里可以埋葬几乎一百万印第安灵魂

今夜我将既不写诗，也不读诗
仅仅让黑夜也围绕着我
在星空底下
在辽阔
地里

亲爱的阿莱克茜丝
你要知道
我们每个人身上
都附着无数

陌生与不陌生的
死者的声音和气味

这就是一种可怕的爱的证明

我们谁也不会真正孤单

这正是我打电话时
想要告诉你的

然而当我挂断电话
我分明感到

空气中穿梭的无线电波仍有幽灵嗡嗡在响
窗外停机坪的地面
在微微
震撼

2005. 10. 31
2006. 9. 14

赞歌给蓝色的黄昏

如果你在海边
你会得到蓝色的黄昏

那情绪的安谧
一如这些散开的房屋
泰然地迎接正渐渐跃入眼帘的黑夜
和曾隐在天空深处的星星

此时，惟有蓝色的黄昏
如同河流静静入海的那一刻
如同街道渐渐到头的那一刻

我将铭记哪一盏最先
亮起的和平生活里的灯
哪一个忙碌的女主人
将听到门口迷路的陌生人礼貌的问询声
以及小狗的欢叫

大海和空气正融为一体
船在海上
传播地球那另一边
让人等待的消息
那一边，城市里的沸腾生活
因为思念我
也渐渐沉寂下来
欢声笑语中
我认得那诸多美人
她们每一个人的肌肤
都曾紧贴我而火热
当我是奥德修斯的时候
也曾拒绝耳朵塞蜡
身体却被束缚在桅杆上而发狂

眼下，我更愿在僻静的道上漫步
察看这落入人间的蓝色黄昏
宛如陆地

迎接一朵悄无声息

蓝色的落花

2012. 7. 20

奥德修斯错过的岛

如果你是来自遥远的伊萨卡的奥德修斯

历经十年但厌倦于特洛伊的征战

被阿波罗和波塞冬相继抛弃

如果返乡之途充满风险

土人们对你们又怕又恨

如果你的水手不听你的规劝

你又不知道自己是否早已

逾越了希腊和荷马史诗的传统边界

(即使史诗也不是无边无际的)

如果你的妻子不再叫佩涅罗珀

你的儿子也不再叫忒勒玛科斯

他们都各有丈夫或父亲,后者不一定是同一个人,或希腊人

如果你精疲力竭,躲过无数灾难

和戴盔甲的雅典娜的威胁和四处搜寻

这其中自然不止疯癫的女诗人,她叫喀耳刻

痴怨的情人,她叫卡吕普索

以及无辜被你伤害眼睛的善良巨人波吕斐摩斯

如果你突然怀疑"我是谁?"

无人能开口帮助,免得惹来更多来自遗忘的鬼魂

不是上述任何人,我愿意在这座岛上为你指点人生

2013. 10. 21

橡 子

本名蔡方华,1968年4月出生于湖北蕲春,1986—1990年就读北京大学中文系。大学期间开始写诗。现为《北京青年报》专职评论员,评论周刊主编,微信公众号"团结湖参考"运营负责人。诗歌创作之外,撰写大量时政评论文章。出版有诗集《致命的独唱》(中国华侨出版社,1994)、《我看到浪花如此朴素,辜负了花的美名》(中国青年出版社,2017),长篇小说《脆弱》(中国电影出版社,1999)、《水果》(中国社会科学出版社,2001),散文集《王菲为什么不爱我》(新世界出版社,2001)。

左边的耳朵里有一场弦乐四重奏,右边的耳朵里有一片寂静

左手摸到了风,右手摸到了琴弦。
左安门的雾霾行将消散,右安门的沙尘悄然升起。
花朵在左边凋谢,在右边重开。

我在原地转了一个圈。
忘记了右,也忘记了左。

有时也会欣喜

阳光一旦进入，我们的眼睛
就不再注视那被驱逐的黑暗。我们的心灵
就走出孤寂与恐惧的深渊，
在莲叶上独步。

花朵列队在地底下等候。
当你的嘴唇说出春天，
春天就将奔涌而来，由缰而去。

趁热喝

我回想我曾见过的花朵，和吻过的空气，
回想那些被春光搅动的寂寞时刻。
我回想凌晨时分的蔷薇和合欢花，
以及那些困扰她们的讨厌虫子。
我回想走过我身边的人，恼人的波涛在渐渐变淡，
直到消失不见。

在下午三点的阳光里，我一直在想着应该想些什么，
咖啡凉了，我却一无所知。

永远是夜

我寻找一种新的语言，
在鸟儿于午夜时分的呼吸里。
一只棕兔和一只白兔静静地啮食干草，
就像它们从未尝过青草的滋味。

天使之眼零星开放,在罕见的行星光芒里,
卑微的植物背负着无人知晓的命运。

我寻找一种新的语言,
比你的呼吸更轻柔,比你的思念更沉重。
它在石头的内部燃烧,
故意不让你看见。

不是,不是

从一个词语开始,抵达另一个世界,比如"微醺"。
所有的星星开始旋转,宇宙变成了一只木马。
成群的鸟在清晨的光线中晕眩。
蜀葵相互拥抱,用尽它们最后的灿烂。

我拥抱着你,像搁浅的蓝鲸拥抱沙滩。
美好的事物必死无疑,但美好仍会活着。
在嘈杂的睡眠里,在热闹的背荫面,在辽阔又辽阔的大海上,
什么也没有留下来。
除了无耻的风,除了羞愧的盐。

给女儿

你在光里笑,在光里奔跑,在光里跳舞。
你在沙里挖坑,在沙里建筑,在沙里沦陷。
你在浪里试探,在浪里徘徊,在浪里欢欣。

但你不要走得太远,
不要走进那残酷的秋波。

在五谷丰登之后,你要回到羊圈。
在大雪封山之前,你要回到春天。

悲剧的轰鸣声

在一个阳光明媚的冬日午后,
我又想起了你。
雪又落了下来,虽然它很快就化了。

我们从来无法为自己安排好两种命运,
英雄离去之后,丑角就会出场。

死去的人不屑于谈论自己的不幸,
只把永恒的沉默如同一顶桂冠,
戴在幸存者的头上。

抑　郁

在繁花落尽之前,
我又想起你冬天的样子。
整个城市弥漫着火光,
只有你还是清凉的。

终于到了柳絮翻飞的日子,
新月用一把镰刀,
收割了遍野的轻狂。

不如为这残酷的四月载歌载舞,
不如为这寂寥的大地,

每天哭一场。

凌晨四点十五分,喜鹊叫了
像一把铁锤
砸在烧红的铁上
火花四溅
一切就都醒了

最先醒来的是青春
野蜂飞舞,卑贱的一切变得灿烂
随后醒来的是梦想
小小的野薄荷越过沙滩
最后醒来的是黑暗
坐在阳光的中心
依然浑身冰凉

周 瓚

本名周亚琴，诗人、批评家、译者、编剧。1968年生于江苏南通。1993年考入北京大学读研，1999年毕业，获文学博士学位。现任职于中国社会科学院文学研究所，研究员。主持女性诗歌民刊《翼》。2006—2007年美国哥伦比亚大学访问学者。出版有诗集《松开》（作家出版社，2007）、《写在薛涛笺上》（"EMS周刊"，2010）、《反肖像》（"现代汉诗"丛刊，2013），诗歌论著《透过诗歌写作的潜望镜》（中国社会科学出版社，2007）、《挣脱沉默之后》（北京大学出版社，2014），译诗集《吃火》（玛格丽特·阿特伍德诗选，河南大学出版社，2015）、《葬礼上的啦啦队长》（尼娜·卡香诗集，"EMS周刊"，2010）等。

长椅上的俩女生

不远处的大街人来车往，而这个僻静的
角落，称之为角落，在我们的城市
名副其实。一张墨绿的长椅上
坐着闲适的、绝望的她们
其中之一的小巧头颅，安稳地
像雏鸟偎倚在松软的窝巢，另一位的肩窝

依托着她。喁喁私语：
——这隐秘的交流听命噪音的想象
"你在想什么？""和你一样……"
谁的呼吸里吹出了芬芳？谁又将迟疑的
双手藏匿到同伴的外套口袋中
"我已无法忍受，和你一样。"
……但，另一位把目光
自眼前密密丛丛的暗夜收回
——进入这个世界要比想象的容易得多
"是的，我喜欢，比从前任何一次
那黄昏的大红色块，像裹尸布一般
使他的新娘升上天空，她身着白衣裙
山羊与诗人一同仰望她的飞翔。"
芬芳的呼吸再次唤醒她……地点就在
美术馆大门外的石阶下
她们谈论着遥远的人与事
或者什么也不是；尔后
黄昏自不远的楼檐一角，吹号般
把冷清的气流送入她们的领脖间
她们各自的一只手相遇在同一只衣袋
长椅一侧的地面两个影子友好地
重叠……当此之时的长椅背后
已故大师夏加尔绘画展
正在仿古式金黄屋顶的建筑物
那状如天使的大厅内，进行到第三天

1997.9.3

中转站

踏上你家楼梯的时候,就好像
有一种启示,一个声音对我耳语:
住在一个舒适的房间,对于陌生的
城市来说,是报复我们记忆的好时机。
因为一个人的房间,集中所有念头
就像长了翅膀的肥猪,试图轻盈地飞。
由于等待的理由被取消
我只好由你站在窗前,对我描述
你见到的一切:两个女人,可能是
想承租马路对面的店铺吧,她们化了
浓妆,看起来像赶赴一个约会
可以猜想她们承租后的商业项目:发廊
美容所什么的……完成"重现的镜子"的行业
可能只有罗伯-格里耶更具发言权。
一种奇怪的喇叭声传来,间隔着
市民公德的宣传条文,淹没了
你俯身窗前的红色背影……阳台下
还能看到一幢两层砖楼的平顶
堆满了现代垃圾:歪嘴皮鞋,褪色的
破塑料桶,断成两截的玩具冲锋枪
三具洋娃娃的尸体,肢体残缺,眼睛圆睁。
"一件现代装置!"而我几乎不能忍心对你说
这就是我看到的一切,从你站过的位置。

1998. 4. 12

大天使
——赠贞姬

她们曾经紧挨着,坐在一张
墨绿的长椅上,观望路边的往来
行人与车辆;她们把刚做完的功课
称之为歌唱,她们借此熟悉了恨
一种她们在内心隐蔽着的力量。
她们把相握的手命名为诗意
一种天真无邪的温度,获得高飞的
意志。从马路对面的某个角度
一个俯视的镜头:她们的黑发
融为一体,往前探出,像乌鸦的姿势
需要鉴定其准确的动机;她们一左一右的
手臂,舒适地撑起在两侧,像两枚
黑翅膀,把长椅挡住了一部分,而据说
过路的伊卡洛斯(正在他奔向死亡
波浪的中途),轻快的一瞥
竟把她们看成一位人间的大天使

1999. 1. 19

此刻,给爱猫
——致一只名叫"white stocking"的小猫

谨以此诗纪念一位少女
她被这个春天残杀……
"……而此刻,深夜。我俩的生活
多像一块被掰成两半的愿望
呼应着:你细微的灵敏

过于具体,因而抵消着我

对于神秘事物的疑惧

尤其在黑暗里

即使在沉睡中,你也为我壮胆

仿佛我所有的惊恐,已统统

被你带往梦中,就连你

发出的轻声嘶叫,也表示着

即使在梦中搏杀,你也不愿

惊动我的写作,它需要

绝对的静,以积攒力量,消除

内心的恐慌,面对暴力和死亡

吐露的生存的全部秘密

和残忍。窗外,涂满漆黑的现实

哦,亲爱的小猫,如果我愿意

相信,你有着动物

原生的预感,并已将它带到

我们的生活中,仿佛这黑夜

内部的一切,都形同虚构:

你的安静平衡着我

内心的沸腾,而究竟有多少

抚慰的力量,会被我带进写作中

好去飞越那些词语的陷阱

以及现实世界全面的深渊?"

2000.5.27 为邱庆枫[①](1980—2000)而作

[①] 邱庆枫,女,四川绵竹人,1980年11月22日生,1999年考入北京大学政治学与行政管理系,2000年5月19日,从北大主校区返回北大昌平分校(位于北京北部郊区)的路上遭人强奸并被杀害。

翼

有着旗帜的形状，但她们
从不沉迷于随风飘舞
她们的节拍器（谁的发明？）
似乎专门用来抗拒风的方向
显然，她们有自己隐秘的目标。
当她们长在我们躯体的暗处
（哦，去他的风车的张扬癖！）
她们要用有形的弧度，对称出
飞禽与走兽的差别
（天使和蝙蝠不包括于其中）
假如她们的意志发展成一项
事业，好像飞行也是
一种生活或维持生活的手段
她们会意识到平衡的必要
但所有的旗帜都不在乎
这一点；而风筝
安享于摇头摆尾的快乐。
当羽翼丰满，躯体就会感到
一种轻逸，如同正从内部
鼓起了一个球形的浮漂
因而，一条游鱼的羽翅
决非退化的小摆设，它仅意味着
心的自由必须对称于水的流动

2000. 6. 7

永 恒

请温和、低声地谈论它
用本能的舞蹈寻找它
用酒的大嗓门唤醒它
用绳索解放它
用锤子的摇篮曲,引领它

用心底出声的沉默拥抱它
用行动,干净、纯粹的劳作
创造它,如一个粗野的生灵
挣扎着求生的
值得与它同饮共寝

在过街天桥上,那个须发皆白
皮肤黝黑的盲艺人
总是一丝不苟地拉着他的小曲

2009. 9. 17

雪的告白
——For Si-an

我只有一片,或者说,只有一个我
你看这漫天飞舞的,都是我的分身
呵,你会笑我竟相信传说中的忍术
既然你也严肃地讨论过童话的真假

就在这样一个早晨,你从地铁里出来
看到整军团整军团的我,侵袭这个城市

看啊！一只喜鹊衔着一根树枝
疾驰而过，要修补她其实相当稳固的窝巢

你凝视天空时，可曾体会到一种慢中的快
我在飞，又在降落，在槐树细致的枝桠间嬉游
和你的目光捉迷藏，隐身于悬挂在梧桐树顶的枯枝
我在大地和屋顶铺展，亲吻你的双脚，填充你的镜头

我乐意如此：致力于冬的舞蹈，活跃于你我之间
言语的蜜，又远又近，风的唯一……

2012.12.12

变形记

我外婆说她年轻的时候躲鬼子
和她的兄弟们一起跟着他们的母亲
他们往五月的油菜地里躲
他们往朝北的河坎里躲
他们往无人光顾的破庙里躲
他们往闲置的车水棚里躲
草垛里、坟场边、竹林和暗渠
平原上能够藏身的地方真的太少了
但哪里荒僻哪里就有他们的行迹
我外公说他有一回来不及跑
就跳进一条小河潜着水
一袋烟的功夫，还是一炷香的时间
他才敢从水底爬出来
我母亲小时候跟着她的养母躲反动派

她们藏身在一户穷邻居家
那户人家的房子远离村子的中心
一间几乎倒塌的低矮草屋里住着老两口
我母亲眼中反动派白衣白裤刺刀闪亮
她是个好奇的小孩
在危险中也敢于探出脑袋看看这个世界
他们在讲述时我就脑补了那些场景
她们东躲西藏的模样，有的一往无前
有的不断回头，有的一边奔跑一边祈祷
有的鞋子掉了一只都不敢回去捡拾
有的那以后不断做着相同的梦
甚至连我的逃亡之梦也与此有关
我躲不知名的危险
我躲面目模糊的追踪者
我躲内心里的懊悔
我躲一切让我无法面对的
在梦中，桥梁断裂，悬崖当前
最后关头，我对自己说
好吧，我是一棵树
一棵树，一棵树，一棵树

2014.2.20

哪吒的另一重生活

1

他出生时父亲正在地里除草，披着初露的星光
竹篮散发着湿土与植物汁液的香味

仿佛献给星夜的祭礼。大海渗入
沉默的男人汗腻的鞋底,他差一点滑下田垄
当邻居远远地喊他,报告那月亮的喜讯。

一个浑身通红的婴儿,在油灯下大哭
他的母亲曾希望他是个女孩,有着圆圆的眼睛
以及清脆如春笋的歌喉。他会唱尽世上
所有的歌儿,包括那些没有被小河创作出来的。
他将使黑夜永远年轻,黎明戴着雾蒙蒙的眼镜

不,他不会去追赶太阳,虽然他肯定会上路
他驾驶四驱赛车,挎着记忆的帆布包,朝着远方
太阳键盘和月亮鼠标开垦的道路,甩开尘烟般的死亡
他是一位诗人,与痛苦、不义、遗忘为敌。

2

东海的孩子有一颗西海的心
海水的力量灌注他七岁的身体
他漫步沙滩时,潮汐锻炼着平衡
他用头脑中的虾兵蟹将推举出一个对手
消遣孤独时光中的那一阵黑暗
他叩问天地之间一股精神气
宣称肉体的可替代性以及技艺
那可以出神入化的秘密
他始终是个孩子,年龄可疑
心智稳定,生活在传奇、演义
和不断更新的神话里,清脆地喊一声"我来也"

3

粉色的肌肤被阳光和海水映衬得闪亮
声音脆嫩如一根新生的芦苇
他奔跑时,脚下的泥土和细沙发出欢叫
多么值得!多么孤单!
他急躁的性子幻化为脚下的风火轮
他挣脱天地的雄心打造一只乾坤圈
在浴火的圆周中,他练武、读书、玩耍
父母生下他,仿佛为了抛弃他
师傅教授他本领,也改变不了剧情
他急忙中冲杀,为了一个自己尚且模糊的认识
他被父亲杀死,为了一个终于不会被他承认的体制
他被埋葬过吗?他的敌人快意于他的抵偿吗?
如何理解他的复活?没有上帝的恩典,不是奇迹
一口仙气附在一具玩偶身上,叹息着迎来新生

2014.3.27—29

精 卫

1

身躯单薄如纸糊的窗扇
经受着清晨略微湿冷的风
睡足的太阳放出数百万的箭矢
驱逐暗夜里悄然占据沙滩的寒雾
光芒的箭头发出细密的沙沙声
没入沙地仿佛隐身地洞的虾蟹

她随手抓一把沙土任其从指间流淌

留在掌心的卵石划开空气的波浪
钻进阳光的深海，惊起翅膀的漩涡
她随意来去，细致地感受
远处，海天之间摇荡的鳞片呼唤她
她退下棉布衣衫，要去穿上那闪烁的
光芒与柔水织就的无垠的羽裳

她溺死的瞬间，可曾领悟到肉体的沉重
仿佛她的一生只是一件容器
这生命的本质启发了她，她变形或复生
在一只鸟的躯体中，抓取最轻微的武器
她不是西西弗斯，鸟儿的叫声是她的新名字

2

她本可以骑波浪，跨劲风
骄阳下自由来去耍东海
她脚步所踏之处，绿色更浓，花儿垂首
群虫争先恐后，忙着整理她的衣襟
月亮负责她安睡的夜晚
潮汐的摇篮曲跌宕于她的性
她醒来，梦悄然退入夜幕背后
她回想这重叠的生命，几乎有三层
在她的出生和死亡之间交替
她的父亲是炎帝，因此她有
火焰的脾气，海的欲望和必死的命运
当她的双足被海水浸湿
她便感到了翅膀的力量托起
那是缺席的母亲，隐身在她的双肋之间

3

翅膀托举着的那颗心果真是不死的
她叫着自己的名字,像一只猫
模仿着、回应着造物主赐予她的身份
她将守护的也是唯一的自由

她又一次来到这里,透过空气中
紧张的光线,她甚至听到了尘埃歌唱
为了她那刚刚失去灵魂的小小身躯
依然在海面上漂浮如一条迷航的小船

转动鸟儿的新脑袋,她试图看清
一个大海,它波浪的巨嘴里深藏的秘密
"一座挖好的坟墓",她听见这声音就来自她
难道一切都将回到这里,流动的归宿?

她衔着细小的树枝,坚硬的石子朝下丢去
用她安静的坚持,试着造就这座世界的摇篮

2014.4.12—15

雷武铃

湖南临武人，出生于 1968 年 12 月。1992—1995 年就读于北京大学西语系，获硕士学位。2002—2007 年就读于北京大学东语系，文学博士。现为河北大学文学院教授。出版有诗集《蜃景》（与周伟驰、冷霜合集，世界知识出版社，2008）、《赞颂》（广西人民出版社，2015），译作《区线与环线》（谢默斯·希尼诗集，广西人民出版社，2016）、《踏脚石：谢默斯·希尼访谈录》（广西人民出版社，2018）。主编同人诗刊《相遇》。

献　诗

你挺立着，在我的意愿和世上某处。
既无法趋近，也不能驱除。
在肯定和否定之间的混沌里
你啊，是苦恼与闪烁的亲爱。

鞭策我醒来。空气向后流动。
大地上的一切：山脉、房屋、湖水与耕地
向后流动。在此处向别处的转换中
你啊，是动荡与纯净的飞行。

置我于安然。白昼的喧响沉落了，
夜晚升起星光和万籁。挺立在浩瀚时光

合唱中的你啊，在内心和外界的绝对之上
你是引领物质飞升的光芒。

2006. 5. 22

平原印象

傍晚时抽水机的响声更响了。
远远近近散点在麦地中的人影开始变虚。
骑自行车的人露出半个身子
仿佛滑行在麦穗青黄色的海面上。

霞光在云朵间变幻。
一只布谷鸟边飞边叫，往来于麦地
与村里的树梢。麦地上空弧形的宁静
突出它的身影和叫声，动人心魄。

如此干旱，竟有灰白色潮气从草、麦叶间蒸腾。
（车过邢台，铁路两边差最后一场雨的收成
焦枯得只能点燃一场大火。老乡说：
地下水位逐年下退，机井已深达九十米）

一道血红激荡着灰蓝色天空。熄灭了。
一列火车亮着小小的车窗分开东边正弥合的天际
隆隆声传来。许多次我坐在上面
看平原闪过。第一次，我坐在平原上看它消失。

我心乱如麻。为看见而不能深入
为土地、历史、平原生活所化出的女人形象
似乎通过她才能抵达看不见的意义。

夜色抚平了一切。星星踊跃。村庄亮起了灯。

那震动我的第一印象我一直未说出：
中午，久旱的天空闪着湿润纯净的蓝光
白云低低坐在绿色村庄上
麦地茂盛的青黄色填满剩余空间。
——这太幼稚、浅陋、平淡、俗套。
十年过去了，现在，我终于能够肯定
我看见的事实，美和真坚实的存在
在记忆中日益开阔，高耸在一切俗议之上

冬天的树

一

从温暖，明亮，深邃的书中出来
正是最迷乱的时刻：公共汽车轰鸣
车灯，路灯，橱窗灯交织的浮光与暗影里
漂浮着表情模糊，行色慌忙的人。
那么多，那么乱，又那么不真实的虚影。
我们抬头，看见前面
两道壁立的黑色悬崖之间
幽蓝的天空低处一道暗红色晚霞。
黑色树枝映满天空，那么清晰，一动不动
超然于混乱和寒冷之上。

二

我们说起冬天的树。
那么安静即使大风呼啸也只是轻轻晃动的树。

它们的美难以言传：大块密闭的色团
落成天幕上镂空的线条画——它活生生的
能透出呼吸。车过公园，能看见绵延的树丛
和后面的天空。——它们阴晴天的表情不同：
树干焦黑，爪状的枝梢蜷缩高空的，是槐树。
树皮灰白，粗枝和银杏树一样高举的是白杨。
而榆树和柳树的枝条众多，轻柔地向下垂顾。
而核桃树枝粗短如手指，整个冬天都在沉睡。

三

我们相信有这样一个地方：
那里山峦绵延，从来无人到达
几百万上千万亩的树林在中午的太阳下
落光了叶子。那些安静的山谷
和山坡上，我们走动
枯枝落叶就响起干燥的声响，腾起灰尘。
我们停下，纯净无边的阳光
就从头顶灌注，消融我们的眼睛。
我们做好了准备。但终于没有去成。
而雪肯定下到了那里——那些雪中的树。

2003. 10

白云（二）

耀眼的湛蓝色光芒在河谷上空流溢。
一朵唯一的白云，色泽纯净、曲线柔和，悬浮在
北边合围的岭头后面、那座横亘半空的青色大山之前。
它在空中近乎不动。它的大片投影

像黑色丝绸，抖颤着从明亮的山体斜掠而下。

有一阵，消逝不见了。然后，出现在前面的岭头

从那里飘下，顺着河谷的东侧向南滑行。

现在，它高出了青色山体的背景，它的雪白

被天空的湛蓝映射，亮得几乎透明。

少年的我被惊喜充盈，它真的如我所愿向我飘来。

我惊异远处过来的云影那超然的神秘：

它不择道路，不避高低，被非凡的力量推动

无视稻田、山坡、河岸、田埂的差别，径自向前。

巨轮般压倒一切又轻盈如蝴蝶，梦一样

染暗白亮的阳光像风吹皱粼粼波面。

它向我飞近，速度越来越快

凉意夹着大片草叶细密的唏嗦声

风一样，从离我最近的河面、稻田，过去了。

它的背影，飘上南边起伏的、白光覆照的山头。

在更南边白炽的空中，那形状已变的云，停留了一阵，

也消散了。天空只剩下唯一的湛蓝。

河谷张开着，容接垂直降落的阳光。

河边稻田璀璨的青黄，山腰油茶树坚硬油亮的深绿，

山顶松树闪耀的银光，渐次由低到高；点缀在

山间的红壤耕地、红薯叶玉米叶摇动的绿色

由近及远，绵延向远处柔和的草山。

这些不规则的坡面、色块、光斑，从不同的高低和远近

把它们变幻的反光折射向河谷，汇成浮动的斑斓。

我坐在西边山沿松树的习习荫凉下，能看到

炽烈光芒中整条河水的流向。

从北边合围的山底出来，两道平行的绿色河岸

在稻田间直行。不见河水，一道木桥横跨其上。

雷武铃

第二个转弯处，一堆白雪在那里闪耀——
是河水从堰坝落下。寂静的空气震颤
落水的轰鸣声飘忽而悠远，分辨不出来处。
另一处河湾，河水在鹅卵石浅滩上流溅波光。
对面山脚北去的石板路上，打伞的行人就要折向木桥了
山坳上，庄稼中露出的半个戴草帽的身影，始终未动。
风吹草木，光的波浪起伏，从山坡、稻田一排排传来。
热烈的空气、蝉声，大黑蚂蚁爬上我脸。
噢，两朵新的白云，扁平如梭，一前一后，连绵着
从北边高山的后面睡梦般飘出。
一朵向东，沉入山后。一朵飘到了河谷上空。
那雪白的云朵悠然如万古，浮游于碧蓝光芒的无限。

2005.5.7

低　语

有时候你是空气，有时候
是石头，在我心里。
有时候你是闪耀在初夏树叶上的阳光
摇晃我。

有时候你是成天昏沉的神思里
突然的唤醒，
是一股春天清新的风沁入身体
甜蜜的知觉和欲望绽放。

有时候你是一种边际，一种深渊
让我突破，沉陷。
有时候你是意识的缆锚，担保，

每天醒来时，让我搜索、然后抱住。

有时候你是奔驰的列车窗外
华北平原连绵的冬天。
纠结、裹挟着寒冷的雾气，又挺立着
落叶的树，在阳光照彻的坦荡土地。

有时候你是隐痛，是远离
是含在嘴里，却不能说出的名字。
有时候你是失去的家乡，永恒的参照点
测量我日益孤独的进程。

有时候你是热水淋浴而下时
突然的凝滞，是身体一直的震颤和欢愉
在原地伫立。
有时候你是火车经过窗外时大声的示爱。

有时候你是热闹的节日里私下的寂静
是伫望，出神，牵挂。
有时候你是大街上的堵车，窗口前的
排队、街树、行人、喧嚣尘埃之上的注目。

有时候你是错失，痛悔，
是校园树林里增多的月光让我抬头时
惊觉秋叶已稀疏。
有时候你是夜里突然醒来的恍惚，顿悟。

有时候你是一个墙体单薄的简陋房间里
纵情的欣喜，自发的歌声。

是沉湎寂静的圆满中，谛听世界
传来的声音；它们标出岁月静好的广阔度。

有时候你是时间结束后的惊讶，不理解。
有时候你是不忍睡去的深夜，
是欢会的高潮，是一朵轻盈、饱满的白云
不愿停下、不能停下、永远飘飞的渴望。

2011.6.10

远　山
——给塘友

凉爽的风吹动我们和水面。急速细密的波纹
使亭子好像船一样漂行。
我们仿佛不是在钓鱼，而是被摆放在一重画境里：
微微爬升的红壤土丘，草丛，毛竹
油茶树枝叶蔓延到分际线，前景直接跳到了远景
——三道绵延横卧的远山。
第一道山能看清楚青色的山体。它的山腰鼓胀
再上升而收缩。它的颜色让我们觉得可以到达。
第二道山是条黛色波浪线，遥远距离里的空气
给它蒙上了一层雾一样不定的灰白。
第三道山令人惊异：它的右边，宛如锯齿
并列两座高峰。它的左边，山势不断升高
几乎到了难以置信的高度。而它的身形
比接近地面的天空更淡，更缥缈，近乎虚影。
它们上面的云，色彩鲜明，轮廓清晰。
不是我在北方所见的扁平飘浮的云朵，

而是直立高耸的整体云块，如岩石山峰。
云的顶端一直伸延到离我们很近的天空。
这些远山激动着我，但我没告诉你。
我独自体察，一次次咽下这电击似的感应
不让心底泪水般的叹息流露出来。啊，我说不出来！
我并不完全明白的我生活的全部，它与此的亲密关联！
我也没告诉你，我看见一个人在半空中看我
她的头像占满那朵硕大的白云，那么清晰，近切
我看见她眼睛和嘴唇的动。一如两年前
我们驱车在山上不停地转弯，我总是看见她的面容
浮现在山谷对面横断天空、直落而下的绿色山坡上。
——这生活的惊异啊，经历时才会知道，
才知道梦想怎样紧随我们。
我们谈起疾病。那种深奥的突然和脆弱。它的阴影下
一个孩子的一生。那些正常日子透出的迷人亮光。
我们谈起玄密的命运和遭际。那些细若微尘的事件。
那些纠结的可能性。现实之谜。
我们谈起穷困。少年自信的梦。如今我们对事实谦虚：
它作为某种骄傲的禀赋，是生活的当然。
啊，人生之路似乎在上升，在不断增加难度
把我们带到新的险境。但我们并不绝望。
另有一种力量在恒稳地推动，潜在的必然性携带我们。
我们知道了众人皆知的经验：成熟，经历
时间令我们平静。
远山一直保持在那里，和我们遥遥相对
它轮廓线上微白的光亮，那长久相望的安静喜悦。
我想着它在各种天气里的形态：下雨的间隙，
草木清新的气息弥散，饱含水汽的白雾静绕在山腰

它的山脚洁净亲切,山峰隐藏在黑色雨云的变幻中。
或秋天不缨垢氛的透明空气里,它在蓝天下毕现。
我喜欢它的悠远,目光信任地
顺着土地伸延,然后,它在远处升起来
如友谊,如远离的生活,不觉孤寂也无压迫。
我感到周围空间里空气的流动,草木缤纷的反光
我身所在的,这色彩丰富,生机勃勃的辽阔的宁静。
它们是真实,宏大的。对短暂,激荡而易于疲惫的生命
它们恒久,平静,始终如一的饱满精神,是长存的抚慰。
人生之苦无法根除,岁月教会了我无视它们
并尽力感受世间的美。
这夏天难得的凉爽一日,太阳一直没露面
光线的变化仍让我们觉察它已偏西。现在,云散开了
灰黑混同灰白,急速变动。西方天际渗出了酡红。
时间到了,我们平静地起身。
你的孩子刚做完心脏手术,必须赶回去给他换药。

2004.8

街边花园

它的新那么露骨:一行行种下不久的草
还掩盖不住黄褐色新土。
树小得没树阴,紫藤才爬到两尺高。
空空的长藤架,只有它柱子下的狭小阴凉
供我们坐下。五月的上午如此明丽
近处的草木、远处的楼顶、天空下流动的空气
都闪耀着清新、翠绿的光。
一棵年轻的泡桐,头顶茁壮肥大的阔叶

在草地尽头，把影子映在粉白的墙上。
风吹影动，白墙上摇曳的影舞迷住了我。
它就在眼前，这么鲜明、确切，但又闪烁着，那么神秘
好像世界之中还有一世界，让我捕捉不住。
我和你说了这些吗？说眼前时光，说你
离我如此近如此清晰，你热烈的气息却仿佛散发自梦中。
粉墙上波浪线的灰墙头，向北伸到了铁路桥。
闪亮的铁轨在更远处消逝，
那里，一栋住宅楼的阳台，像众多的眼睛俯瞰着我们。
哦，火车真的来了，车头撞开阳光，轰响着
车窗从波浪形的墙头滑过，消逝。
一条淡云散漫在顶空，两朵睡莲状的云
在西边高空长时间保持着固定的距离。
它们的存在打破了天穹单纯的湛蓝。
即使背对，我也能清晰感觉身后僻静的大街
高大槐树新绿的荫凉，以及不时经过的
行人，自行车，和偶尔的汽车。
感觉槐树之上楼群之上放射明亮和热力的太阳。
即使多年过后，我也能清晰看见
那个五月的上午，满地阳光、无人的街边花园。
它崭新、触目的凌乱让我痛感没人爱它
——当时我正领会是深刻的爱改变世界的面貌。
它不被注意地生活在一角，舒展的视野
静而美；闪耀的空气波动着一天里早晨的新鲜
和一年中盛大的夏日将临的热力。
自远处来的火车轰响，经过我们，又去往远处。
饱满之爱使我们的感知完全醒来
如表盘上的秒针，清晰地领会到每一刻。

啊，芬芳的时间，广阔世界深处的我们！
现在，透过那么多伤痛、误解和隔绝，我清晰看见
沐浴在青春年代的我们；
年轻的身体被激情充溢，饱满如气球
欲挣脱痛苦的绳系，飞上甜蜜、自由的高空。

2009.1.28

旅　途

1. 过杭州

哦，太迟了！
这临江仙的手奏出的
前世邀约。
这如花的歌声里凋零的
流年啊。

我还是抵达了
这肌肤满含的湖水扬起的
盈盈笑意。
慕恋啊
且用生生世世的尺子来丈量！

2009.7.10 保定　7.13 北京

2. 在昆明

内心的笑把嘴角，眉眼都带飞了
细巧的锁骨引入神秘之美。
这惊见的欢喜
它忘了这是旅程的中途，

它认出了自己的家。

困于病累,我未到滇池。
那高原之水的倾注与拥抱,明亮的光影
那福缘在眼前晃漾。
啊,如此之近!一想就觉
此生空落,一想又是甜意透心。

2009.7.24 富民　7.28 大理

3. 忆广州

苦涩生涯的一滴蜜。
乌云般的千万人影中隐含着的一个人
太珍贵!
我熟悉这颗心火热的程度
它来自深山,野百合的家乡。

第一次剥开荔枝的红壳,雪白的果肉
它的甜把我引入生命之爱。
啊,我钟情如此境地,
在夏天让台风和暴雨冲洗
在冬天开着春天的花。

2009.8.2 香格里拉　8.3 虎跳峡　8.4 丽江

4. 去西江

擎天的两山紧抱着一溪石头和流水
绕转,绕转,绕入更深处。
我奔驰的身体里住着一个专注的你
说着,看着,指着苗家木楼,

这深藏的心微弱而坚忍。

我痛觉消逝:一种生活方式凝聚的美,
伴随成长的事物,情感及我们。
烈日下,光屁股孩子在溪水中嬉闹
一个机灵漂亮的女孩笑叫着跑过。
哦,你的美永在!由无瑕的少年相传!

      2009.7.26 昆明 7.30 丽江 8.24 郴州

5. 在丽江

曲折的小巷,心灵的迷宫。
彩色花斑石随流水在幽深的木楼间铺伸。
我拿着地图辨认方向和巷名。
店铺的红门都一样,行人神色轻缓。
我寻找,叩问你心的所在。

哦,古城都换了新人,时间接纳了新迷踪。
溪水边的酒吧街表演新热闹。
啊,我渴慕、我寻求的记忆中的生命共享者啊
这时间的迷宫里我找不到你!
此时你不在此地,丽江不再是丽江!

      2009.8.11 楚江 8.28 保定

夏 夜
——给巨文

1

月亮一直没有升过那些高大的槐树茂密的枝冠
没有升到躺在北坡的我们
仰望的顶空。
它走的不是天穹最高的圆弧,
我一直没等到它的光垂直落进我的眼睛。
它始终偏南,隔着槐树浓密的叶丛,悄悄的,
升到半空就转而西下。
夜半起身时,我们费了好一阵劲,才在西南角的树丛后面,
在接近杂乱楼房的低空,
找到它。

2

草一直在我们身下出汗。
这是被烈日暴晒了一天的大地渗出的汗水。
隔着防潮垫,大地的汗水和我们的汗水混成一体。
湿热的空气也一直在出汗。
汗水,内热过高的抒发,如艺术般神奇。
皮肤在汗水中闪着暗光,等待凉风。——哦,它来了!
"哈哈,这风可值两百块钱!"
"你说得太低了,起码五百!"
溽暑之夜,我们笑谈,享受着
一阵又一阵的凉风;如大富翁数他大堆的钱。

雷武铃

3

这暑期花园在夜色里漂浮,
丛生、蔓生、簇生着,起伏、柔软、静悄悄的暗影。
映着夜空微光,槐树大团的暗影凌空在高处。
紫藤架下的暗影浓黑似铁。
团簇的竹影弯垂,月季的丛影突然从脚边惊跳而出。
一切都在安睡,静默。
密集的树叶,这花园的神经末梢,纹丝不动。
只有闷热。只有细弱的蛰声,悠长无尽。
只有蚊子兴高采烈,追逐你,从草坡
到树下的长凳。只有睡意朦胧的你不时哇哇乱叫。

4

超脱在沉睡的花园之上,幽深的高空
繁星闪烁。它们不受大地的苦热,
在泛着清凉流水的浩瀚之中,热烈地交谈,彻夜不休。
透过城市上空那层光雾,我们辨认
星空璀璨的图形。大熊座的斗柄
朝南,小熊座的斗柄指向北极星。
最美丽的天蝎座那颗流火之星闪着夏天的红光。
隔银河相望的织女星和牛郎星下沉了,
后半夜的天空升上了仙后座
壮丽的 W 和飞马座醒目的四边形。

5

我们流连这月色、星光、夜的空远与寂静,
直到睡意深浓而不舍。我们爱这优容的光景。

因为只在夜里,世界才从喧嚣、酷热的昏迷中醒来,
焕发清凉的生气,才像人活的世界。
受苦的草木才能休养生息——
竹叶披垂,紫叶李卷曲,核桃树的叶子散发淡淡的苦味。
我们才摆脱尘嚣紧迫的追逐,没负担地安享眼前的时光与自由。
站起来,就会看到这花园像孤岛,
城市的灯光和喧响在不远处海浪般环绕、拍击着它。
这夜晚的美多么脆弱与珍贵,且让我们再多享片刻。

6

现在,太阳正离开双子座,飞入巨蟹座。
夏季的酷热又一次降临。在我头顶浩渺的夜空
那些发亮的天体又回到了原位,
但去年身边的友人已在别处。人被命运难测地抛掷
无法沿星光周行的轨道,重现原地。
去年,我们一起怀念更早毕业离开的朋友们的欢笑
现在我一个人,从黑暗的宇宙拿来自助的长视距
鸟瞰一生。我们脚下的大地并非静止,
而是一颗行星绕太阳日夜飞行。我们生命的爱与望
是一团被黑暗包裹的光,在浩瀚的边际,极速向前。

2011.6.18

雷 格

本名邓锦辉，1968年生于沈阳。1986—1990年就读于北京大学中文系，在校期间曾任五四文学社社长、《启明星》主编。毕业后做过图书管理员、美国教会学校中文教师、出版社文学编辑、系列外文期刊负责人、文化传媒公司负责人，现在北京某文化单位工作。出版有诗集《必由之路》（春风文艺出版社，1993）、随笔集《此何人哉》（新世界出版社，2002）等，有作品收入《后朦胧诗选》《北大诗选》等选集。出版的译著有《宠儿》《爵士乐》《我的探险生涯》《似非而是》《上海往事》《追寻圆仁的足迹》等。

无锡乌篷船

咀嚼死亡的声音
从水的街上来，从火的门遁去
格格咀嚼的声音
甘美醇厚的声音
绝不惊动岸上栖止的灵魂
只在一个蝙蝠舞动的间歇
逼近我们，和我们手中
握住的栏杆，粗糙而沁凉的石头
以及桥，爱情本身。
不能轻易到岸上去

与那宁静栖止的一群谈论

骤然涌起的爱情与尘埃

这里湿热的天空充满微雨的

预感,从不飞鹰。

我们只须站在桥上

这唯一真实的十字路口

面向咀嚼死亡的方向,体验

腹中无法抗拒的坠落

仿佛思乡病,一个薄薄的词汇

遍体透湿,贴在死亡船舱

油污的黑色底层

以无情的远离使桥感到震动。

而在爱情面前,我们突然

成了盲者:我们的手纵使相牵

也无法穿过夜与死亡交织的雾

认清身旁苍白模糊的面容

火的门永远为格格咀嚼的声音

开放,死寂中闪现的点点粼光

就是远离之船狡黠的微笑。

1990. 6. 15

玄想中的天鹅

这是老迈的祖母眯起眼睛、在门廊下端坐的时刻,

当梦境的行进放慢了脚步,让水掩饰住慌乱,

让黄昏的手在近旁的天空点起冰冷的火焰。

你,我的爱人,(夜的藤蔓悄悄爬上你的脸,像缓缓张开的弓,)

用令我惊异的姿势捋一下鬓发,鬓发青青,

开始将我终日苦思冥想的事物细细讲述。
　　绕过苇丛,雪白的影子在水上和水里同时游来。
贸然闯入的致美,将湖面侵占,熨平,
阻断所有欺骗者进入的门、畏惧者退去的路:
我的心停止,不能摆脱这样的景象。
爱人,用天鹅沉默的舞步劫夺我反复把玩的词句,
在黄昏发暗的镶边上磕掉釉彩,惊醒我。
那鼓翼在湖滨的,那卸掉了重重铠甲的,
那抛弃了形态与色泽赏心悦目的,难道是
我那业已复苏了知觉的心?

　　用黑色的蹼搅动我们身体里的骇浪。
依着流浪的灵魂的指引,从南到北,从冬到春,
挑剔地选择着栖居之所:温暖的、无人的乡居;
喜悦的眼睛;一个人灰白、伤感、皱纹丛生的头……
复苏的影子,找回了狂暴而柔情荡漾的时刻,
给世纪以意义,给人以生命,给爱情以不朽的春心。
在走入彻底的黑暗之前,我们是否将学会等待?

　　在一切的源泉里,一只只神秘地隐现。
还有你铭记的那些悲哀的水域,悲哀的柳岸,
我不能说一个字,关于它们对死亡共同的恐惧。
折断的脖颈,飘飞的羽毛,啼血的哀鸣,
替我重复审视着那些夜晚:炉火熊熊的夜晚,
词汇与汁液的夜晚,失重的夜晚,相聚与分离的夜晚。
我们一遍遍结识着恐惧,一遍遍企图离它而去,
一遍遍羞愧,一遍遍在梦中越不过天鹅冰冷的身躯。

　　拒绝分离的情侣在枪口下互相梳理羽毛。
一千年都在自然的光晕里漫游,都在飞,
安享着遭诅咒的幸福,静止的天鹅等着时间衰老。

因为它们大于我们的眼睛,大于我们的感悟。

难道它们不死于魔法,也不生于爱,

只凭借轻灵的飞翔出入词语和艺术,出入人类的火海?

为什么我们仍能看到那深深的伤害

像我们惧怕的黑暗一样,栽植在每一个水潭,每一处湖岸?

  天鹅,展翅飞走时,不告诉我们离去的方向。

1992. 10. 19

丁家房

(组诗选四)

二齿钩

群体中的一个异类:二齿钩

不如三齿钩驯良,执行力赶不上

铁锹,也不像镐头是个多面手,

或者耙子那样周全。我扛着它

去河边洗涮时,它就像一头

被捕获的海象,干瘪,抽象,

委顿。但它依然凶险,如果它被

高高抡起,划过一道弧线

迅速刨向你的脚尖,

又在中途深深没入土里,和石块

尖锐地相撞。更为凶险的自然

是人的意愿,比如某个匿名的邻居

用炉钩子在我家黑猪背上刨出的

鲜红的小洞。除了调转方向

用钝头敲土坷垃时更为有力,

我一直想不出它在农业生产中
扮演怎样的特殊角色,以及
他们为什么要造那么多的
二齿钩,在地上排成一列,
而砧子上还在丁丁当当,一锤下去,
它就一个激灵,从懒洋洋的暗红
转为明亮的红。但我完全记不起
铁匠的脸,这让我怀疑是否真的
有过那样一家铁匠铺,为了将
二齿钩的两个耙齿锻造得匀整美观,
一大一小两把锤子在黑暗中
自行起落,节奏井然。

2011. 5. 25

石大山

我们只在巨石后的荒草间找到
一只小红鞋,条绒鞋面上
应该点缀过白色的小花:
与关于死孩子的传闻相印证。
我们不想就此下山,还巴望着
从土里抠出一两枚铜钱,
最好是三枚,可以做一个
漂亮的毽儿:从生产队的灰驴颈上
剪一撮鬃毛,再削一个木楔,
楔进去,敲实。我设想它
腾空的曼妙身姿,到尽头翻一个身,
稳稳落在我的棉靰鞡上,再度弹起。
也许运气再好点,还能捡到子弹壳,

一件小小的乐器，呜咽着令你的
嘴唇发麻。我们看不见他们，但他们
看得见我们：找遍整个村子，
她抬起头，在"山"和"育"之间
发现了自己织的毛背心，一件给老大，
一件给老二，肩胛处是她精心设计的
红色和绿色的镶边。而作为
一无所获的补偿，我还期待着
最后的疾冲，就像传说中的一队人马
下去端鬼子炮楼，却全军覆没。
当石子滚动，风吹进嘴里，
远处的田野时而清晰时而模糊，
我已收不住脚，就在腾空的刹那
闭上眼，满足于这不知所终的悬置。

2011.5.26

远 征

我们用河沙筑起矮坝围困
那些一指长的小鱼，有点厌了，
这时有人提议，想抓大个的
就得去水库，那儿的鱼
比巴掌还要宽呐。作为传奇的水库
迅速胜过我的犹疑，不需要他们来动员，
如奥德修斯在斯库洛斯岛耍的诡计。
我们顺流而下，却以为自己
在溯游而上，有时回到河边涮涮脚，
确认我们走在正确的征途上。
在蒿草间排成一列，克制着回身的

可耻念头,当风景骤然辽阔
依然保持沉默,谁也不看谁,就像
青年忒修斯和伟大的赫拉克勒斯对坐,
投枪斜倚在肩头,短剑偶尔敲打
阿耳戈的前舱侧舷。当群星隐现,
黑暗和恐惧袭上心头,暗自盘算着
要不要硬头皮走完最后一程,
去面对入口处霸道的铁丝网,一如面对
饥饿感,悔意,漫漫归路,以及
向来温和的父亲的暴怒。

2011.4.19

忧　愁

"以忧愁或讥讽的方式度过一生,"
二者相比,讥讽应该更难些,
圆熟更待来日,特别是我
一直严肃得近乎固执和乏味:
在康德出门散步的三点半钟
穿戴整齐,准时在冰面上呆立,
看他们盘腿坐在冰车上,
扦子猛撑几下,然后紧夹在胳肢窝里
呼啸而过,高喊:自由!自由!
忧愁则不须磨炼,如讲究师承的技艺,
尽管它经历过一次失败的酒后命名——
"万古愁",像江湖上一个
不得志的邪派高手,而且被写成
"万古愁丛书"。当我在正午
醒来,汗水打湿炕席,仿佛被遗弃,

（母亲下地干活，父亲在远处的教室里
指着挂图教他们辨认约克夏猪，）
杨树叶子在窗格里叠加，
沙沙簸筛着阳光，让我感到忧愁，
并以此作为衡量艺术的准绳：
我的两个前同事，一个王某
在非洲梦见过主，钟情诗歌，
喜欢在郊游时以传布福音的语调
朗诵近作，但太过激昂，
引得附近的群狗狂叫；另一个李某
只爱下棋，当我们午休时手谈，
（他的说法是"杀一盘"，）
他随口说起在辛集老家的晌午
如何独自睡醒，每每无端大哭不止，
则让我听到了更多诗意。

2011.5.23

法国日记（组诗选三）

在里昂

"你的设备不行，"她像我一样
用一只嘴角微笑，但仍然不相信
我能拍出一张获奖作品。
她妈妈认为我更适合做个
人民艺术家，让我给她们拍合影，
还嘱咐我要正确面对失败，
便拉着她走远，留下我跪在石板路上
为里昂找一个仰角。糟糕的是

我纵使裁掉索恩河畔的枝条，
依然裁不去宏大叙事。
艺术的事与艺术家无关，就像里昂车站
不在里昂：那意大利人一脚刹车
令我的手机脱手而出。画面上扭曲的穹顶，
据她说，有一种杰作的节奏啊。
谁知道呢，人生的成就感总是
迟来的酬报：在拉德芳斯的酒店，
她说，照片给你拷好了，
都在"获奖大师的作品"里。

2013. 7. 30

在塞纳河

一条河的左岸和右岸是它的
左脸和右脸，打完这面打那面，
你要过米拉波桥，青春的
毒药。青春就是毒药：
右岸两颗白片，左岸一颗黑片，
以河的立场和姿态，治你的北京并发症：
长一颗中国心，却分泌美式肾上腺素。
右岸有迷宫，抬头撞见两尊门神
你就离出口不远了：汉尼拔在左，恺撒在右，
或者说，左有眇目的敬德，右有
以桂冠掩饰秃头的叔宝。
左岸多骗局，鸽子在圣日耳曼教堂后院
贪吃的胖子头顶起落，拉屎，咕咕叫。
西尔薇亚左倚，乔伊斯右靠，
凑成一副对联；从门里向门外看

则是男左女右，平仄失当。
但栎栎蜜的妈妈没有指出，我们上错了香，
莎士比亚比左岸更左，而且
她设计的最佳路线不含米拉波桥，
绿色通道。客随主便，我们把它还给保罗·策兰，
和他暗夜徘徊其上的乡愁。

2013.8.23

在圣日耳曼修道院，或论饥饿

从路易威登的角度看
它相当完整：佐料瓶的架子，
协助将异教徒的片段性真知
撒上我主的大菜。笛卡尔或
阿波利奈尔都无伤大雅，
两颗面包屑而已，一颗埋在底下，
一颗掉在旁边，喂鸽子。
荷马、欧里庇德斯和索福克勒斯是盐，
海盐、岩盐和井盐；
吠陀和阿维斯陀是黑白胡椒；
柏拉图师徒是肉桂，继承了苏格拉底
的重口味。可是，咄！
你待如何处置那佛陀和夫子？
还有摩西，好歹该算道头盘吧。
而这并非唯一的难题，
为领取圣餐，它还精心
准备了三块白餐巾："我是谁"铺桌上，
"我从哪里来"垫膝头，
"我到哪里去"系脖子，不能太紧。

我知道,世界的起源已经
给库尔贝这厮毁了,却仍困惑于
是怎样的饥饿,驱使我们像蚂蚁一样,
循着词语的游丝,爬进
我主苦心挂起的吊篮。

2013. 8. 30　2014. 2. 2

周伟驰

1969年11月出生于湖南常德。1988年考入中山大学哲学系，1992—1998年在北京大学哲学系继续学习，以关于奥古斯丁哲学的论文获哲学博士学位。后到中国社会科学院世界宗教研究所工作，现为该所研究员、博士生导师。从事教父哲学、中世纪哲学、中国基督教思想史和当代西方宗教哲学的研究。出版有诗集《蜃景》（与雷武铃、冷霜合集，世界知识出版社，2008）、《避雷针让闪电从身上经过》（南京大学出版社，2013），诗论集《旅人的良夜》（浙江大学出版社，2009）、《小回答》（北京大学出版社，2014），译诗集《沃伦诗选》（河北教育出版社，2003）、《梅利尔诗选》（河北教育出版社，2003）、《英美十人诗选》（河北教育出版社，2003）、《第二空间》（花城出版社，2015）。另有学术著作《奥古斯丁的基督教思想》（中国社会科学出版社，2008）、《太平天国与启示录》（中国社会科学出版社，2013）等。

信念的制造

《精品购物指南》制造出来的读者
在地铁摇摆，像麦浪。
手携《知识分子》第五期的知识分子
在外国思想里挺立，像一棵稗子。
"指南"头版，红歌星照耀着工体

宛如红太阳照耀着天安门广场。
三十年前向日葵们的后代
激动的脖子围绕着镁光灯旋转。
《井冈山战斗报》换成了网络和晚报
被饥渴的眼睛扫描。
文字传到心灵就变成了思想
供大脑咀嚼，把行为指导。

那个用进口手枪进行独立思考的知识分子
发现拉不开枪栓，对不准目标。
而他的邻居和老婆被宣传机器打印成一篇社论
对他蝌蚪形的念头嗤之以鼻。

年轻人穿着范思哲、格瓦拉的头像招摇过市
被姑娘们热爱，被傻子们高价购买。
思想工厂昼夜不停地生产着另类
像价格不等的三文鱼罐头，供阶级们消费。

2000. 6. 8

对怀疑论者的三分法

大的怀疑论者怀疑自己
但不怀疑自己的怀疑

小的怀疑论者怀疑上帝
但不怀疑自己的肉体

中的怀疑论者什么都怀疑
他脑袋里装满了彼此对立的媒体

真的怀疑论者正要上吊
马上就怀疑起了上吊的理由

假的怀疑论者不上吊
也不怀疑不上吊的理由

半真半假的怀疑论者吊了个半死
然后又救活了自己

好的怀疑论者敬重有信仰的人
他希望他是自己

坏的怀疑论者攻击有信仰的人
他害怕他是自己

又好又坏的怀疑论者不理睬有信仰的人
他以为他不是自己

左的怀疑论者有怀疑而没有论
他生活得比猫还安静

右的怀疑论者有论而没有怀疑
他生活得像一只狐狸

不左不右的怀疑论者又怀疑又论
于是就变成了一只刺猬

贪吃的怀疑论者怀疑舌头上的美味
但对舌头他不加怀疑

好色的怀疑论者怀疑爱人的存在
但对快感他不加怀疑

既不贪吃又不好色的怀疑论者只好怀疑文字
并用文字写出他的怀疑

2000.5.20

河　流

我常常想,生活中应该有一条河,在眼前漂着。
不一定要有船,从石墩上,可以看见水底的梳子草。
它不经心地蜷曲着,有时留下一个湖,像鱼在逃生时吐出的一个器官。
可爱的河,你无需唱歌,只要在我眼前闪烁。

我走过北方的原野,一千里的树,一千里的麦地,但没有河。
幽暗的马眼睛,幽暗的驴眼睛,在大叶杨树下,在黄昏干燥星下。
抚摸着家畜的毛发我感到血在缓缓流动,带着浓度,几近干涩。
灰尘结成土,土结成砖,砖结成城市,而人的眼里没有波浪。

当我回到家乡,在春天,油菜花怒放,在小小溪旁,在小小水塘旁。
当我再次看到你,涨着,淌着,摇着,呻吟着,曲着,挺着,张开着,
清澈的你,龌龊的你,淡蓝的你,油腻的你,可口的你,恶臭的你,
闪着光,在那山崖的拐弯处,在那小土坡下,在那犁开着的新鲜的沟垅旁。

当我从险峻的山腰,从胆怯的车窗里向下望,我看见你,修长而柔软,
我看见你,我一层层回旋下山,直到几乎可把手伸向你,拉着你和我一同归去。
远去了,但那建在小瀑布边的水磨仍在响着,远去了,但水车仍在转着,
远去了,但在太阳的眼里,今天河边玩水的孩子和昔日的我有何区别?

有福的人，在你童年的门前有一条小河，风里、雨里、云朵下它自管自地流着。

　　春天鲷鱼拍打，秋天渔人撒网，夏天长腿的白鹤在水面上出神。

　　当你俯身流水幽深，打碎着自己的面庞，那是四面蜂拥的光，使你心漾动不留痕。

　　可爱的河，性灵的河，不息地哗哗响着的河，我要感谢你，有河水的地方才有生活。

2002.3.15

蜃景

　　蜃吐气而成景，乃有海市。
　　还不够，要有冠盖、车马和屋宇。
　　旧时仕女换作了 O-lady
　　施黛粉，出入带天街的高楼。

　　驼队亦变作了 auto 行驶于新高速。
　　柏油路下陷，一泓海湾现
　　波斯军舰伴随中东乐
　　读银幕，矗立沙砾的前缘。

　　秦始皇嚼仙丹，遣少年去往蓬莱，
　　还要上林苑挖一池，砌三山，
　　诺亚方舟泊岸，天空彩虹如穹顶
　　敬神者泪盈盈，屈身跪拜。

　　唉，时代变，蜃景迁，再无神仙。
　　摄像机无眼，光学家无脸
　　实验室居然把幻境重造：

气温转,光线折,自有上现和下现。

牛顿棱镜将彩虹光分解
济慈哀叹,世界难得再可爱。
蜃景中的数学公式,一串串
真能够把我的激动取代?

唉,我还是愿在飞翔时带上蜜蜂眼:
从一千个角度,把一物观看。
一只眼看实,一只眼看空,再一只看变,
眼睁睁看幻影成像,心中爱竟那般实在。

2008. 6

望星空的人

可是在人生的路途上,
又有多少机缘,
向星空了望!

——郭小川《望星空》
谨以此诗纪念诗人郭小川(1919—1976)诞辰 90 周年

总有一些望星空的人,跳脱于自己的时代。
站在月亮的表面,看到了地球的可爱,
站在银河系的表面,看到了太阳系的微不足道,
站在宇宙盘子的表面,看到了银河系的看不到。
他们忘了火箭在肩,一时引而不发,
也忘了敌人弓箭在手,一时心慈手软,
在他们沉思的那一阵子,四海之内皆兄弟也。

他们想到自己漫长的光阴，只是相当于
在一个明媚的早晨，向秋蝉投过去的短短一瞥。
而致死的地震、海啸、森林大火，不过是一群蚂蚁
遇到的雨滴、风吹、兽爪，
以及巨大的树叶旋转从天而降。
他们想到他们视为世界中心的小镇和祖国
还不如撒哈拉沙漠中的一粒沙，
而他们骄傲的悠久历史，不过是一粒沙的飞行史
短短的一句，他们的组织和个人
连一个字母都算不上。

他们想到人生如风吹枣花纷纷坠下，有的降到王宫，有的降到厕所，
有的降到某一种语言，有的降到某一个部落
和某一个宗教，就把自己的神奉为全部的真理，
把自己的鸟语花香称为最美丽的语言，最美丽的花朵。
他们想到小镇上悠闲散步的邻居被他们自己的伦理感动得热泪盈眶，
以为那是天体在运行，何等完美。

那些夜半望星空的人，从古到今都有心事。
他们或者在印度河，或者在尼罗河，或者在中美洲雨林凤毛麟角，
发明了宗教、哲学和占星术。
他们用木杆、矩尺、绳子和石头推算太阳的足迹，
在宫殿旁边立起了日晷。
他们顺手发明了现代天文学、现代哲学和现代奥德赛，
顺手磨出了哈勃望远镜和韦布望远镜，
他们用几乎等于线粒体的肉眼看到了宇宙身体内部的膨胀，
看到了一连串的数学公式和物理公式。
暗物质更多了，

周伟驰

黑洞更多了,
引力更多了,
他们的心事更重了。

那些凌晨守在阳台上或天文台上仰望星空的人,
不得不在天亮后回到粗糙的地面,回到菜市场和宫廷斗争。
他们在青菜叶和人的欲望中发现了比宏观力学更复杂的量子力学
他们一时找不到感觉,一时太有感觉,
总是测不准。
他们迷惑不已,纷纷失足跌进阴沟和井里,遭到女士们嘲笑。
(虽然他们如果狠下心不务正业,
也可以投机期货成功得到粉丝含情脉脉的仰慕。)

那些望星空的人歪着童年的脖子一直歪到老成天文学家,
也答不出为什么会有一个扁平的宇宙,
为什么最后还出现了人类和天文学家。
他们吱吱唔唔抬出了古老的星座、神话、一神论和多神论,
还有机械宇宙论和宇宙目的论,
但是解答不了他们的孙子爬在膝上时的提问。
在力学宇宙、物理学宇宙和化学宇宙之后,为什么出现了生命宇宙?
他们很窘很羞涩,把问题推给神学家和本体论,
后者把问题推给诗人,
诗人展开天使的翅膀飞到月球上了望,飞到银河系了望,
对我们报告说他很激动,非常非常激动,
宇宙是一个梦,生命是一个梦,大家在梦里要做好梦,不要做坏梦。

2008. 9. 8 10(欧洲强子对撞机启动日)北京

我的星座

我出生那年,人类的脚踏上了月球表面,
后来,哈勃望远镜鼓凸,睁一只独眼
看见光红移,潮远去,宇宙如气球胀开。
古老的诗意淡出,科学的美丽淡入,
却难回答为何宇宙本可以无,却终究有,
为何我本可以没有,却终究存在。

我出生在冬天,人马座的某一天,
智者喀戎拈弓搭箭,正在把顽童们训练。
我的名字,无意中竟有人马飞奔,
像你在墙上的斑渍中见到了一张脸。
很久以后,当我拂去阴历和汉字的尘埃,
惊讶地发现,我与人马座的渊源很深。

我的左手,卧着一条深深的断掌
它把激情和理智合二为一,正如马人。
我的指纹,个个是完美的椭圆形跑道
拷贝了宇宙、银河和太阳系的运行。
我从落木萧萧下的平原起步,跑过一个
没有阴影的省份,在燕山脚缓缓停留。

当丘比特扬手,袖箭闪,我也就拉开弓
射向那些美丽的仙女座,一抹云烟。
聚散的悲欢我尝了,他人的生活我过了,
我的心依旧单纯,如清澈的流水不留下刻痕。
如果你爱过并且有怜悯,
就请原谅我,不再提及命运和偶然。

周伟驰

我醉心于三门手艺：宗教、哲学、诗歌，
它们神奇而无用，正如酒让马人沉醉。
第一个，上帝如鲸鱼搁浅，解剖者出入其间；
第二个，黄昏后起飞，在不夜城迷了路；
第三个，近似于耳语，在人类毁灭之前
给他们提供虚假的安慰。

我不愿把一生消磨给阴森的走廊和等级，
也不靠对抗获得自由，因为我本来自由。
我是一个喜欢旷野、星空和大海的人，
像云朵没有祖国，马人没有主人。
我做着商羯罗和庄子的幻梦，
而我心爱的诗人，是马查多和陶渊明。

我的诗发自野兽的惊奇，止步于智慧。
我的语言，入魅的时候脱魅，像金币旋转。
它一面用海市蜃楼安慰苦涩的马眼睛
一面又把它还原为水沫、尘埃和光线。
它从前发出蒙克的呼喊，
如今静水流深，水面星自坠，水下鱼自眠。

飞机下降时扑面来的灯火，是今天的星座。
光雾后古人指点过的马人，越走越远，
何其散漫。射电望远镜标出亮度，
却找不到传说的线索。新的星座名字客观：
不是矩尺，就是六分仪，还有罗盘。
哪如古代的虚构照耀，令我们的今生温暖。

2008.8.30—9.5

深　处

黑衣女子熄了火，拧开打击乐，
车身震，在路边如心脏收缩。
我走了很远，走到灯光黯淡，
五个街区，仍不能摆脱被那首歌述说。

这条路像煤层一样叠着我的过去，
一步步，我能把编年史的纹路抚摸。
昔日深埋，未料这首歌如引信
在瓦斯最浓的地方，追上了我。

2008.8.4

小山水

脚步对于道路有它们自己的回忆。
在我省悟之前，已循着旧路嗅到了蜕落的自己。
拐过一道小土坡，就迎来昔日的情境，
哪怕推土机正把一切抹平，而且没有了你。

我逐渐明了事物的空洞，世界淡淡的光晕收拢。
风吹过孔窍发出声音，也本不该留下疼痛。
我感谢这一壶天，它容纳了过客的悲欢，
就像上帝做过又忘了的一个梦。

2008.10.11—14

卡尔·马克思奔跑

异议分子卡尔·马克思奔跑

沿着铁路线向着巴黎向着布鲁塞尔奔跑

沿着海岸线向着伦敦大英博物馆奔跑

他身上的犹太人摩西和亚伯拉罕跟他一道奔跑

他身上的希腊人柏拉图和伊壁鸠鲁跟他一道奔跑

他身上的德国人黑格尔和费尔巴哈跟他一道奔跑

异议分子卡尔·马克思上气不接下气地奔跑

普鲁士书报检查官在后紧紧追赶

俄罗斯外交官在后紧紧追赶

法兰西秘密警察在后紧紧追赶

英国便衣在图书馆探了探脑袋

我们让他发文章

我们让他演讲

现在卡尔·马克思很安静

只在书本里闹革命

一个美丽的新天新地新人类

异见分子托洛茨基奔跑

沿着公路线向着阿拉木图向着土耳其奔跑

沿着海岸线向着挪威向着墨西哥奔跑

他身上的犹太人耶稣基督和使徒保罗跟他一道奔跑

他身上的德国人马克思和恩格斯跟他一道奔跑

他身上的俄国人列宁和普列汉诺夫跟他一道奔跑

异见分子托洛茨基气喘吁吁地奔跑

他亲手创建的红军在后紧紧追赶

约·维·斯大林同志的卫士在后紧紧追赶

内务部人员在后紧紧追赶

社会主义深入资本主义内部追赶

当他在海外奔跑

他从红色乌托邦的圣像中消失

他从与列宁的合影中消失

他从与斯大林的合影中消失

他身边的季诺维也夫和加米涅夫消失

布哈林李可夫拉可夫斯基雅戈尔消失

不断革命

不断消失

斧头举起镰刀举起锤子举起无声手枪举起

消声器消灭了扬声器

托洛茨基安静地躺下像一个孩子在睡

代表们举手吧一致通过没有异议

2010.6.27（读马克思、托洛茨基传记）

博喻课

一个寻找比喻的人，他的生活是一个隐喻。
他摘了明喻摘暗喻，在路上遇到象喻。

一个被比喻寻找的人，得到了很多借喻，
他借用别人的比喻时，被别人转喻。

一个人喜欢花花喻，就摆脱不了草草喻，
他骑马时为春风所喻，开装甲车时被炮声隆隆所喻。

一个人用手指喻被指为其所喻（通吗？不通吗？）
另一个人看见的是能喻却非其所喻。

他用了很多别的比喻来比喻比喻，
无一例外，他发明了发现，发现了发明：世界就是比喻。

他在洞穴里找到了局部喻，
他在洞穴的镜面上找到了反面喻。

一个决定终生开垦比喻的人，
他更新了比喻，把比喻当成转基因作物。

一个大面积从空中撒播比喻的人，
这种行为称为博喻，这种人称为为喻而喻。

在喻中套喻的人则被称为为所喻为，
读他的诗要交替使用放大镜、望远镜和内窥镜。

把比喻弄得像哭泣的人，
是在虐待近取喻，讨好远取喻。

但是如果他令比喻欢笑不已，
他就是在放出很响的譬喻，令旁人不喻。

一个把一生献给比喻的人，
最终将获得一个比喻的欢心，站在他墓碑上，成为侍立喻。

一个把一生献给比喻的人，
最终将躺在墓碑后面，成为侧卧喻。

一个在火车上玩弄能喻和所喻以为它们无所喻的人，
最终要牺牲干巴巴喻，获得湿漉漉喻。

一个人造了一座迷死人的迷宫,中间放着一个芝麻喻。
另一个人反过来,把芝麻炒大,炒成超级芝麻喻。

一些人半夜入室,偷窃别人家里的喻,是为偷喻,
一些人蒙面,持枪洗劫大部头诗集,是为抢喻。

一些人吞吞吐吐,明明灭灭,这是略喻,常常变成虐驴。
一些人口水滔滔,自称大师,这是详喻,常常变成象驴。

一些人看不起简单喻,他们发明了隐略喻,说的是战略语。
一些人看不起多相喻,迷恋单相喻,迷恋一夫一妻制。

阿拉伯人除了正喻外,还有倒喻、反喻和侧喻,
而希腊人穿着线条简洁的长袍,腰板很硬,说着直喻。

中国圣人隐藏在一大堆山水喻里,
外国专家找来找去找不到无喻,只好说没有实物。

印度圣人隐藏在一大堆空无喻里,
外国专家找呀找呀找不到有所喻,只好说一切都有。

外国专家说专有名词,在专门餐厅用餐,在专家楼住,
住专用车,使用专业喻,像中国专家置身阿尔巴尼亚语。

反喻坐飞机从北京飞到加利福尼亚,就变成了正喻。
反过来,顺喻从巴黎坐飞机到了新德里,就变成了逆喻。

有些比喻一边走一边擦脚印,像传统意义上的抹布,
有些比喻一边走一边擦脚印,像现代意义上的吸尘器。

有些比喻喜欢停在空中,扇翅率达到 80 次/秒,一团烟雾。
有些则懒洋洋地趴在树叶上睡大觉,心脏介于一动和不动。

是的,本诗得以无限继续是因为使用了模糊喻,灰色喻,
面团喻,城乡接合部喻,混沌无相喻以及上帝喻。

不信你试试,会有很多喻从你指下流出,只要你穿上低腰裤。
如果你不试,会有很多喻从你指下流走,你最好穿上低腰裤。

如果你不信,你可以在风平浪静厅穿着西装跳肚皮舞。
如果你信了,你可以在波涛汹涌厅登上阿耳戈号去剪金羊毛。

是的,比喻本来可以使人笑,使人闹,使人高兴得要上吊,
但是,有的人把它们搞得阴森森来阴沉沉,满脸雨积云。

比喻,国之大事,有些国家要用二百年才推翻旧喻换新喻。
比喻,在幼儿园蹦蹦跳跳,在大学跟跟跄跄,令老师慌慌张张。

所以,同学们要记住:只有解放了全比喻,诗人才能解放自己。
课后大家一定要勤加练习,无聊时造有聊喻,有聊时造无聊喻。

2008.9.8

杨铁军

1970年生于山西芮城。1988年考入北京大学中文系，大学期间开始写诗。1992年在北大外国语学院读世界文学硕士。1995年赴美国爱荷华大学攻读比较文学博士，后退学从事软件咨询开发工作至今。出版的诗集有《且向前》（世界知识出版社，2008）、《蔷薇集》（山水印作，2015）、《和一个声音的对话》（广西人民出版社，2015）和《我知道鱼的欢乐》（副本制作，2017）。翻译诗集有［美］弗罗斯特《林间空地》（上海文艺出版社，2015，人民文学出版社，2016修订本），［爱尔兰］希尼《电灯光》（广西人民出版社，2016），［圣卢西亚］沃尔科特《奥麦罗斯》（广西人民出版社，2017）。

一条吃满水的船

一条吃满水的船驶出港湾，
汽笛喷着气，在早晨的冷冽中结成霜。
河荡漾着波浪，不时送来一道翻滚的阳光。
几座高楼一字排开，在水中投下的玻璃影分散复合，
为每一艘出发的航船送行。
一颗巨大的心脏，被有力的节奏统一。
把浑浊的血液泵向外海。
太阳穿行在云层里，一会儿黯淡，一会儿刺眼，
颜色变化着角度，水汽蒸腾。

一个不知疲倦的国家，在这里展现自己的劳动。
在摇荡的河里律动，推涌着波浪
形成一卷现代的书。谁翻看这本书，
就能要求历史，从浪尖上摘取一朵飘忽不定的花，
释放一股似有还无的腥味，
阳光，风，波浪……
一条吃满水的船喷着气，拖着浪，远去。

2010 上海

短　章

一

大厦映着天，
玻璃蓝的重影沉入
树的黑暗，绿色尖角
乍起一束耀眼的夕阳。炎热啊！
雾淡啊！色色相吸。

二

潇湘水云。嗡嗡地混响。
一个个音符次第而过，
拖曳着丝绸，和乱世的黄金。
我听到的是清澈，感到的是浑浊。
我企图抓住的是质地。
仙翁……仙翁……仙翁……

三

我在公园里行走，

我四处寻找可以行走的公园。

我打开谷歌地图,发现一处湖泊。

于是我就来到它的岸边,

沿着湖边走了一圈。

湖啊湖,如果是湖北人

或重庆人,我就说,伏啊伏,

我把绿色的电流

还原在眼前,一个二元的公园,

在一个多元的时代,

被电光照彻。被收进脑海。

四

在弗吉尼亚的山上被风雪所困,

每隔一小时闹醒,点火热车,心里却格外平静。

我从后备箱取出衣物,

一件套一件,然后把座位放倒,躺下。

很快就睡着。冻醒了,再点火热车,看着油量指针

慢慢飘红。

天亮了,外边是一处桥梁,桥梁外是悬崖,

悬崖底是一道平静的河流,厚厚的积雪留不住。

我慢慢滑着车,在千里冰原上,一寸一寸

滑动着,像蚂蚁。从出口下去两个迈,

好容易找到一家营业的油站,买了咖啡,加满油,重新上路。

爬坡时,莫名其妙地想起多年前,在运城,和表弟

半夜被酷热赶到火车桥下,我叮嘱他的一句话:

出门在外,一切都有可能……

我对自己平静地接受命运的能力感到诧异,

我也准备接受它的更多的安排。

五

我知道形式决定一切,
如果不是形式,只能说出一团乱糟糟的词。
我找到了形式,所以我的想法
流动在形式的渠里。没有形式
就没有分寸感,我知道。
此刻,一队人形的大雁从蓝岭山飞来,
大约十来只,也许是一家。稍往南它们将看到翅膀下
宽阔的瑟斯齐哈纳河。山水是它们的形式,
所以它们飞得自在。而我的平静
是伪平静,我把翅膀收在心里。

六

忍受了一夏的炎热过去了
傍晚开始有了凉气。季节没有乱
心就不能乱。心不乱,也不激动。
夏天消失了,也许消失的不只是夏天,我不知道。
很多事情我都不再明了。
但夏天过去了,我却早已确知。
夏天并不只是炎热,还有很多别的素质。
炎热并非夏天的本质。夏天的后边是秋天,秋天完了是冬天,
冬天过去是春天,而春天之后又是夏天。
这才是夏天,我说不清,但我知道同样说不清的东西
存在着,碰巧你也理解。

七

一万具齿轮的咬合

托起一架喷气机。

白云……乌云……鱼鳞云……天边云……云上云……

八

忠王李秀成重修了拙政园，

此前的地主曾是陆龟蒙。

王献臣死后，输给徐氏，诚所谓拙者为政。

十几年前我与雷武铃，郜积意，邵拥军到此一游，

十几年后与老邵再次相聚。

心中都已是沧海桑田，但在拙政园，

历史叠印在穿梭游人的身上，

像崔颢上头的题诗。我只能说

我无法说，而我无法说的

历史都替我说出，说得比春天充分。

短短半天就被人流赶了出来，

我相信她的不朽，不堪，不世出

对我的考验。我逃也似的返回

上海。从那里，历史消失了。现实

少了一层遮蔽，却更浑浊，变幻。

九

画过一道抛物线，一只蝴蝶忽然收翅，

扑闪着踏在草尖。

你小心跨过它，和路上的积水，

与历史的节点擦身而过。

但鲁迅日记说：今日无事！

有所思

雨季过后一周,
太阳才把湿气消化。
一棵大树缠着枯黄的藤蔓
横躺在林中,
连带着两株伴生的小树
拦腰折断,倒入一片狼藉的草丛。
另一边,两棵挺立的松树已死去多年,
眼泪状的糙皮脱落了,
露出石灰白的光面。
抬头能看到围了一圈的橡树
伸出枝干,半掩半露地
把枯死的松树藏在身畔。
攀援的藤蔓在那里横向发展,
连接起来,组成一个
神似凯旋门的拱。
除了这几处小小的衰败,
树林里生机勃勃。鸟雀的叫声
此起彼伏,野兔和松鼠也窜动树叶,
加入簌簌的响声。偶尔传来
树枝不堪重负
而折断的劈啪的声音。
一道小溪急流着尚未消化的雨水,
消失在树丛中咫尺外的黑暗,
奔向远处肿胀的河水。
干涸了一个冬季的溪流,
终于等来了耐心的补偿,

它潺潺流露的饥渴,压抑不住地
打湿了我的鞋子。

2010 Woodstock

沉重的树林

雨停了好半天,
树林还自顾自地,沙沙沙
啪哒哒响着。每棵树都生长出
一个只属自己的小气候。
雾气在树冠上方翻滚,
偶尔从脚下蒸出来,
邀你进入涣散移动的门。
木桥的一边压着湍急的溪水,
另一边却按不住冒出的
滚滚浊流,不时从剥蚀的岸边
拖几片叶子或断枝下水,
倏忽之间隐没不见。
雾气往上是风刮着黑云,
大片黑云塌陷处,高耸
一塔蓝天,薄而散的黑云丝
从这井口飞速掠过,
隐约可见西边低处的黑云
不辨青红皂白的亮色,
渐渐揉成一团日落前的暗红。
雨水四面八方,携泥土注入小溪,
小溪干涸的胃留不住的水
注入主河,抬高水位,猛烈冲刷

树木半露的断根和毛须,
从两岸更深地歪向河的中央,
逐渐形成一个夹岸的形势,
用力压抑中间河道的咄咄逼人,
把咆哮声压得渐趋低沉,
制造出轰响、混沌的背景。
这时,
林子里传出棕顶雀鹀
刺—刺—刺、刺—刺—刺
跳荡在水声、树声、风声的混响上方
不安、短促分明的叫声,
也许是急于跟同伴诉说着什么,
在尖锐的频率中传达
黑暗的树林、向西奔去的河流
禁不住泛起的沉重情感。
若真是如此,阿拉图拉湖
在下游不远,似乎已能收到、听懂
随手便可反馈给深处的淤泥
扩张了一整夏的、肥沃不安的梦。

云上云下

连着几天,都是傍晚下雨,
河水早上还清,雨后就透出锈红色。
一只白色、硕大无朋的鹭
颃、颃、颃,贴着水面向上游掠去,
巡视身下扰攘不休的漩涡。
从两岸侧伸过来的枝条奋力挺起,

却只为它留了一道窄窄的河流，
给这庄严的大鸟必须的尊敬。
一阵风过，断枝和残叶嚓嚓掉落，
外围的河桦抽紧破烂的衣服。
斜坡上，松树高耸如山尖的树冠，
体量庞大的橡树、山毛榉广阔的圆顶
呼—呼—呼，搅动紧一阵松一阵的气流。
收窄的河水更汹涌了，灌木丛
密不透风，突然传来笃的一声，
像野鸡叫截了一半、喑哑一半
还更多，也许是某类啄木鸟却说不定。
林子释放出夏日略微的酸腐，
有一片灌木丛更发出浓烈的椿象臭味。
河水的腥气却被急流卷入深处，
埋在水蚊子的藏身地，等到
波澜不惊时，才在水面密植
一圈圈的涟漪，被细雨溅入水面
而扩散更快、更强烈的涟漪冲散，渐渐地
每一圈涟漪的扩散都被另一圈
挡回来，围拢着各自的中心。
随后，一阵狂风卷起白色牙齿的浪，
消除了平静风景的惰性。
整片河谷的树卷入气流的起伏，
每一片树叶都各自上下翻滚。
梧桐阔叶不时翻出泛白的肚皮，
橡树手指乱颤着，柳树条不停鞭打自己。
所有的线条猛然间生动起来，
描画出气流的每处细节越发鲜明。

一只夜鸟用发自喉咙深处
勒勒勒的下沉音,咕哝着紧张不安。
迅即扑来的滂沱大雨
在河谷上搅和出一层薄幕,
准时掩盖了这出喜剧的——出场,
呼啦啦、噼噼啪,热闹非凡。
林子被雨水抽打着回到不久的从前:
天还没暗,乌云低垂,一排穿雾的电线
暗中弹奏黑色的乌鸦,
随着玻璃的几次闪回,被移送到同一空间,
分享过去时间与现在时间相遇的喜悦,
和不可抑制,突然,巨大的伤感。

后来的月光

冷冷的月光照进院落,
稀疏几颗星看久了好像深井。
潺潺的流水来自山里,
被山里人驯服,汇入池塘,
隐隐约约有鱼却看不见它。
不一会儿月亮从树巅升起
如小半个磨盘,照得四下里正午一般,
几乎没有什么阴影。
我们像鱼一样在树林里游动。
那天,不对,那晚,早已过去多年,
欢好的日子总是不长,
后来的月光总是想起从前的月光。

牛犄角岭

凌晨五点多

钻出房门，北天

气势逼人的牛犄角岭，

比深蓝还蓝上一线，

山体高拔，却有俯身的错觉，

左右簇拥两座山峰

没低多少，分别界定了

一种不太准确、难以描述的蓝。

空气格外清冽，

一口大缸镇在院里

靠墙的核桃树下，

房东大嫂抱柴火横穿院落，

填入盘在露天的灶台，

用一把生锈的铁瓢从缸里舀水，

抖抖索索，把火点上。

一缕青烟袅袅

没入村子上的薄霭。

万籁俱静，忽然感到某些不同，

却没个发生了什么的刹识，

伸入天空的牛犄角尖乍现

小如米粒的红，几乎看不大清。

愣了一会儿才想到

是朝阳，从看不见的地方升起，

一冒头便穿过海水蒸腾，

重峦叠嶂，并森林起伏，

掠过箭扣，翻越连云岭，

杨铁军

耗尽光芒之后，所剩的那一小点
压缩了所有光影的红，
投在无可腾挪的尖顶侧壁，
却没在空中留任何光的足迹，
只余被犄角尖兜住的朝辉
滴入广袤的蓝，更无丝毫渗漏，
尽显隐秘，又兼遥不可及，
完全是蹑虚而来的凭空。
那红点始终没扩大，大约几分钟后
竟至消失，横空的山岭
为之一暗，稍复蓝色固有的肃穆，
天色却有些许发浅，突出
深蓝色、体量庞大的奇崛与高耸。
漫长的休止符过后，那点红倏然
印回同一位置，慢慢扩大，
冬小麦半年的生长期
浓缩成一秒，转瞬便已拔节抽穗，
而红色渐渐金黄，沿山脊线
分割昏晓。

丁酉年春回乡即景

杨树叶子乍见
淡淡的鹅黄，一整排
迎道杨的戮力齐心
才勉为一丝春天的
勤恳。坟地上野草正荒。

* * *

远山的黛影
入不了回忆的法眼,
塔寺庙的浮屠
盘绕一群经文的燕子,
叽叽喳喳奢度黄昏。
苹果园或樱桃园,
追问被时代厌弃的
小麦田。

* * *

枯水期的河水啊,
我站在土崖高处看到你,
斑鸠的呱呱一遍遍
催促刀尺,再被土塬
空阔的回音器放大三次,
酸枣的枯枝噗嗤一下
扎破了我的手指。

* * *

看到了你我才理解
深深的孤独,虽然历代有人
埋在周围,满面黄土
盖不住他们受苦的皱纹。
依然是你九曲十八弯
不减分毫。昨日宛然今朝。

* * *

历史掩埋了皇亲国戚，
在这片贫瘠的风水宝地，
有人挖出了瓷碗、兽骨
也有人挖出了印章的风流，
而它让我捡起的却是
一枚童年的黑漆皂角，
不知这些重见天日的丧器，
有否怀念地下的风光？

* * *

生活在这里，
有黄河裹挟，
这很难说有什么好处，
但你没得选择，
四川人来过，
为你抵御日寇，
河南人来过，
为你捕捉鲤鱼，
三门峡的泥曾为你
无谓地倒灌渭水，
传说中的大禹
站在这棵柏树下眺望，
为你疏通了命脉，
到如今，哪怕你
空空的体内
已无天下的富足，

在你的无底之心
大海依旧徒然无边，
在你生命的中途，
我亦觉得你的流淌
加深了个人的
枯寂

*　*　*

一艘渡船奋力挣扎，
哒哒哒，斜斜冲向上游，
然后在航道的中央熄火，
借着水势漂到对岸，
写成一个草草的人字，
水流激烈，起灭一眼眼的
漩涡，二十分钟左右，
缆绳缠住一颗摇摇欲坠的
柳树，在松软的河岸
临时刨开一个渡口，
手忙脚乱地放下吊板，
一脚踏上灵宝县的柳林。

2017. 5. 28

姜 涛

1970年生于天津。1989年考入清华大学电机系,攻读生物医学工程专业。毕业后在报社工作。1999年就读北京大学中文系中国现代文学专业,获文学博士学位。毕业后,留校任教至今。研究方向为20世纪中国新诗及现代文学与社会文化。出版有诗集《我们共同的美好生活》(山东文艺出版社,2016)、《好消息》(台湾秀威,2013)、《鸟经》(上海三联书店,2005),学术及批评专著《新诗集与中国新诗的发生》(北京大学出版社,2005)、《巴枯宁的手》(北京大学出版社,2010)、《公寓里的塔:1920年代的文学与青年》(北京大学出版社,2015)等。

编辑部的早春

空气中似有一架印刷机在轻轻轰响
是什么事物在远去 又是什么在临近
满屋的香气确实来自隔墙的喇嘛庙
而不是一支幻想的手
在转动我们体内烤肉的铁签

伟人辞世已近周年 传真机有分寸地
吐出亡灵的请柬 但那客套的修辞
显然仍出自这个世界(你无权删改人称

无权褪下一篇社论的衬裙）
墙壁上层层叠叠的暖气片散出余温

仿佛魔鬼造句时仍然皱紧的眉心
"图像清晰的三月里还要调整头顶的
袖珍天线吗？"当天空缩微成一枚小型张
反贴在部主任充血的视网膜背面
校对科　审读室　照排车间

一条电话线连缀起制度松散的裤腰
三十而立　人生肿胀的彩虹
已消瘦成一份份脱水的简历
"为了向生活复仇　赶快抓起笔"
女同事饭后芳香的饱嗝　已呛翻雅与俗

正与斜　官方或民间……只是
整个下午你双手忙碌　无暇旁顾
春天啊！煞费苦心　窗外枝头上
尚未有绿芽吐露　恰如一封
写给大人物的退稿信当然要句酌字斟

送别之诗

看着你被一辆房车接走
短裤短袜，背着手提电脑
兴冲冲赶往了第一线
想着每一次，都会有不同的轿车
在楼下磨蹭片刻
捷达、奥迪、帕萨特

一连串野兽的名字,替换了
猪獾、臭鼬,或果子狸

每一次,都是这样
它们会在灌木上先蹭蹭屁股,
惊得宠物们一阵狂吠,然后扬长而去
消失在五环之内的新北京
在那里,有灯光闪耀的现场
讨厌的女编辑,四处约稿兼调情
而遇到的帅男孩,又总是同志。
在那里,你不会找到快乐

但至少,可以摆脱不快乐
像登山的羚羊突然回到平原
为过多的氧气昏眩
当然,我不会把我们六层的住所比作山
山上不会有这么多酒瓶
也不会贮藏这么多的书籍、大米和电影。

其实,你只想做一枚抽烟的植物
好无偿接受雨露
只是我,即使睡觉时也打扮成了一个过客
坚持室内运动,坚持肌肉
和对自行车的信仰
好像每天早上都可能意外地消失
出现在世界的另一个地方

这一次的房车,却说不出名字地高档
虎头虎脑,墨绿色

其实,不止这一次,每一次
都在心里暗暗告别过,还把额上的头际
狠命向后梳起,用发胶固定
生怕在下一个地方
还被人看成是书生,一脸的梁山伯气

古猿部落

树林里落满果实,猩红的地毯
源于地质的变迁
水退了,老虎的剑齿烂了
我们围着空地商量未来
老的刚从进化里爬出,挥老拳
少的已按耐不住舌头,要第一个
去吃梅花鹿,移山的志向没有
倒可以涉水,南方北方的
田野只是一张餐桌
所谓共和闹哄哄
还是独裁之秋赶走蚊蝇
好在我们都直立着
可以观天象,徒手挣脱了食物链
但十月的劳动力
还是倾向剩余:不需要画皮,烹饪
肉身当木柴,只有公的继续
将母的掀翻,朗诵牠的美
但要说出"我爱你"
至少春花秋月的,还要两百万年

网上答疑

人们说,传道解惑是天职之一种
我不幸坐在了这里:今晚的答疑开始
欢迎踊跃提问,背景是喜多郎的音乐
前提是关乎生活的困惑。
其实老师也是苦出身,小时候
没读过唐诗,没吃过牛乳,只是在电影里
见过今天的小资,以及狂热的情爱。
你们应该说生逢其时,从一出生就开始忙碌
学钢琴,学书法,学在陌生人中
深一脚浅一脚地社交,直到现在学文学
所为不多,热情总会战胜狡黠。
但世界像魔方,会变出不同的花样
我和你们一样,也只懂得拼出一种颜色
然后就满足了,放弃了,如同攥着一个答案离开了课堂
想象外面和里面一样,只不过"爱人"
改称"老公",新文化改编了旧感伤。
但你们的问题呢
在主义的胸怀里所有旧问题都是新的
就像在地位的评估上,每个人都得脱鞋
露出鲜嫩的脚趾,让春天去辨认。
好了,开场白够多了,欢迎踊跃地提问
虽然我的脸会隐藏在这夜色里
但声音借网络传递到千里
你们不能认识我,但老师知道你的心

鸟　经

我原以为，和你早已分别
夜间可以独自摸索到纸和方向
为此，我还重新装修了房子，注销了
你在此地的户籍，并准备
从女友中连夜选拔出一个女主人
过生活
不想，你又回来了
就在隔墙的小区，正为富人献艺。
可巧那顶楼的一场华宴也把
这边的夜空映红了，让我不由猜想
你现在衣着的甜俗，表情的夸张
但你肯定是感冒了：声音断续而且嘶哑。
肯定是太辛苦了
在离别的日子里，不知又迷住了
多少哈拉男人，用你的舌尖的一点婉转泉水
在污染的大气中，为他们导航。
当然，我也一度这样，抱着书桌
一路追随你：从桥头到邮局
从海淀到东城
记下的心事，有时也留在了床上
这都是往事了，不提了————
多希望你能飞过墙来再看看我
现在的我，看看我的新居和新娘
但什么星移斗转，人海沧桑的
其实，什么都没变

一山一石，我还是住在
过去的沙盘里

一个做了讲师的下午

黑压压的一片，目光怎能这么轻易
就分出了类型：男与女、正与邪、昆虫和外星人
时光也从左脸放纵到右脸
停下的时候，就下课了，讲台像悬崖自动地落下

原来，这世界大得很，每一片树叶下
都藏了一对偷吻的学生，在那一泡像被尿出的但并不因此
而著名的湖上，也浮了更广大的坟

不需要准备，就可以放声，就可以变形
——时刻准备着，但据来电显示
我的变形要从鳞翅目开始，也不轻松。

2007.4

重　逢

两个友人坐进电视里
神色有点慌张，肯定是顾及到了
电视机外我的存在
其实，我不过是坐在一眼
焦黑的井里，连晚饭
还没吃上一口，还有大笔的
房租要缴，根本不想等待一个时机
悄悄爬出来

他们太多心了

连头发也染成了秋天的颜色

生怕不被我误认为树

在手里,还一直攥着黑暗的土

以为那就是见证

曾纠缠过、生长过,又被揉成一团

丢进地幔的抽屉里

但他们还是开口了

说起学生时代,多么矫情、灿烂

在睡梦里都有一队队少女

坦克般碾过

似乎只有外星人,没有在轻薄之后被遗弃

如今,大家成功了

还时不时回去漫步

为了尊重旧日青草地

高级吉普,停在远处深深的林荫里

说到这里,他们交换了抱歉的眼神

显然在迎合我此刻的心境

我的眼里,也当真

布满粘稠的泥浆

因为在井底,我抽烟、喝茶、打字

甚至挖出过一具吉他的遗骸

但从没想起过他们

一次也没有

2007.11

人类之诗

在藏文中学,小雨淋湿了操场
学生们只好从体育的世界里
原路返回,却吃惊看到了陌生人
他们有胡须,样子还斯文

汉人都这样,看来聪明,但没危险
汉人的城市也是他们的城市
陌生人说来自北京,学生中的少数
曾计划去那里大发展

政治老师赞同这个想法
以自己为例,激励大家学汉语
历史老师跳出来反对
说学好汉语,是为了将来写诗

原来,老师自己是个写诗人
知道汉语和诗,其实两回事。
作为80后,他的成熟让陌生人惊讶
"我只关心人类,海子说的不对"

乌兰巴托的雪

星期一早起,误以为还呆在家里
仍到卫生间里找水喝
或将袜子翻过来重新穿上
就当昨晚的事,并没有真的发生

可外面飘雪了,只不过一夜间

草原就急急地退走

露出一大片的日本车

陷入无边与泥泞，这情形

其实我们早已熟悉

一个多世纪了，从东京到北京

如今又到了这里

中间也有行路人，鼻直口阔

脸上带了满足的倦容

他们刚刚在风雪中闷熟了土豆

又要上班去，肩上的猎枪

换成一支支的黑雨伞

但我还穿着底裤

在 BBC 与 CNN 之间匆忙转换

看见白头主持人一贯傲慢

而今，却说起无产阶级英语

我将信将疑，似懂非懂

猜想天下或许有大变

——不是故乡的大山变成了金色小丘

也不是平壤变成了北京

唯一的可能，是我们的料想

即将成真，于是我决定穿衣下楼

去参加远东熙熙攘攘的诗人大会

并在朗诵的间隙，穿插外语

如 Black Monday 之类

弦外之意：这场好雪，恰是时分？

2008. 10. 6

周　年

那个下午，大地摇晃，短信频频
我们得到通知：该来的事情已经到来。
于是，个别诗人开始忙碌，拒绝轻浮
更多人集体肃穆，站到一处
仿佛乱局难耐，人类要集体洗牌。

随后的一周，我也出席相关活动
其中包括：一场纪念朗诵在美术学院召开
文学不乏良心，但美术界动作更快
用罢招待晚宴，我惊奇地发现
草地上布满了被当成作品的碎砖

年轻人信仰创造力，为此彻夜不眠
老年人信仰占有这些的创造力。
我一贯怨愤的朋友
忽然出现在台上，也像老人那样
穿着中肯，并慷慨发言。

我终于缺席，逃回自己的小圈子
也彻夜实验一种新的创造力
（那"力量"果然坚挺
居然折磨我到了天明）
我们讨厌辩证的观念

却总将辩证的内容轻松实践。

但实践论总归是矛盾论
我们解决不了普遍的失业与失眠
解决不了忧郁的经济和家庭体验
大地终于撕开了它花哨的外衣

露出循环的山岩和桌椅
还有死者的短信，尚未发出
它如此简洁，以至感动了最卑劣的小人
这大地深处的能量
渴望着形式，渴望着被了解

它果真拥有意志吗？
几个月后，我原本的爱人只身参与
想有所关联，但又旋即返回
身体明显消瘦，重逢的那一夜
她努力保持沉默——到底经历过什么

而今我已无法倾听。
总之，该到来的总会到来
我背着一盏台灯、一台电脑
飞过了夏天和冬天，又飞过了大海
如今，落在了这间新公寓里

万籁俱寂、碧海青天
——我登上天台，独自去检阅
那些兔子、蛤蟆、痴汉、卫星或者导弹
万物伸出新的援手，却不能解释
我至今迟迟不能开口的理由

2009．5．12

幸 亏
——给 Raffel 夫妇

幸亏,这里还需要我们
饿着肚子,大口地吞下黄油
窗外秋山,有如此错综的形式
我们的到来也在计划中
被错综地推迟了三年。

三年间,一个女孩已经长大
像母亲的老家,荒凉了山地
始终游离在热闹的
大人的欧洲之外
另一个女孩,始终兴高采烈
她似乎更喜欢外国人
因为他们说话声音怪异

衣服穿得还不怎么邋遢
其实,小孩子可能不知道
怎样区分外国人和外星人
即便她能区别大象、小羊、狗熊、灰狼
能区分这世上的善言与恶行
但这三人如此不同,沉默时
胡子稀疏,却又一样的安静

幸亏,这里的听众很礼貌
不去过问这些诗的来历
"诗"捱到老年,深度刚好

可够睡眠,他们的厚道
提醒我们,要忍着
自己青年时代的臭气
忍着亚洲植物冬天死掉后的臭气

读自己不快乐的诗
我们的不快乐,原因很多
但可能真的并不是由哪一伙人
一手造成。这一点
男主人说的不错:"道家肚子里
始终有个打盹的儒家"
他翻译的杜甫就是一个儒家
他的翻译即使有错
也是这里最好的
那些密集的注释里
能见到这家人闪动的炉火

女主人眼力更好,见面时
还远远地以为我是大学生
告别时,已能正确地指出
我鬓角的一根白发。
此刻,她正在厨房里忙着吗
准备一锅香甜的南瓜汤?
还是领了两个女儿,走进车站旁
本地唯一的川菜馆?
她在打电话吗,在边境线上
忍受湖泊、乌云,忍受那些
模糊的诉说虚假不幸的语言

对着炉火聊天,我们都知道
那些走进火焰中的人
没有谁能比杜甫更老,三年来
大家倒退着也在行进着
醒来发现,返航的行李中
除了一只互赠的 Swatch 手表
已幸福得别无他物

2009.11

冯永锋

1971年生于福建,1995年毕业于北京大学中文系古典文献专业。1995—1998年在《西藏日报》工作,现任职于《光明日报》社。2006年至今,致力于民间环保与民间公益的研究与协作,为环保行动者发起人,自然大学联合发起人,千里马基金发起人,濒危物种基金发起人,环保益家人发起人。出版《做环保,要趁早》(知识产权出版社,2013)、《为民间环保力量呐喊》(知识产权出版社,2010)、《没有大树的国家》(法律出版社,2008)、《鸟鸣花落》(合著,知识产权出版社,2014)等环保书籍12部。

啊,那来自南方的雨

一

半夜三更,我起来打开电
脑,为的是能在无人的
时候,说一说难以启齿的问题。四
周都还亮着,那些红灯
绿瓦,从来不知疲倦:勾引着
人到路上奔忙,他们需要照耀。

我在犹豫,是不是应当这样
写,至少得找出纸和笔吧?还

有传统的信封和邮票：这样
显得更加正式和合乎礼节，也更加容
易隐藏，不被不该看见的人看见。我
想起小时候，村里人收到来
信，是多么的难得，以至于广
播呼叫之后，他要当众打开，找
识字的秀才来宣读，让个
人的隐私，成为全村的共享品。

有时候也闹一些笑话。但你不
会，多年来，只要我耽搁了，
你就会在电话里向姐姐暗示，
说想知道我的近况如何。姐
姐能说什么呢？她的聪明足以
转手告诉我，要我赶紧跟你
写封信，以免显得太过无情。

我们是够无情的，长到真
能干点活的时候，我们就
考走了，完全不顾包产到户后
全家贫乏的劳动力，在大学里等
候你的供养，仿佛学习知识，是件
荣耀的事。先是姐姐，然后是
我，接着是大弟弟，接着是
小弟弟，一个接一个，两年
之后又两年，我们都逃离
了锄头柄和闽北那座四十来
户人的小村庄，洗去田

泥的手，握起了笔杆。

然后又从有临时户口的本
科生，换成了常驻北京的
国家干部。乡亲们羡慕啊，
说北京都给我们家占领了，
他们指着爷爷的墓说，都
是它埋得太好了，占尽全村
的风水；你也体验到了什么是
高人一等，在街上，只有你不
认识的亲戚，没有不认识你
的亲戚，只有你去接别人伸
出的手，你再也不
用想着巴结哪位村干部。

二

当我们出生，就注定了要分离？
因为能够在学校的台阶里步步
上升，我们受到了重用。小学
四年级，我们到大队里寄
宿，每个周末都要回家，砍柴或者
干点小力气的活，背点米和
干菜。后来，到了中学，离家
更远了，就改成半个月一回家；
后来，就半年才回去。再后
来，想去旅行，想去打工，想
在学校里鬼混，干脆过年了
也找个理由不上路。残忍地培

养着你和母亲的忍耐之心。

可能是学历让你丧失了对我
的权威,小学三年级的文化,在
农村读读报纸还可以,在你的子女
面前,却极容易击败你的人生
经验。从此,命令的语气改成
了商量的语气,家常的饭菜改
成了隆重的宴席。我们肆无
忌惮地享用着,知道你的
高兴,却不知道是为了我
们表面上命运的改变,还是为
了你们养育和信念的成功?

三

交流是困难的,哪怕父子之间。理解你
比农民理解居民还要难,比官员理
解流浪汉还要难。虽然我们也在
试探着互相靠近,想用最简单的方
式,嗅出对方的真实,希望像性格
开朗的水库那样倾吐心中柔软
的水花和积蓄,可南中国人坚硬的羞
涩啊,就是强大的血缘也
无法将它揭开。无缘无故地,我们
会抬高声音;无缘无故地,我们会
板起应当展开笑容的面孔;还
是无缘无故地,我们会尴尬地避道

而行,好像这与生俱来的关系,倒
成了我们羞愧的起因。可有什么让我们
互相羞愧?当母亲在癌症的攻击下
轰然倒下,医生向我们宣布了死刑,我
们在颐和园北边的私人小医院
里相拥而泣,难得的一次,痛苦击
穿了我们的堤防——但我们又马
上分开,理由是,别让母亲从窗户看见。

但现在呢?她被埋藏了,藏在
村边的一个土洞里,前面堵上
了砖墙,前年还立上了石碑,绕
墓而生那几棵长寿树,有鸟在
筑巢,果子落满地面。我们
离得更加的远了,常常是三
四年,才能聚在一起,其
余,只能听听声音,看看照片。

四

算命的人拿起我的手相,说,"你是
个暗孝,嘴上不说,内心里的
感情却丰富无比。"他说中了吗?我时
不时想过这个问题,是的,可能
的确如此,这样我就有了更多
的理由,以为只要心中所有,
不需表达就会被你发现。

这真是妄想,不说出来你怎么

能够清楚我复杂的喜悦和愤怒？
长久的远离固然无法清除作为
子女的责任，可长久的分开真
的让我们的感情进入了荒诞，血
缘日益像是虚构，我们在各自的
小圈圈里，有时是遗忘，有时根本就
想不起来，有时只是淡淡的雨点。

像是为了表明身上的奇异特征，我
们，愿意揭穿身世，谈母亲的死，谈
对农村生活的淡漠，甚至谈村子里发
生过的小人物间的战争。从学校
到学校，我什么也没有看见，什么也
没有听到。农活的要领本来就没
学会，而农村的臭水沟和蚊子成了阻
挡我回乡的借口。你说亲戚们想看看
我，那些远房侄子侄女，知道有个从未
见过面的北京叔叔北京舅舅，
他们也该有机会与我相逢。

我说工作太忙了，上学时有暑
假，结婚后连探亲假都被自动取
消。除了借出差的机会顺路偷跑
回乡，只能等着亲人来探望。可亲
人们连去趟县城都像是过节，他们哪
有本钱来到三千公里外的国家中央？

五

我一直没有谈到母亲,我不想过早
地提起,虽然这封信主要目的
是为了她。可是她死了,原本封
闭的圆环突然裂解,原本一致对外的欢
乐家庭出了致命伤,空空的大
房子里没有任何长寿的希望。我们不
在,剩下的只有你一个人,不会
洗衣服不会做饭不习惯单独的睡眠。
火车脱轨后它还能开往何方?

八年后火车改成了汽车,不,它
比汽车更加的自由,我一辈子都在
追求个人生活的可贵,上天用最残忍的
办法让你获得了它。开始你不习惯,
在思念和犹疑中,在别人目光的监视中,
慢慢地,你就习惯了,你开始想,
也许这里头真有点什么值得发扬。

每次我说你该解决个人问题了,你
都说,不用你们操心,我自己有
办法。你总是有办法的,任何一个
白手起家的人都会有办法,任何一个
生儿育女的人都会有办法,任何一个
坚持让子女考大学的人都会有办法,任何一
个死掉了老婆的中年男人都会有办
法。只是,我们从来没有想到你
这句话会有什么奇特的含义。

农村人就是这样,他们不会造
谣,但是会把事情夸大,他们传播
着最新的发现,哪怕它在过去是
多么的不可能。记得我小时候——我
真的有小时候吗?我什么都不记得
了,我想起来的都是二十岁之后的
事情——但是我仍旧要说,记得我
小时候,小朋友们听到了金山叔叔
和胡大海的老婆躲在空屋子里
咳嗽的声音,听到了床板的咯吱
声和压抑住的喘气。我们把这个当
成新故事到处乱说,直到有一天,我
们看到了真相被还原的危险,听
到了两家人怀恨在心的对骂,知道了一
幕幕我们根本没有亲眼所见的场景。

这些事情正在发生在你身上。
随着年龄增大,当我追逐着时间,
跨过了三十岁的门坎,我开始发
现,对于一个男人和一个女人
来说,发生任何事情都有可能,不管
他们是邻居,是朋友,是陌生人,是亲戚,
是同乡,是自己认识还是他人介绍。

我有时候也想到这一点,但马上将
其压抑,我永远到达不了你的年
龄,所以不会想到你的需求。不是
希望你对死去的母亲保持无意义的忠

诚，而是相信你有解决这种问题的正
派之道。从小我虽然不断地做错事，但
我相信自己会成为一个正派的人，好
像正派是一棵草，不需要任何的考验

就可以从地上拔出。从父母的行为可
以看到他的子女，如果这是真的，
我愿意说起一个晚上惊人的会师。
伍明灯的橘子园让人眼红，就在
我们家的后面，于是我和弟弟不带
手电，提着用空的化肥袋子，摸
黑去了那里。让人害怕的是，我们
听到了旁边的几棵树发出咔嚓咔嚓
的声音，显然，有什么人比我们先到场。
当我们不声不响地回家不久，你
也随脚进门，手中的袋子里，放着
和我们一样的偷来的东西。

这不是什么耻辱，这在农村
甚至被看成一种能耐。这种不受拘
束的诱惑如今变得更加的坦
然，一个人如果要做苦行僧，他
将发现生活的艰难，但如果他要步入
放荡，却是出奇的容易，没有谁
能制止。即使我们在你身边，你一
样有自己的威权——只不过，行事得
更加机密一点，至少不能让子女亲眼看见。

冯永锋

六

可有人总会看见。一个男人和女人，
做的任何事情都会被人看见，何况，
是一个男人和多个女人。然后就像
花粉撒满一地似的随处传播。最后会通
过姐姐的女朋友，通过弟弟小学同学敏感的耳
朵，通过大姨有意无意的暗示，通
过砖厂工人的笑话，泛滥到远在北京的荒原。

能够被大体确定的一个，是邻居的
老婆，哦，小时候我们都喊她婶
婶，她的只有一岁的女儿，还进入了
弟弟的作文里。小弟弟在电话里说，
那一年我回家，就已经看出了不
对，她怎么会有我们家的钥匙？大弟
弟有一次喝醉酒，听到别人起
哄说，"你有新妈妈了"，回家后
他还借着酒劲和你大吵了一架。

只是我一直蒙在鼓里，我是
什么人？生来就要被真相所
蒙蔽？直到昨天早上姐姐的
电话，才吞吞吐吐地把我拽到边
缘。仇恨像一棵沙子，突然迷住了
我的心，我的眼角开始疼，我流
下了虚伪的泪。我在想，没有
什么，要是换成我，也好不到哪去。
当一个人有了权利，并不可

怕，可怕的是，当有权利
的同时，拥有了自由。哦，那
么接下来的结论，不用你来下，所
有喜欢听历史和看笑话的人，都
心知肚明：要么这个人被清除，要
么这个人被嘲笑；要么这个人死后
成神，列入当地仰慕的偶
像，成天挂在传奇的嘴边。

2002. 7. 13

满天星

手持炭笔的人有我羡慕的才艺，
多年来他在三里屯的地面上旋转，
为被怪酒灌晕的男人们画像，
也为那些女人们，她们容易倾斜。

今晚他留下了你的大概，
甚至描出你饱蘸山水的眼神，
它深藏着大海的波涛和矿产，
同样，那大坝也拦阻了某些不安分的放荡。

我们都随着时间漂流，
像朴素的泥沙偶尔淤积于拐弯，
有人愉快地应承着缓慢的旋动，
有人则倒闭于这沉重的磨盘。

但愿这夜晚能成为一个节点，
愿这画像能成为善良的预言，

让世界从此增添两粒宽容和恰当,
为你启动的按钮,为这邪气充盈的酒吧。

2005. 10. 13

无解之结

又一个姐妹被你吞噬,
为了取乐,你让将死者在牙缝间跳舞。

吸食者啊,兄弟强壮的身躯喂不饱你,
她们柔弱的媚笑也化不开你的冰柱。

而我乡下的母亲在松树上跳跃,
从早到晚她都映照着笑声。

她矮小的幸福吸引刚刚出世的孙子,
这一老一少,支撑了两山之间的庭院。

当我到达一次就再也无法告别,
在任何地方你都能把我捕获。

母亲啊,我是如此甘心地臣服于你,
为了你我涌起反叛之念。

于是我在半夜借到斧头的力量,
寻找递枪支给我的人。

我能携起的只有左手和右手,
邻居们的呼唤从来不曾重合。

孤身者啊,当你衰竭时你就回头遥望,
任何荒凉的土地,都有母亲在生长。

2005.2.5

火车女神

这个姑娘在几分钟之内,
褪下入门前的时髦。

一块白布做包袱皮,
上班前的放松塞进座板下的箱子。

摇身一变啊,白上衣,蓝裤子,
换上工装她就换了个神态。

仿佛生来就为这样的忙碌,
她打开储藏室,把小车填满。

街常的笑容刹那间缩回,
小车推动,喷发出铁轨的凉意。

她默默地打开职业的叫喊,
带着骄傲,透着伤感。

因为提前两小时被人领到车上,
我有机会,看到她卸妆与上妆。

2005.2.6

夜光表

昨天晚上充好的气,
今天一早就放空了;
气垫床折成一小块纸,
塞进出卖它的包装箱里。

笼里的鸟和大网里的鸟,
与博物馆里的标本鸟一样;
它们是自己的俘虏,
和那些俘虏它的人一样。

广州什么都是好的,
只是夜晚不让人家休息;
此时我羡慕乡下来的父亲,
他天天起早买菜,像是在村里。

我感觉到异样的亲情,
像是有人拽你的皮肤;
亲人们每年都在努力奉献,
而我却浑然不觉,毫无所应。

那些网球像小鸟有着鲜黄的颜色,
而麻雀却像结在树上幽暗的果实;
在南方四季并不分明,
只要看到植物,我们就心生欢喜。

男人们吃完后就下桌去了,

女人们忙着收拾；
刚才的饭就是她们做的，
也许只有她们，才懂得哺育。

2005. 2. 10

棕背伯劳

吃过早饭我们去臭水沟捞鱼，
用的笊篱是昨晚煮水饺的那个；
装冰淇淋的塑料盒蓄上水，
就是很好的过渡鱼缸。

刚刚了解鸟类知识的皮毛，
盼望遇上经验丰富的朋友；
每天都胸挂望远镜的人啊，
除了自然界你还有什么未知？

应当说这个上午收获颇丰，
我们捞起螺捞起水中的绿丝；
捞起小石子和淤泥中的塑料片，
只有鱼是我们的追求，即使刚刚孵出。

菜地在收割也在生长，一只伯劳穿过；
它在甘蔗丛边的木杆上停羽休息，
为这只小猛禽差点扔掉鱼缸，
该吃饭了，请抓紧时间认清它的面目。

2005. 2. 18

毕业十年

大家仍旧处在谈婚论嫁的年龄,
关心工作,关心房子,偶尔说起突发的病。

死亡远在天边,虽然随时可能;
但我们对寿命如此信任,以至于忘记问候。

重要的是生育,这是热点,
每个人都有发言权,哪怕你单身。

收入与资历挂钩,与单位的效益关联,
既然个人无法控制,那就测量职位吧。

有人当上了副处长?很好,
有人正准备出本书,小著作,影响难料。

让忧虑远离,报成绩,露优点,
毕业这么久,应该互相鼓励。

这圆圆的饭桌除了放碗筷还放得下别的,
自始至终,我们都围坐在一起;

除了去趟卫生间,除了接听电话,
除了起身结账表示时间已晚。

分别后又是难以预料的生活,
没人为此担忧,大家挥挥手,各自归阵。

2005. 3. 3

程一身

本名肖学周，1971年5月生，河南兰考人，先后就读于北京大学和河南大学中文系，文学博士。现任教于湖南文理学院中文系。著有诗集《北大十四行》(中国文联出版社，2004)，中国传统文化研究三部曲《中国人的身体观念》《权力的旋流》《理解父亲》，专著《朱光潜诗歌美学引论》《朱光潜评传》《为新诗赋形》，编著《外国精美诗歌读本》《面朝大海　春暖花开：海子诗选》，译著《白鹭》《坐在你身边看云》《欧洲故土》。组诗《北大十四行》曾获北京大学第一届"我们"文学奖。

我来到北京

我来到北京汇入陌生的人流
身边走着刚下飞机和高铁的人
已经变成市民的人和农民工
只携带着金钱和欲望的男人女人
心怀梦想的人遍体鳞伤的人
无论活着还是死去都被忽略的人
厌倦尘世又不肯自杀的人
现在活着下一秒就会死掉的人
我来到人间看到这么多陌生的同类

论灵魂的虚构性
——未名湖畔仿佩索阿

我怀疑她剧烈颤动的肉体里是否装着灵魂
我怀疑我肉体剧烈颤动时是否拥有灵魂
我怀疑人肉体剧烈颤动时是否拥有灵魂
灵魂不过是人的自我虚构
人只有心,接纳并排出血液
人的心并非灵魂,就像眼睛耳朵
只是肉体的一部分
眼有眼光,耳有听力,心并无灵魂
她肉体剧烈颤动时怀下的胎儿也不会有灵魂

在二七广场

几乎无人替二七塔感到孤独
几乎无人替那个在步行街爬行的壮汉感到难过,
他的右裤腿下半截是扁的,直伸的右手推着一个空空的红色洗脸盆,
我也径直走过,没有朝里面投一毛钱的钞票
两个推销的小伙子站在商店前的方塑料凳上喊哑了嗓子
坐在广场长椅上的人都在摆弄手机,似乎他们所爱的人都在远方
或许真是这样,至少此刻我爱的人不在身旁
"像我这样为爱痴狂""我的心太乱",无人理会的歌声相互干扰
或许真是这样,每个人的痛苦都不能治愈他人的悲伤

二重奏：栅栏与灌木丛

走在栅栏的影子里，
栅栏的尖锐并未把我伤害。
一切皆可转化，
只要高处的光芒还在照耀。

我们爱美丽往往胜过爱真实。
灌木的影子落在石板路上，
比灌木（土绿色）还美：
温柔的黑夹杂纯洁的白（像气孔在呼吸）。

我踩上去，它们却跳到我脚上，
迅速闪过鞋子的斜坡。
而栅栏长长的影子
像慈爱有力的手掌把它们笼罩。

用空气制造

我感到天桥台阶上的积雨
正渗进我脚趾，灯火在前方
剧烈燃烧，一辆辆飞车

火球般滚过中关村大街
此刻，月亮躲在一缕云后面
我想用空气制造一个女人

她未必美丽但不被道德束缚
她会跟我说话，和我同步
而不是从我身旁匆匆走过

时代的劳作者

劳作者俯身接近大地
如缀满果实的弧形树枝
尘世的光芒向你汇集
又被你反射在我眼里

你就像裸露在外的树根
呈现着生命深处的秘密
其他人围绕在你四周
犹如围绕金钱和情欲

而你却默默地做贡献
或者被奴役，卖命
或送死，选择或被选择
无心享乐也无力消费

你已被永无穷尽的劳作
紧紧攫住，置于时代的中心

不朽者预感到自身的死亡

此时，你已经无力使它们更完美。
你只能把它们留下来，
像一个就要离开世界的母亲留下一大堆孩子，
他们美丑不一，各有各的命运。

凭你的才能，你本可以把它们制作得更好些，
只是你常常不能抵制下一个的诱惑。

或许可以这样说，你是多产的，简直太多产了，
一个人完成了这么多作品。

事实上，你很清楚这些作品中你真正满意的只有几件，
大多数可有可无；这时，你不无遗憾地发现其中还有拙劣之物，
它们异常显眼，而且似乎越来越多。

你感到这些拙劣之物正在暗中破坏你辛辛苦苦建立起来的声誉。
那一瞬间，你简直不能原谅自己，竟然生产过拙劣的东西，
而这时你剩下的力量已不足以把它们一一销毁。

席亚兵

1971年生，陕西宝鸡人。先就读于南京大学政治学和社会学系，1993年入北京大学俄语系世界文学专业读研，1996年毕业时该专业划归西语系。毕业后到北京世界知识出版社工作至今。诗作选入多种诗选和民刊，出版有诗集《春日》(世界知识出版社，2008)、《生活隐隐的震动颠簸》(广西人民出版社，2015)和《林中小憩》(台湾秀威，2015)，并撰写不少诗歌评论文字。译有阿什贝利、帕斯捷尔纳克等诗人诗作，及纳博科夫小说《塞·奈特的真实生活》(时代文艺出版社，1997)。

燕子飞

我们六月的光线累得蜷缩。
下午四点才舒展地打开。
这一阵有水上的凉风，
行至垂柳，
为听到你一引便出的笑声，
　　让我拿你说句笑话。

这时与柳枝构图的是一张秃顶，
用鹅黄色淡抹一笔，
便将成为乳燕的肚脯。

难得看清一次你,夏季。
空气中不再是腌菜大蒜的气味,
　　在家里他们还保留着老家的习俗。

1995

村　庄

秋冬季节里,冰凉的暮霭
使行程和归宿倍觉渴慕。
一个成年人愉快地回味着
对满脑子记忆的熟悉,
不去管被挤到了现在的年龄。

他能用吃一根甜杆的时间
衡量剩下的路程,精通二者的刻度。
眼前是遗洒着玉米叶子的路面,
自行车的前轮将它向后卷去,
收割后的大地变成平稳跳动的河流。

我熟悉这些延绵不绝的千人大村,
一片片麦田将其框死。
离开时总是懈怠,不禁问,谁
□□□□,谁有这种癖好。
下一次,我抵达时,制造了自己致命的拜访。

很快时间夷平了我拐弯抹角
在某一前院的驻足,主人大呼小叫的热情
陷入客套和死板。女人反倒掌握了细致
娓娓的技巧,这一刻只限于

基本正常的时间对她的隐隐震动。

我没有进入她的情绪,急于将现在
就变为故旧,就着灯火考察它
木刻式的暗度。她走出情绪
来到街上,九十年代以来,那里牢固地
树立了对节日间露天舞会的兴趣。

它搜寻的是未加表现化的金黄,
一道赤裸裸的光线。
细如毫毛的麦芽,泥块翻滚的土地,
全部资料被推到村庄的外围,
大路上仅能辨认沉黑如铁的事物。

1996

晴　春

它的老问题是需要外面的
天色来晒去隐私,以
各种歌唱将自己唱干净。
那些老人们,每人都有一个庭院可以游戏。
摆开家伙油漆铁柜,慢
慢攒块地皮盖座小房。
鸢尾展开凶猛的剑叶。

在一部作品中,一连串
淫艳的打击之后,理出了
它的主题:卖艺不卖身,
只爱钱但蔑视钱,只有

身体的天赋,就像
善,枝蔓与衍误都遮盖不住。

禁忌的最后一道被突破了,
它所保护的事物
没有体验到伤害。
新锐饕餮生活。
我不禁想起那些
刚刚加深行将解放的友谊,要看看
那些才爽朗起来的语音怎么迷离;
一位跨国或跨洲旅行的
近代作曲家的感受如何致命,
他带回的曲子将渗入
大部分历史,直接获得流传。

1998

模拟的记忆

那些夕阳模糊的夏日傍晚
将我理出来,定格在
路人深深自责的目光里。
就我的资质,怎么都算不上疯狂,
可什么也没有发生,这
也并不是非常难以忍受。

我屈从了谁的召唤,他
还是远远赶过去时的漫长时光,
如果那是一种享受?小矮山
向外伸出一个鼻梁,引起

公路急剧转弯,
一下子辨不清了正东与正西。

也许他们就是一体,可又像
只是互相熟悉而已。
老林子里,稀烂的浆果弄脏了
路面。翻到阳坡,
短小的人工林犹如一大片木桩。
他仅用文字做过拘谨的观察。

在一切事情上都顺利,又脆弱,
这已很了不起。话说回来,
我也不敢把自己看成
感受力很强的那种类型,
虽然表面看上去完全吻合。

这种不求甚解的恬静
才恬静。满目柳树
没有那么高深纯粹。
桃园扑向远方怀揣喜庆。
我们脸上的激情
明灭不定地熟悉,在
老交情向浪漫转化之际。

1998

思恋者之歌

陌生人站立着采摘枯山。小枣
晾成了枣干,要在春暖时落蒂。

这群孩子在远处一转身没影了，
愉快转移到某个必定存在的场所。

紧急的河弯破坏了四周。
草形不成群落，泥石堆起
漫长的波浪。即使能倚着碎崖取景，
河水啊，把一切重新漫得平整顺畅些呀。

2001

荷　东

老实、积重的时分。
在你的全社会春心萌动之际，
正好是我们这一拨赶上成年。
把我一次次抛上你那管内列车，
反复咀嚼几十公里风景，
致幻更要用点剧甜。

愁眉苦脸，
被驶向新时代前的阳光
拘束得动弹不得。
道德纯粹得如履薄冰，
如临深渊，
去与无限垫高的未来相遇。

当你一次无意间提到它，
竟然一闪再没有下文。
机器音乐情感好清晰，
人心要多正确才能靠近。

这快乐是社会为瓦解我们
预置的。

2002

江　城

超级肤色的城市。
上天多愁，再生就你一个贫穷。
派四周山峰合拢，
云雨每日光顾藏式窗。
一代女性的前景
在街上看不出。

如果她们过早地遭受厄运，
也不会下到劈城而过的江边。
栏杆边的藤椅茶摊
留不住人。
准时欲来的暮雨
催得桥头心慌意乱。

我下到那僵硬的滩岩上，
江水落得很低，
卷来腥味。
可它已不失浑白本色，
越浅越急，稍不平稳，
就叠出大浪花。
或许我身边缺一个人，
这茫然的音调留不住我。

在它的轰鸣中，
我的意识总是被推向山顶，
阴云，客房，夜半，
那不能统治自己的地方。

2003

轰轰烈烈，犹如疲劳

轰轰烈烈，犹如疲劳，
什么时候消除干净？
我专心地吃一条鱼，很快吃完了。
想休息，只有眼睛合得住。
我找最偏僻的戏曲看，
往往它们越难听，越让人放松。
相反那些遍地漂亮起来的女人，
价值越来越体现在那一会儿工夫，
还不诚实地依靠这点本分。

奇怪的思想犹如恶作剧，
越偏离正道，越按捺不住，
到头来要把自己完全滤掉。
曾记得渴饮严谨高明的学术，
满书连勾带划，
后来它们发作为毒鸩。

它们有如小块风景，呆立一隅，
凭其冷静无用散发着魔力。
它不能吞咽，不能消化，

又怎受得了持续的尝试？
我四处流连，寄托那些
凭空而起的闲情逸致，
现在却连这也不可能了。

一转动就想到旧学振兴，
世界倒退，仿佛大脑只能是宇宙。
事实上一切都自足而充满敌意。
文明依然经得起挑剔，
落后依然不值一提。
世界处处是陌生脸孔，没允许让你评判，
而且你几乎也从来不会遇见它们。

金钱刚刚开始不断需要，
艺术也用不着全部灭掉。
快乐需要升级而不是降温，
自由虽产生抑郁也战胜过抑郁。
繁忙的时代正在忙忙碌碌地运转，
啊，古怪的时光
悠闲地生出嗜睡、嗜苦、嗜症症。

2003　2006

冷　霜

1973年生于新疆库尔勒，1990—2006年，在北京大学中文系学习，先后获得文学硕士、博士学位。现任教于中央民族大学文学与新闻传播学院。参与编辑民间诗刊《偏移》，诗作结集于《蜃景》（与周伟驰、雷武铃合集；世界知识出版社，2008）。另著有批评文集《分叉的想象》（光明日报出版社，2016），编有《马雁诗集》（新星出版社，2012），合编《中国新诗百年大典》（长江文艺出版社，2013）、《百年新诗选》（生活·读书·新知三联书店，2015）等。曾获刘丽安诗歌奖（2010）、"诗建设"诗歌奖（2013）。

流水十四行

> 我在天堂迷了路，我该怎么办？
> ——曼德尔施塔姆

一

还要我对你说些什么
你看这春天谢满一地，仿佛
再也不会回到枝头，你逐渐显出
另一副面孔，并迫使我承认
你说想象不过是夹在两面镜子中的
一道光线，两个王朝之间的一队宫女

你也用无可指责的口气提起我
说:"某个人活到了二十岁……"

是的,无可指责,因为你就是
这两面镜子,千重宫殿
有着青铜、流水和空气的质地
你是妇人一般笨拙的计谋
却让一个男子甘心耗尽所有的心智
你还要我说些什么

二

若是连梦想都习惯了呢
不断地用一个词追问会出现你
意想不到的结果,在中午的安静中
我盯着地图上的一个地名
似乎能从中看出南方海边的天色
宽翼的鸟群在地上留下的阴影
我想,一定有什么东西在我身边死亡
而我没有注意

渴望仅仅是渴望
在南方深黑的阳光中
鸟群顺其自然地飞翔,带走
纤薄的阴影,一切的生长
似乎都是徒然,你想想
若是它们习惯于梦想

三

我想我懂了,午后用来沉默

子夜用来交谈，我有一杯浸透了
夜色的清水，而在黄昏
我做着轻松的练习，数一数
在断断续续的钟声中，我的手上
还有有限的几种美

儿童在水边守着沙的城垒
在黄昏，他们把肤色和笑声
筑进沙城，再由自己摧毁
我知道，悲哀本是多余的打算
由我在午后默想，子夜交谈
而在黄昏，草籽跳着最简单的
舞蹈，水边的儿童给了我
无端的感动，我想我懂了

四

让我告诉你我所在的位置
我在二月和三月之间，在休耕的
玉米地里，河水流着，火烧着
第一只燕子飞过很久
后面的鸟才陆续跟来
我在等待花粉的风中，在旗帜
噼啪的响声里，那风中翘首的人眯细
双眼，去辨认远方四面奔来的孩子

今夜，我在郊外行走迷了路
快要下雨了，我试图找个附近的人家
借宿，这时我感到我就在那树枝的
陡然沉默之中，和脚下砂石沁出的

水汽之外,快要下雨了,让我在即将
到来的闪电中,告诉你我的所在

1993.5

梳形桥

> 风从对立的两极
> 　　　缓缓吹来
> 　　　　　——马克·斯特兰德

积郁已久的鼻孔和柿树和长椅
这是一场简朴的婚礼
一个驼背的女孩担任临时的侍者
匆匆走着
顶着一只洗净发亮的杯子

醉汉在墙根低声呕吐
低声弄湿了黑色的礼服

他发现墙上有一道豁口在张开
有一个黑影在墙外
背着身
拴马
他感到带有肉翅的幼鼠
正踩着他的头跳舞——
那人会从这豁口跳过来!

雨水腾出一间空空的屋子
而那人只住短短一夜

1993.12

影子的素描

一

星座闪着铁轨的光——
他坐在窗口,为什么会觉得
一只细颈的空瓶在体内颠晃,
似有一列火车载着它疾驰?

安静。飞行。在影子中延伸的
影子和与巫术一道失传的时间:
他所迷恋的事物他无力描述。
清漆香味的天文台在露水中风蚀。

他能抓住什么?寒冷的节日
速滑的夜,一个让他联想到
猪形扑满的女孩骑着刚粘的信
擦过他,像一团幽蓝色的负离子!
——变成个邮筒,多好。
他悲哀地把自己喻为一枚笔误。

二

她梦见在树木中轰鸣的列车里
跳下一支军队,挖掘她的脉搏,
那些被雨洗亮的油绿车头
是细菌,由她传染给她的恋人。
"爱一个人意味着被自己迷惑,
被爱迷惑,而爱就是剪贴,是碎布头、
剪刀和电影,是所有规则的东西

被打散因为爱就是规则。"

她把一半藏匿在影子里，就像
风景要居身于寂静，但她也会羞耻地
梦见在刚发动着的拖拉机里读信，

然后又察觉她或是她的外祖母
坐在台阶上纺纱，恰似那线团：
臂膀粗大，兀自唱着木芙蓉之歌。

三

在下一个故事开始之前他有一阵恍惚
而纸页蒙上新的灰尘。前额上
老虎的寒毛越来越长，他的面孔有
越来越多的面孔进进出出。

隐秘的庆典。比他所邀请的更多，
烛光簇拥着舞伴。风摇动房屋
发出浊重的声响，柔软的钟舌
从探戈里猛然偏过头去。

回音使房间有如仓库。总有一天，
为他开门的会是一个影子：
命运指引命运，书繁衍书，一支小火
被点燃是借另一支要寄身其中的蜡烛，

这靛青色的三位一体，这教堂，家，
牢笼，他注视着，充满惊奇。

1995.2

核桃树

是一个磁头在转动,抛卷出一小场
早于清晨的雨水,让它在
树篱后面结束。一只鸟踮起脚来
敲门,另一只像图书馆拐角的小女生,练习着
向墙准确地表达自己,而打太极拳的汉子
正与一场爱情周旋:他用双手
去推拒那雾,目光却被它牢牢拽住。

或是一双眼睛趁着此刻正在集结的阴影
戏弄我,使我相信另一些,
一些暴力,也可以很优美,
如避雷针上积冰一般坼裂的锋面,
或两个星期以来被虫蚋的新建筑和各种鸟叫
迅速殖民的,这些核桃树;它们打出
无数面坚硬的旗帜,在凉气中
浑身透着亮青色的光,并不断加强:
"好像风中就含有色素"——

整整一个上午我都在感叹。

1995.5

母女俩

太阳很大,但近来她的脸上总是阴天。
它曾经很光滑,先是岁月的旱冰场,后改作
化妆品的小公园。她冷静地看她女儿的

一招一式，比旁边的母亲们更加老练，
心里却盘算着回去买菜和做饭的时间。
"滑吧，别怕，慢点"，为什么微笑
就像系紧在冰鞋里，又如何优雅地将你的小脚
不可控制地推向终结？远远地，向松弛的双臂
张开双臂。火车呼啸，带走阴影，
下午还长，你健康的肤色以后会使你忧愁。

1997.4

1996年的一张快照

它远远没有结束：像一位浓妆艳抹的
女房东，仅存的可能是你一时没能
认出她来，而她随时都能出现。

因此你必须从各种不可思议的面貌中
牢牢记住她，并学会在偶然相遇时
用适度的真诚说："感谢你给我

带来的这些美好的日子。"啊，多么仓促，
多么滑稽，记忆多么失败，台灯
多么晚熟。多少夜，你久久地坐着，

像鱼躺在干枯的河床里，全部的印象
都不超过它的挣扎所能缩小的范围；
全无反应也是难的：它随时都能出现，

就如午睡之后，一只甲虫同时醒来，
躺在你旁边，跟你谈交往理性，

或者一场炼狱，发生在小括号中……

1997.6

《小王子》导读

大约是第六七次，灯全部黑了。当它再次
亮起，演员们从四面跑出来，没有卸妆，
但是朝每一个方向热烈地屈身，影子扭动，
像刚刚脱掉的角色滑到膝盖以下。
一时难以适应，观众们怔怔地鼓掌，
站起身来，带动座椅发出一片简单化的评论声。
一对捧场的年轻人走上前台，向朋友们
献上鲜花，与他们合影。在杂乱的光柱中，
人群看上去湿淋淋的，头顶上飘浮着
尘土和热气，用肚皮挨挨挤挤地涌向门口，
活像海豹。门外，出租车堆在一起，大呼小叫，
有分寸地倒车，一辆接一辆开走；
一阵忙乱之后，推自行车的声音也渐平息。
聚集在103路电车的站牌下面，一些女孩
像经过陌生化处理的玫瑰花，装饰着
身后的灯箱广告。当她们为各自的
绵羊男友所啃食，你看到她们腾出眼睛来扫视
空空的大街。风凉了，一两处报摊仍然
裸露着整加仑的乳沟；在王府井，重要的
就是你用肉眼所能看见的，白天
狐狸毛领大衣和宝石蓝羊皮女大衣
在扩音器的统治中星星般闪光。现在，
天空打烊，橱窗如洞。黑夜是什么，装满

进口垃圾的集装箱,每天一班?船头在哪里,
开往何方?108路电车开往崇文门。一名交警
在东单十字路口维持着冷清的秩序,
像是在维持自己的转动。他可算是
这条街区的灯塔看守人?或者,掌灯人,
一天等于一分钟?也许,他更像一位
缩写本的国王,一种被改编过的孤独感
仿佛跑了气儿的啤酒,与夜色混杂,
使他回去对着妻子咳嗽。电车轰响,
把他越来越小地留在扬起的灰沙里,
如同一条加盖在折价的世界之上的
笔直的命令。接下来,"106路是悲惨的",
无数次,它把每一个人都变成火山,挤成
岩浆,但这会儿,乘客尚能保持住
常态下的固体自我。黑暗中没有人说话。
道路如蛇,吞噬满车的人去往同一个地方。
在我背后,年轻的电车售票员有气无力地
报出站名:对于他来说,这些站名
就是永恒;而与地理学家们不同,他对此
无比厌倦,"是的,从游泳池站下车
并没有游泳池",它只是一处荒废的记号,
相比起来,他更愿意和小哥们儿一起背诵球星。
再次转车时人突然很多,我不得不与一位
陌生的少女挨得很近,我感到尴尬,
并再次想到那些散场时的情侣,在一部
有关爱情的话剧结束之后,在喝光了矿泉水
之后,也是这样挨得很近,却一言不发。

1997.6

在人民大学

两对红白隔离墩把低音区延长到
楼群深处,草坪仿佛发廊里的杰作,
修剪成年轻经理的进取型。台阶上,
几名迟到者匆匆点头,十二月,
周末,长椅空着并不因为气温。

不同的笔芯流出相同的判断句——
不同的手指为同一个秃顶疼痛——
在阶梯教室,偶尔有一两个
突然厌倦了,突然从汗臭里站起来,
摔开由一只鹦鹉讲授的反映论。

但是愤怒多像从刀鞘里拔出的
一场浓雾!沿着树篱慢慢地走,
远远能看见车辆、人群,巨大的
蓝色玻璃钢如同啤酒肚的上帝
度假之后,丢下的一副墨镜。

仅仅出于犹豫,通向高空
似乎竖起一座神圣的窥视的塔,
那么又算得了什么?如果一样是
绕圈子,当你脚蹭着地,鞋底
好像反复描画着一个铅笔决心?

1998.3

我们年龄的雾

它是怎么来的:这是一个谜。
并非无法解开,只是我宁愿
为自己保留少许神秘性。

如同一只蜗牛,顺着台阶,
贴着墙,我目力所及之处
都已留下它牛乳般的痕迹:

我有意忽略了它的重量,
不过,这倒是因为我深知
它的力量。我已领略过多次。

同样,我也从不担心
能见度之类的问题:我注意到
在它腹中有一所漂浮的邮局。

就这样,一日三餐,夜间散步,
睡前读几页帕斯卡尔。
窗户开着。我感到了变化。

因此我一度最感兴趣的是
它的边缘究竟在哪里,
结果总是使我暗自惊叹。

而现在我已有信心把它装进
口袋,像一盒火柴,可以照明,
可以取暖,可以做算命游戏。

并且我允许它变作一只蚂蚁
溜出来,看着它从我的手臂
钻进我的胸膛,我承认,痒——

你掀开我灵魂九曲连环的入口,
而这正像我始终好奇的那样:当我
看见你时,我已在你之中。

2000.11

傍晚读友人论诗信有作

雪又落下来了,
树枝的颜色更深。
屋顶显出愁苦的鬓角,
道路湿黑,边沿映出行道树漆白的树干。
街灯睡着,
雪使暮色发亮,使一切像泅在纯蓝墨水里。
"真实的力量来源于……"
我的目光停留在你的词句中,
仿佛听到你急促的南方口音,
像融雪时的檐溜。

我不同意你,我的心情复杂,
我听到心里有人大声争辩,烟雾腾腾。
无法看见的细雪压低了黄昏。
我们何时才能免于羞愧。

2003.11

王雨之

本名王来雨，1973 年 10 月生于徐州，1991—1996 年就读于北京大学中文系，参加五四文学社。居住过哈尔滨、广州、北京，从事过媒体和出版，有诗入选《九人诗选》《北大诗选》。

七个小矮人和白雪公主的对话录

> 马丁路德博士：凯蒂，你现在有一个爱你的丈夫，
> 　　　　　　　让别人去做皇后吧。
> 凯蒂波拉修女：博士，闭上你的嘴，快吃饭吧。

1. 七个小矮人对主题的补充说明

雪，或者说某种被中国诗人比喻为盐粒的事物
它是洁白的
它在这出喜剧里沿着牙痛的脚印散步
每天往返七次，从火车站到天堂
枞树上的鸟巢。雪
雪埋葬了我们的花园和菜窖
这样，为了生活
为了度过蛇皮般漫长而娴熟的童话岁月

（这些并不是原因）也许还为了纯洁
我们将被迫侮辱她
——这时，她赤裸裸的。她
也就是雪，在壁炉前展开无辜的虚无
我们七个人，瘦长而饱含求知欲的
瞳孔，欣赏着——

2. 幕布之后：虚构与近景

月亮爬上柳树梢
疯疯癫癫的车辙延伸到小镇外
春天还没熟
猎人三五成群
在狗的带领下回到婆娘身上

近景。烛光

赵一练习室内跳高
李四捧着本书，思考

女主人公面对镜子
转来转去，像个陀螺
找不着合适角度欣赏自己的后背

3. 最后的晚餐：矮人咏叹调

如果换一个角度，从天花板的方向看
也可以站在蚯蚓的腹部。白雪公主
低头，弯腰
专注于银白色的餐具

涂抹黄油，分发面包
然后问我们谁需要来自中国的绿茶
因为落日和表示绅士
我们都选择了清咖

今天有幸看到皇家剧院的巡回演出
因为是赠票，去得特别早
市民们赶着狗拉雪橇
人声鼎沸。我们发现

舞台上的白雪公主和身边的一模一样
——这就是晚餐的谈话主题
虽然结局像一只袜子
套在不同女人腿上

白雪公主感到厌倦，坐在松木长椅上
仿佛被冲到海滩的泡沫
太熟悉海盗而缺乏恐惧
她在人群中四处张望

看到熟悉而爱的姑娘被城里人赞美
我们兴高采烈，掩盖了彼此的绝望
咖啡在天蓝色的杯子里
明天早晨必须工作，在泥土里

其实我们是七只善良而各有特长的鼬鼠
注定要被一个王子清除
趁着春天还没有到来，我们加班加点
企图使自己长胖长高长人的智慧

4. 李四说

上帝作证，伙伴们
当然应该假设他老人家还没有冬眠
耳朵紧贴生冻疮的玻璃

尽管时间一分一秒地衰老
鹿厅的台阶被狗尾草装点
ODUR，恋爱的肉体快乐

尽管美丽的 FREYA 依旧驰骋魂灵的疆场
她的颈项像秋天的枝条
坚硬，突兀，不知摆向何方

而我们，在 BROSINGA 的指引下
能够亲近象牙的玫瑰
由于瞬间而得以逃脱

死亡：忽男忽女的魔术师
然而我们对于爱及爱的对象究竟了解多少
只知道她漂亮，皮肤白皙

在森林里迷路，并且是个花痴
日夜讲述同一个王子有关的故事
BRAGI 啊，使枯凋荒凉的树木开花

即使努力，我们也改变不了
烛光闪烁。白雪公主坐在里面织毛衣
上帝与她同在，也与我们一起

5. 来客

一个男人走向林中路

牙科医生。泥土被冻僵了
散发着颤栗的喘息
(它们看见的并不是它们希望的)

他脱着萌动的情欲走向洁白的房间
目标不变。松鼠四窜

他的妻子刚享受过,和她的情人们睡在水边的床上
她醒着,站在门前嗑瓜子
(他敲门,没人听见)

他想她正忙于准备晚餐
在家庭日志上,他应于明天黄昏骑着骏马
穿越积雪皑皑的山谷
但情况变了

她睡在情人臂旁,睁大眼睛
听着山谷里遥远而黑暗的星辰坠落
不管这种声音发生多少次,她在漫漫长夜里
一次次惊醒,守候——
(天空远离他的诊所。没有病人
他以何为生?何时出生?)

他走了整整一夜,还没走出传说中的森林
他问自己:"我的生命

由于唤醒一个女人，使结局圆满而存在？"

她在浴室里洗澡
（似乎有人呼唤她的名字。她皱皱眉头，
要么是错觉
要么是调皮的吴六戏弄她）

她已等了几千年
她说："我的丈夫不会是七个小矮人吧？"

他没说出那句平凡而能破除魔法的话

6.钱二问白雪公主

今天晚上，你睡在哪张床上
为了避免熟而生厌，我们七个人
排成一排，任你挑选

那是多少年前的事情了
我们拣回你，建立家庭
嫉妒和情欲使兄弟之间疏远

但为了你喜欢安静的习惯
决斗的地点总是选在花园下面
你可满足？或者说满意？

今夜是与你厮守的最后章节
春天到了，王子将杀死我们
你不再忧愁，花开满枝头

今天晚上，我们采用新的做爱方法
一遍不行可以两遍

7. 结束语：白雪公主的独白

我所要申辩的
并不能直达天庭，六翼天使笼罩四野
我用摆设的笔写信，意味着
玻璃得以在空盈的黑暗里展示美
裸体被包裹，虔诚被放纵
午夜时分，四面八方的手伸过来
把我捏成翱翔的花瓶

我所渴求的仅仅是平静地享受食物
远离严寒。在一间没有家具的屋子里，不舍昼夜
回想荒凉的海滩
人回到童贞，花离开枝头
成为书籍或成为妓女
除了身体我一无所有，只能依赖出租它谋生

我所等待的王子终于出现在诗人的避暑山庄
获得他的金子使我复活
获得我的肉体使他畅美
魔法消除，鼓乐吹笙
孩子们离开床，父母拉上窗帘

我所熟悉的小矮人们
勤勤恳恳，本钱虽小但熟能生巧
为了维护种族的声誉

他们张开翅膀，模拟大鸟

我所歌唱的恋爱像蛇一样扭动
蜕皮艰苦，充满激情
新生活呀新方向，我们的领导像太阳

我所要完成的已经在口耳相传里完成
面对观众和配给的丈夫笑脸相迎

我所要说的只不过是：NOT KISS BUT FUCK

1995.5.6—11

和一对情侣同居
——FOR X. X

一

天洗紫罗衫，黄花伴风眠。贻伞小桥头，柴扉无人关。

无物的房间。

我掀开《这是我的立场》的第 7 页，好像母猫推开门，皮鞋敲打桌面，轰……
忧郁和难以缝补的衬衣在膝盖骨的左上方对着卧室里的一对男女出神。

你从哪里来，我的朋友？
我的忠诚的猎狗离开了主人的厨房。
我的妹妹纷纷嫁到远方，从不同的城市写信。

一只鸟飞进来，又飞走了。

你是我的唯一，此刻而非彼时。
为了一场迟到的婚礼我可以舍弃游乐。
而守候你，我浪费了今夜所有的细雨和烟草，忘记了诺言和玉米的收获季节。

我思索。蜡烛重现光明，纸老虎回到山林。那一对情侣在窃窃私语，谈论生活，背诵誓言，焚烧旧情人的眼泪。

这一切和我无关，我置身其中，不怀好意。
我穿着肮脏的白色短裤，占据了室内最后一张床，只为了看一场皮影。

据说，哲学家失恋之后，洗掉脚上的秽语，面朝大海
说："我本尘土，充满罪恶。
怜悯我吧，上帝！赐给我权势、金钱、美女以及真诚对待他们的武器。"

天空在那一瞬间绽放七彩莲花。

你究竟是什么？空气？一对情侣中的一个？童年时送给我刺槐花面饼的那个？

无论如何，你和我共同偷窥。
坐在床上，相视而笑。
然而你并不存在。

只有在无聊时我才想到你如花的容颜，如水的温存。
这全是我的错，我不是故意的。

我在蒙满灰尘的镜子后面寻找你。
我走遍了名山大川，所有漂亮女人的隐秘之处。
我在房间的每个角落撒下一粒芨芨草的种籽。

女人观看我的播种动作。

男人躺在床上，唱着："悲欢离合，总是旧情难忘。"

二

归来吧，归来吧，浪迹天涯的游子。

归来吧，归来吧，我已意乱情迷。

你在书中的故国向我求爱。

你对着窗户纸修饰鬓角。

你赤身裸体在路灯下与持刀歹徒赛跑。

中午 12 时整。我点燃蜡烛。蝙蝠君临铁皮屋顶。它们厮咬着，为了一颗盐粒。光来到水面——

溺水而死的人趴在骡子背上。

因爱而永生的人骑在高头大马上。

我看见水银里的花朵和水中的花朵。

我看见得救的人终于得救。

醉鬼从一个门口走向另一个门口。

育龄妇女在光天化日之下争吵、怀孕。

一片浮云堵塞了交通。

凸起的大理石雕像成为孩子的幼稚园。

头发一点一点地变白，你正一步一步地接近河堤。忽然，一阵豪雨——

如果是 20 年前，我可能不会如此恐惧。因为是婴儿，不懂得罪恶和审判。

枪炮与玫瑰站在同一个领奖台上。由于第一次看到血而战栗不已。

漫山遍野的洁净阳光，整齐划一的茂盛道理。

没有身份证。使我飞升的只能是站在二楼阳台，等待隔壁的女护士春光乍泄。

我面对着自由茁壮的祖国。爱冲出水龙头，面对着我。

一道算术题可以推导出三个苹果。
一盒"姗啦娜"可以使我记住你的名字。

我是不是你最疼爱的人？在与一对情侣同居的时候，
我是否感觉到拥挤？
"忍耐吧，骄傲的人！"

三

一个人说谎的时候意味着中年生活的开始。
一朵花所能奉献的只是颜色和形状。

透过哈哈镜，我看见悲伤的你、丰满的你走在男人的谄媚中间。那一刻，我放声大哭。

来自五湖四海的诗人赞颂你的美貌和贞操，
继而是占有，继而是不可遏止的衰老。

我也是诗人中的一员，厚着脸皮。

东方的海洋里站满了无所事事的青年。
他们挥舞情网，披头散发。他们在捕捉鱼。

七首美丽的《雅歌》之后是一群雪白的妓女。
婚礼的前夜之前是你往返于两个男人孱弱的灵魂。

无言无语，我躺在一对情侣中间，像废弃的诗歌炼金术工厂。

爱过的老歌，我能记住的有几首？

要患麻风病的人离开妻子走向山谷。
已在旅途的人拣起干枯的胫骨。
没有拐杖的丑女人扶着假设的墙皮。
"不要再写下去了！"黑暗中，你在愚蠢的男人怀里向我致意。

你光洁的小腹犹如迷途的羔羊。
你残缺的手臂被图谋不轨者中饱私囊。
你高傲的脖子在众多女人中犹如一根晾衣绳。

然后是你成为了自己。然后是登上通往教堂的两岸直通车。
失业的神甫擦亮意大利皮鞋，欢迎最后一对道德的楷模。

尽管如此，你唤醒了我，使我看到自己的作品：已成人妇的你。
最关心你的人是我。与一对情侣同居，其中一个是你。

1995. 7. 19—21

与冷霜的一次不期而遇

你是否有情人，至少有一个吧？为了写诗，需要有情人。
——伊莎多拉·邓肯

她大约四十五岁，还很美。但是在她同叶赛宁的关系上已经让人感到，这是她对最后爱情的悲剧性地贪求了。
——H.克兰季耶夫斯卡娅-托尔斯塔娅

1

"看似个鸳鸯蝴蝶不应该的年代
我们所能学习的,是幻想?还是飞翔?"
也许二者本来就是一个。火车缓慢逼近的时刻
风掀起你的衣襟,露出更深一层的衣服。
一朵朵枯萎花"告诉我一天的时间如何被打碎。
一首诗的开头可以随意选择
进行它,则必须忍耐,守候,为一场夭折于肝脏的冷霜。"
还不够,但我们只能奉献这些。睡中的栗色马
醒来发现自己到了结婚的年龄。
隔壁的花痴"爱里不知身是客,一晌贪欢。"

2

大天使在教堂的木质屋顶(雨忽然泻下
在我写作的时候,像中世纪漫游于乡村与山林的精灵
迫使我在掩窗的同时回忆自己的
出生之前)寻找对手,"刘项原来是匹夫"
但没有一样东西可以阻挡来自地里的手
更无从谈起那枚两面都是字的硬币
会被什么样的绳索拴紧。
"我面对着镜子脱下内裤
背后,我的小情人们窃窃私语,花枝招展。"
我了解,你在京城的另一角苦苦地说谎。

3

皇帝穿着新装走遍城市的边边角角
一个孩子(可能是魔鬼附身)以与他的经历不相称的眼睛

说出了真相:"在衣服下面

他光着身子。妈妈,街心花园的铜像肩上有一只死乌鸦。"

这就是我的爱情与生活?从外省的某间农舍

走出苍黑色的父亲,他的手上

我童年时最爱吃的麦芽糖,

被我的儿子弃置一旁。而我们将逐渐忘记这些印象

一车皮一车皮的翁仲,还有诗人

将缺钙的脸埋进一马平川的乳房

4

"在西郊的一座像花园的学校里,我的牙龈季节性出血

一首老歌的旋律激扬着,企图逃出。"

这是假象!你的家是你的

但你的妻子是你"曾经努力用古老的方式爱过"的那个?

你的祖国是你为之梦遗的那个?

不要轻易去触动它。当你喃喃时

北京大学的天空飘荡着层层黄沙。

车轮滚滚,雷声隆隆,放学回家的主妇

看见假想的光环铺满长安街与它的小腹

一个声音优雅地走来:"你已经死了。"

5

那个徐娘半老的舞蹈者在我的引言里

像把缺陷的吉他,铮铮。这是否意味着她的小图尼克

像天鹅的脖子那样易于被湖水折断?

"当你坐进地铁时,你并不知道怎样出去

只知道身边的姑娘和半张长满雀斑的《购物指南》。"

你当然有权力否认你爱她。没扣严的长裤
在路灯下愈加憔悴,一群群小动物
在白昼里纷纷占据亮光的边缘。
"你到过两次西藏。"那张剪报十年前就糊住了
厨房东北角的窗户,标题为《驶向拜占庭》。

1994.5.15　1995.9.21

胡续冬

本名胡旭东，1974年生于重庆，后随父母迁居至湖北。1991—2002年间求学于北京大学中文系和西方语言文学系，获文学博士学位后执教于北京大学外国语学院世界文学研究所。大学期间开始诗歌写作，本科期间曾担任北京大学五四文学社社长，创办过民间刊物《偏移》，曾发起将一年一度的北大未名湖诗会举办时间挪至每年春季海子离世纪念日前后，在未名湖诗会演变成未名诗歌节之后这一传统依然延续。著有《水边书》（自印，2001）、《风之乳》（自印，2002）、《爱在瘟疫蔓延时》（自印，2003）、《日历之力》（作家出版社，2007）、《终身卧底》（广州龙脉，2010）、《旅行/诗》（海南出版社，2010）、《片片诗》（台北秀威，2013）、《白猫脱脱迷失》（山东文艺出版社，2016）等诗集，《浮生胡言》《胡吃乱想》《去他的巴西》等随笔集，另有译自葡萄牙语和英语的诗歌、诗论散见于各类书刊。曾获得刘丽安诗歌奖、明天·额尔古纳诗歌奖、柔刚诗歌奖、珠江诗歌十年大奖、中国当代十大新锐诗人等奖项和荣誉，参加过美国爱荷华大学国际写作计划、西班牙科尔多瓦国际诗歌节、荷兰鹿特丹国际诗歌节、西班牙加利西亚圣西蒙岛国际诗歌翻译计划。亦曾致力于当代诗歌的推广和传播，互联网时代早期曾创办以诗歌/文学内容为核心之一的北大新青年网站，曾长期担任珠江国际诗歌节（广州）总召集人，2014年以来担任上海民生现代美术馆"诗歌来到美术馆"系列诗歌活动的现场主持人。

在臧棣的课上

新近离婚的进修教师来此寻找
能够把一腔愤懑合理改造的高超技巧；
渴望爱情的女编辑不顾清晨骑车摔倒在地，
一瘸一拐地赶来注射一剂自白的勇气。

他们在臧棣的课上不期而遇，他们
正襟危坐、拿出纸笔，像两个毫无关系的标点
错印在汉译本叶芝的《在学童中间》。
而贝里曼的《教授之歌》则被兢兢业业的臧棣

低沉地唱起：为了备课他凌晨三点起床，
为这间局促的教室移来了北京上空盛大而惺忪的星光；
星光下嗜书如命的蟑螂再次爬到一起，
墨香四溢的纸张就变成了人头攒动的

诗歌课堂：它像一瓶产于灵薄狱的碳酸饮料，
高压密封着求知的欲望、小资产阶级的甜蜜和忧伤，
而臧棣的声音里有一把精于分析的开瓶器，
不甘寂寞的灵魂小泡沫在等待写作过程的开启。

我未能去听臧棣的课，但却把我的女友
像一台录音机一样安放在托腮眨眼的人群背后。
当我在宿舍里按动她那哈欠连天的键钮，
听到的却是几个邻座的男生对她居心不良的问候。

1997. 10

太太留客

昨天帮张家屋打了谷子，张五娃儿
硬是要请我们上街去看啥子
《泰坦尼克》。起先我听成是
《太太留客》，以为是个三级片
和那年子我在深圳看的那个
《本能》差球不多。酒都没喝完
我们就赶到河对门，看到镇上
我上个月补过的那几双破鞋
都嗑着瓜子往电影院走，心头
愈见欢喜。电影票死贵
张五娃儿边掏钱边朝我们喊：
"看得过细点，演的屙屎打屁
都要紧着盯，莫浪费钱。"
我们坐在两个学生妹崽后头
听她们说这是外国得了啥子
"茅司卡"奖的大片，好看得很。
我心头说你们这些小姑娘
哪懂得起太太留客这些龌龊事情，
那几双破鞋怕还差不多。电影开始，
人人马马，东拉西扯，整了很半天
我这才晓得原来这个片子叫"泰坦尼克"，
是个大轮船的外号。那些洋人
就是说起中国话我也搞不清他们
到底在摆啥子龙门阵，一时
这个在船头吼，一时那个要跳河，
看得我眼睛都乌了，总算捱到

精彩的地方了:那个吐口水的小白脸
和那个胖女娃儿好像扯不清了。
结果这么大个轮船,这两个人
硬要缩到一个吉普车上去弄,自己
弄得不舒服不说,车子挡得我们
啥子都没看到,连个奶奶
都没得!哎呀没得意思,活该
这个船要沉。电影散场了
我们打着哈欠出来,笑那个
哈包娃儿救个妍头还丢条命,还没得
张五娃儿得行,有一年涪江发水
他救了个粉子,拍成电影肯定好看
——那个粉子从水头出来是光的!
昨晚上后半夜的事情我实在
说不出口:打了几盘麻将过后
我回到自己屋头,一开开灯
把老子气惨了——我那个死婆娘
和隔壁王大汉在席子上蜷成了一坨!

1998.9

水边书

这股水的源头不得而知,如同
它沁入我脾脏之后的去向。
那几只山间尤物的飞行路线
篡改了美的等高线:我深知
这种长有蝴蝶翅膀的蜻蜓
会怎样曼妙地撩拨空气的喉结

令峡谷喊出紧张的冷，即使
水已经被记忆的水泵
从岩缝抽到逼仄的泪腺；
我深知在水中养伤的一只波光之雁
会怎样惊起，留下一大片
粼粼的痛。
　　　　　所以我
干脆一头扎进水中，笨拙地
游着全部的凛冽。先是
像水蚤一样在卵石间黑暗着、
卑微着，接着有鱼把气泡
吐到你寄存在我肌肤中的
一个晨光明媚的呵欠里：我开始
有了一个远方的鳔。这样
你一伤心它就会收缩，使我
不得不翻起羞涩的白肚。
　　　　　　　　但
更多的时候它只会像一朵睡莲
在我的肋骨之间随波摆动，或者
像一盏燃在水中的孔明灯
指引我冉冉的轻。当我轻得
足以浮出水面的时候，
我发现那些蜻蜓已变成了
状如睡眠的几片云，而我
则是它们躺在水面上发出的
冰凉的鼾声：几乎听不见。
　　　　　　　你呢？
你挂在我睫毛上了吗？你的"不"字

还能委身于一串鸟鸣撒到这
满山的傍晚吗?风从水上
吹出了一只夕阳,它像红狐一样
闪到了树林中。此时我才看见:
上游的瀑布流得皎洁明亮,
像你从我体内夺目而出
　　　　　　　的模样。

2000.7.31

祖　先
—— 为月半节祭祖而作

我的祖先曾经变成一只蜻蜓
飞到我的蚊帐里,看我背书。
我咿咿哇哇,它的翅膀劈劈啪啪。
我得到母亲的忠告,没有把它
捉住,扯成碎片去喂门口的
蚂蚁宝宝。祖先在我一觉睡醒之后
神奇地离开了密封的蚊帐,留给我一对
考场上的蜻蜓眼睛和抄袭的好运。

我见过我的么爸不顾奶奶的提醒,
用火钳夹死了一根在堂屋里
善意盘桓的菜花蛇,数小时之后,
我的堂妹就被滚热的开水
烫伤了后背。堂妹尖叫着,
惊恐的嘴里吐出绝望的蛇信子。
如今,她已经出落得丰满俏丽,

但背上,仍留着祖先蜕下的蛇皮。

今天,气温高达41度,我光着屁股,
在宿舍收拾行李。从一本满是灰尘的
旧书里,突然跳出了一只蚂蚱:
尖头,赭石色,典型的南方山地品种。
我实在是无法想象一把四川盆地的骨灰
如何在北京组合成这怀旧的活物。
我打开窗,祖先轻轻一跃,在空中
消失,似在教我避闪汗水中的小生计。

2002.7

一个雷劈下来

一个雷劈下来,牛就不吃草了,
成群的牛钻进了电缆里吃肥沃的电,
你就上不了网了,你就只能
在忧伤的夜里吃电牛肉、喝电牛奶了。

一个雷劈下来,汽车就开始
生孩子了,一辆母汽车生下了一窝小汽车
在马路上乱跑,但公汽车还趴在它身上
咻咻地搞:滴滴,我亲爱的菲亚特,滴滴。

一个雷劈下来,连蚊子都被
震死了,室友鲁文居然还能钻进
暴雨的喉咙里接电话。Habla!他来自
西班牙,和他通话的是聋子画家戈雅。

一个雷劈下来，喝醉了的邻居看见
他老婆变成了光溜溜的吉他，被
翻窗进来的闪电弹出了火花。
他砸烂了闪电的鸡巴，独自跳桑巴。

一个雷劈下来，洗澡的人就开始
洗别人的澡，睡觉的人就开始睡
别人的觉，那些开通宵派对的人
就开始互相捕杀手表里的蜂鸟。

一个雷劈下来，巴西就不是巴西了，
巴西就把巴西卖给雷了。一连串的雷
劈下来了，一连串的巴西都被劈开了。
你在一连串的巴西里面不见了。

2004 巴西利亚

安娜·保拉大妈也写诗

安娜·保拉大妈也写诗。
她叼着玉米壳卷的土烟，把厚厚的一本诗集
砸给我，说："看看老娘我写的诗。"
这是真的，我学生若泽的母亲、
胸前两团巴西、臀后一片南美、满肚子的啤酒
像大西洋一样汹涌的安娜·保拉大妈也写诗。
第一次见面那天，她像老鹰捉小鸡一样
把我拎起来的时候，我不知道她写诗。
她满口"鸡巴"向我致意、张开棕榈大手
揉我的脸、伸出大麻舌头舔我惊慌的耳朵的时候，

我不知道她写诗。所有的人，包括
她的儿子若泽和儿媳吉赛莉，都说她是
老花痴，没有人告诉我她写诗。若泽说：
"放下我的老师吧，我亲爱的老花痴。"
她就撂下了我，继续口吐"鸡巴"，去拎
另外的小鸡。我看着她酒后依然魁梧得
能把一头雄牛撞死的背影，怎么都不会想到
她也写诗。就是在今天、在安娜·保拉大妈
格外安静的今天，我也想不到她写诗。
我跟着若泽走进家门、侧目瞥见
她四仰八叉躺在泳池旁边抽烟的时候，想不到
她写诗；我在客厅里撞见一个梳着
鲍勃·马利辫子的肌肉男、吉赛莉告诉我那是她婆婆
昨晚的男朋友的时候，我更是打死都没想到
每天都有肌肉男的安娜·保拉大妈也写诗。
千真万确，安娜·保拉大妈也写诗。凭什么
打嗝、放屁的安娜·保拉大妈不可以写
不打嗝、不放屁的女诗人的诗？我一页一页地翻着
安娜·保拉大妈的诗集。没错，安娜·保拉大妈
的确写诗。但她不写肥胖的诗、酒精的诗、
大麻的诗、鸡巴的诗和肌肉男的肌肉之诗。
在一首名为《诗歌中的三秒钟的寂静》的诗里，
她写道："在一首诗中给我三秒钟的寂静，
我就能在其中写出满天的乌云。"

            2004 巴西利亚

犰狳

猛地看见电脑上的日期,想起
一年前的今天,在南美的海滩巴拉奇。
那是一个被十七世纪的金子淘出来的小镇,
坐拥吞天海景和葡萄牙的凋敝。
入夜,我们携一身憨猛的云和岛屿
回到岸上,见街就逛,见古就唏嘘。
有花花红灯闪出一个诡秘的去处,往来者
皆是气质男和肉意阑珊的随便女。
我们骤然欢喜,误以为来到了
本地的风化区,进去之后才发现
此处乃是文艺天地,方圆百里的知识分子
携带成群的知识粉子,在此郑重地追忆
巴西东南沿海印第安人的血泪履历。
墙上是被装裱成艺术品的印第安人,
台前有被演说成学术绕口令的印第安人,
大厅里陌生的干柴和烈火以印第安人的名义
迅速地组合在一起。我们在那里
没有看见一个活着的印第安人,直到
走出门去,在几十米之外的街角
与几个卖手工艺品的印第安人在黑暗中相遇。
他们露宿在街头,出售做工笨拙的
木雕、草编和饰羽。他们不叫卖,
像茧皮一样硬生生地长在黑夜的喉咙里,就连
不得以说出的几个关于价格的葡萄牙语数词,
也像龟裂的茧皮一样,生疼、粗粝。
他们眼神里的警惕连成一道五百年前的防线,

从防线那一边，我们小心翼翼地买来
一只木雕的犰狳。嗯，犰狳。
性格温顺的贫齿目动物，浑身披甲，
像他们的祖先，在丛林里逐安全感而居。
嗯，巴拉奇。我刚刚被精英们沉痛地普及：
此地的印第安人原本盛大而有序，说灵巧的
图比－瓜拉尼语，后来被捕杀无遗。
精英们不愿提及那些黑夜的喉结上
一小片茧皮一样喑哑的，不可见的后裔。

2005.8.18

白猫脱脱迷失

公元568年，一个粟特人
从库思老一世的萨珊王朝
来到室点密的西突厥，给一支
呼罗珊商队当向导。在
疲惫的伊犁河畔，他看见
一只白猫蹲伏于夜色中，
像一片怛逻斯的雪，四周是
干净的草地和友善的黑暗。
他看见白猫身上有好几个世界
在安静地旋转，箭镞、血光、
屠城的哭喊都消失在它
白色的漩涡中。几分钟之后，
他放弃了他的摩尼教信仰。
一千四百三十九年之后，
在夜归的途中，我和妻子

也看见了一只白猫，约莫有
三个月大，小而有尊严地
在蔚秀园干涸的池塘边溜达，
像一个前朝的世子，穿过
灯影中的时空，回到故园
来巡视它模糊而高贵的记忆。
它不躲避我们的抚摸，但也
不屑于我们的喵喵学语，隔着
一片树叶、一朵花或是
一阵有礼貌的夜风，它兀自
嗅着好几个世界的气息。
它试图用流水一般的眼神
告诉我们什么，但最终它还是
像流水一样弃我们而去。
我们认定它去了公元 1382 年
的白帐汗国，我们管它叫
脱脱迷失，它要连夜赶过去
征服钦察汗、治理俄罗斯。

2007. 7

IWP 关于社会变迁的讨论会

讨论桌上，两个来自
极权国家的民主斗士在畅想
全球化如何能够像天真的种马一样
在他们的国土深处射出自由，而
一个来自民主国家的左派
却用他灵巧的理论手指，从

华尔街的坍塌声中，剥出了一个
源自 1848 年的幽灵。
但这些发言并未引起争论。令人们
吵得面红耳赤的导火线，像是
一种宿命，还是那个有火药桶之称的
半岛。一个忧郁的青年，来自
那个半岛上的文明古国，措辞缥缈地
提醒大家警惕半岛上乱作一团的
民族主义，另一个忧郁的青年
来自同一个半岛上新近独立的国家，
立即站起来奋力回击。会议室里
顿时有如二十世纪，甚至
二十个世纪的历史突然重现：
是什么在吹动沙丘一样变幻的疆界？
又是谁让阿訇与拉比、佛陀与上帝
贸然相遇？来自不同地域的人们
似乎都有相似的问题要质询
他们的邻居或者曾经的手足兄弟：
每个人生动的面孔不知何时
都变成了同一张"国"字脸。
只有我和来自世界上最大的沙漠以南
的几个哥们没有插话：
他们觉得这一切都像火星一样遥远，
我觉得这一切都像地球一样遥远。

2008.10 爱荷华

娃娃音

娃娃音的朋友带你去
坐满娃娃音学妹的餐厅吃饭
电视里还有娃娃音的主播
转述着娃娃音的凶杀和娱乐

当娃娃音的女服务生
拿着娃娃音的菜单走到你身边
你突然想吃她声带上鲜美的元音
想吃娃娃音的平水十八韵

你开始用耳朵进餐，吃进去的
全是凉拌娃娃音、清蒸娃娃音
娃娃音焖桂竹笋和一大碗
加有语气词的酸菜蚵仔娃娃音汤

吃完饭，你的视网膜竟也
罩上了一层娃娃音。你坐上
娃娃音的捷运，看见一双双
娃娃音的丝袜讲着腿部的悄悄话

而你注定无法吸收所有这些
娃娃音。它们终将在你的胃里
形成一小块岛屿状的娃娃音结石
你每日消化的，仍是凶猛的陆地动词

2009.5 台湾

陈 均

1974年10月3日生,湖北嘉鱼人。2001—2005年就读北京大学中文系中国现当代文学专业,文学博士。2014年起,任教于北京大学艺术学院,从事戏剧戏曲学、电影学、文化批评的教学、研究。出版诗集《亮光集》(海南出版社,2010),小说《亨亨的奇妙旅程》(世界知识出版社,2005),专著《中国新诗批评观念之建构》《闻一多》《空生岩畔花狼藉——京都聆曲录》《也有空花来幻梦——京都聆曲录Ⅱ》,昆曲传记《仙乐缥缈——李淑君评传》《义兼崇雅 终朝采兰——丛兆桓评传》。编有《诗歌北大》《小说北大》《京都昆曲往事》《梅兰芳——穆儒丐孤本小说》《李长吉评传》等。

毛时代的隐逸诗人
——写给朱英诞

高声叫嚷者必死于浮华
苟全性命于乱世者每日早起写诗、改诗
此后压在箱底
等待下一个世代的天外来客
院子中石榴花开得火红
紫藤花架也枝枝蔓蔓
就像街道上横行的红色青年

——他们刚刚用鞭子抽翻了知堂
且在老榆树下养心吧。
天空青碧可慰情
孩子们散落国家四方
构成社会生活的节拍
荒山芜城的兵荒马乱恰似三零年代
他听着鸟鸣写诗
观看花惊也写诗
蓦然想起废名和林庚,倒不知
一人瞎着眼睛呆在黑屋子里
另一人踏上女主的专列
他自己制订的五年计划也很宏伟呀
"一天整理五首旧作,一年就是近
两千首诗了……五年呢?"
五年后的国家会安静么
在稿纸上他俯身回到过去
并反复修改一生中诗集的序跋,心境愈加
苍凉如故人归
——他已不再是白马少年
不再有从西单到北河沿的枯山止水
寂寞的温暖
只是蹒跚着脚步
眺望天安门和长安街的余晖
每到黄昏,居委会大妈就
推门而入,请他当义务读报员

2009. 5. 18

云意诗

一切都是浮云，都是天边

那颗星的一闪一闪（它照我

也照后来人，影子尾随之身姿

颇似一位古代的高贤）

我和你，读懂了青空的秘密

蝴蝶的翅膀颤动沉积云

妆扮历史的是火烧云的金顶

一笔一画划过额头，使眉眼寥廓

长安街上的人群稀疏

仅有拍照盘桓的旅游公民

和呼啸而逝的黑色轿车

如果云知道，这无非是普普通通

的一日。这是抱臂而观之一日

这是烦闷欲裂或出门买醉之一日

阴云累累，傍晚时溅落微雨于泥足

落英飘零，席卷冷风中急促之呼吸

一艘唐代的航船穿行巫峡，看到

白露滴淌在枫树林尖

如果云知道，日子赋予他的

不止是美，且是一片美丽的伤愁，雾蒙蒙的顽童之历史

2009. 6. 7

秋　色

东边是如骆驼般耸起的山，

经过林间的茅舍，一位文士

凝视着溪流，三两个仆人
采芝、收画，或东游西逛，而雾气
渐渐上升——透过树梢，能望见
鸟儿飞过沼泽，这一片片水洼
是被黄河所弃。渔夫站在小船
边用力收网，边与身旁的樵子
侧耳倾听。哦，我们终于看到
一座圆锥般刺往太空的山峰。
无数年代的精魂寄居于此，从
红衣僧人到策马的官员，到
一次次穿行其中的隐士。我们
似乎看到自己已虚幻了的热情，
一些无可奈何的征象，或是前身。

2009.10.12

田园诗

他们仿佛身处于云中、梦中，
杜鹃、石桌、酒壶、棋子、醉蟹，
散落在图画中的是戴璞头的高士。

我们曾是其中非凡的一员，
如今已堕入红尘，而只能偶然相逢，
在博物馆之夜，或一本疑云诡谲的清音册页。

我们走的是一条孤独的路。
像梭罗或某位热泪盈眶的青年人，
在荒野中生活，与湖鱼为伴，直到逃离或死。

他们仍在世界的某处——

在溪流边弹奏琴曲,穿着春服,带上温酒的童子,
身旁会有两颗谦和的松树聆听,这喜悦又痛苦的声音

2009.10.7

生活史的形状

我从窗之历史里探
出头来。"嘿嘿!"

你驱赶着,像是
沉沦在房中的昆虫。
"嚯嚯!"你应答,
我们俩的脸是一样的泪。

我曾随便笑,对天上
的仙草,对地狱的魂。

你也如此?只不过
嘴唇更陷入沙发和美妙。

我们还是哭吧,手拥手,
飞,如昔时离巢的金腰燕。

2010.7.26

给另一个人

世界从一个搅动的璀璨
的漩涡,逐渐过渡到
平和的美。——我走,

然后心情复原了。
　　　　　几分钟，
当从转椅上快速爆裂的心，
沐浴在一个微弱且浓郁的
玉缀的夜。
　　　　远处
一根针撬开安静之学习。
我望月，伸手拂这冷尘，
狗三三两两叮嘱。
　　　　　草木如
手上、顶上、嘴唇之夏。
我生活在彼处，地球上
众多单核细胞坐谈生死。

2010.7.29

河南酱

燕子的剪影重又在窗前出现，
一笔一画勾成老气、优美，
那塔正在以加速度倾斜——

噢地球上的红房舍，
有个人儿正在念（诗书？歌曲？时事？……）
南风送来红烧肉的喜气。
"没有时间悲伤，森林大火时。"
转瞬间，寂寞人已老。
又煮面做午餐，再加两勺"河南酱"！

2012.2.23

电视剧

你我可以一圈圈走下去
公园绕着山，
湖畔的鸟沉浸在浓春。

这里是秋瑾墓，可饮酒；
那里是苏小小，可晤谈；
桃花扑满船，有人拍你肩。

你我说起一些事，一些漩涡
很快就坠入难以克制的西风了。
一些秘密提起又放下消失在蓝雾。

接着满地的人群都往回走，
也有人上高楼，食蟹黄包、谈
黑熊取胆，宝马于绿柳喷黑烟。

行者由此遗落青青世界，
你对镜中研究鬓丝，一恍惚，我
走出自己，并座看连续剧。

2012.2.24

王　敖

1976年11月生于青岛。1995年考入北京大学中文系，大学期间开始写诗。2000年赴美，先后就读华盛顿大学（圣路易斯）比较文学系，耶鲁大学东亚语言文学系，获硕士、博士学位。现任教于美国卫斯理大学。出版的诗集有《朋克猫》（中国文联出版公司，1998）、《绝句与传奇诗》（作家出版社，2007）、《王道士之孤独之心俱乐部》（南京大学出版社，2013），另有译文集《谈诗的艺术》（南京大学出版社，2010）等。

绝　句

很遗憾，我正在失去
记忆，我梳头，失去记忆，我闭上眼睛
这朵花正在衰老，我深呼吸，仍记不住，这笑声
我侧身躺下，帽子忘了摘，我想到一个新名字，比玫瑰都要美

2001

绝　句

为什么，星象大师，你看着我的
眼珠，仿佛那是世界的轮中轮，为什么

人生有缺憾，绝句有生命，而伟大的木匠

属于伟大的钉子；为什么，给我一个残忍的答案？

2005

绝　句

最后离开的赢了，他们找到的地狱

香渺幽邃的一枝，仍在猜想，仍在节律之滨

微转。他们传递的浮花，为什么不朽

像海之镜上，浪蕊的荧光，让我们在岸边奔跑

并相信，太平犬也来自一颗星。

2007

我曾经爱过的螃蟹

第一次出海的时候

我仅仅有现在一半的身高

舅舅把一顶海军军帽扣在我的脑袋上

然后跳到水里，跟随鱼群

去了哥伦比亚，失去了他

和他的指引，我很快就自由了

海里的火焰比绸缎还要柔软

有些亮光，来自我在压力中旋转的心跳

有只螃蟹来与我攀谈，它告诉我一个事实

几千年来，全世界的螃蟹都在向陆地迁移，这个过程很慢

它们并不着急，它们随着潮汐跑上跑下，只是在前海

向前迈了很少的几步，它说它爱我，希望我们能够

分享这几个气泡，一起上岸，在秘密的岩石码头上

微笑着,我和几千只螃蟹握手,我希望和它们一样
把骨头长在皮肤的外面,在脆弱的时刻
用太阳能补充盔甲中的钙
我们开始登山
崂山的背面铺着一层墨绿
我们用手臂和钳子,震撼着它的花岗脉
当我赤裸地站在山顶,看到月亮正被一个黑影钳住
夜晚滴着水,它们沉默着,爬到我的身体上,让我轻轻地渗出血
2001

我的狗不会叫

邻居们很愤怒
它叫得太响,太疯狂
他们来抗议,他们在我家
门口的草坪上静坐,后来
我们互相投掷石块,连警察都挨了打

我的狗根本就不会叫
在法庭上,我申辩着,法官也喜欢狗
他还长着狗脑袋,他和我的狗是好朋友
他们开始亲切交谈,我和邻居无法打断他们

后来,我们在法院外面的公园里
玩了一下午,法官也来了,他把项圈戴好
和我的狗一起,为大家表演了,"我的狗不会叫"布鲁斯
2000

鼹鼠日记

> It is quite small, about the size of a cat.
> ——William Burroughs

一

九月十某日
太阳走得早
花田空无一人
鼹鼠要去散步
就像星星要溜哒

冒着烟,夜空
轻轻地,熏着自己

我就是鼹鼠,也是夜班工人

二

我比那猎物
快几万倍,它紧紧闭着嘴巴
它生怕流出汁液
它握住我的手
沾满糖
啊,浆果,你是自愿的

我们混合
就像鼹鼠吃一枚浆果

谁先起身,并舍得离去
谁就是鼹鼠

好吗
我问警察

三

最近经常
带警察去街上
这是挑衅
我的虚无,写在飘忽
的脸上,她的美
过分了,总是引起
交通阻塞,我摇摇她发愣的心
满世界的人

都跟随着她笑,像一群蜡像
为了纪念

这一刻钟
我在岗亭里,种了一棵大葱

四

警察负责每天浇水
不许它的叶子发一点
黄,警察带着我送的蜡笔
上班,她认识我的

那一天，我正飞跑过马路

汽车在我的头顶
飞来飞去，我来不及笑
也来不及感叹
就被她带着白手套的手
捉住。她带我回家

局长被我锁在抽屉里
我被她锁在呼吸里

那么久

五

有些事情还得
请教大耳兔，感谢上帝
它懂得怎样去做
捡到一张大票子
谁也找不开的那种，就像
一家银行装在口袋里，我们买来
棒糖和飞机，后来把城市也买下
来了，我们渴望
和它上空的绿星星说话

绿星星，我们为了爱你
当了一个月的资本家，你笑一声可以吗

六

森林大帝

来找我商量

它和爱丽斯的故事

结束于不小心，互相吓怕了，爱丽斯躲到

电影院；它求我弹琴

让电影院倒闭，我说我只是个录音机

需要两颗转动的心脏，事实上

没有我玩不了的音乐

真的，我把一束银丝，抛入大树的怀抱

而合唱部分，由星空和鸟群对位

我说音乐，音乐说哆咪发

七

布拉格的英雄广场

站着我的哥哥——

战斗天使，我掀开骨力

偷看他一眼，又缩回去

我还是去匈牙利吧，伙伴们

正炖着鸡，在录音棚里

他们闹成一团

难解难分，十多只手，解着我留下的乐谱

那是缪丝内衣

的最新设计，加上点皮肤

就可以再次，挑起大战

八

赌场今天很安静
就像水里的闹钟
我打开它的窗,发现只有一个人在赌
其他人都睡着似的
眯着眼睛看,我对她说
我赌什么好
她平躺在空中,说藏宝图
我抡起铲子,向下挖去

她的歌声,冷却着岩浆
我电钻般地笑着

并最终,从地球的那一边
掉了出去

九

欧咬,烫着我了,我奋力地
爬出吸尘器,又被拖鞋绊倒
热巧克力,其实也不算热
对面走来的好人,我给他
这腼腆的骷髅,戴上红领带,我说
我们要找的宝藏,就在他的脑袋里

可那矿工穿山甲,是个工作狂
即先进生产者,它没听我说话,又开始
往回挖。我说东方多好,巧妙的力,克服
精神分裂,还能追求差异,啊也

我趴在地上,把自己翻译过来
翻译过去,笑得肚子疼

十

戴着警察的白手套,我说
让我魂儿似的跳起舞,每个动作连起来
再浇水银;我越来越不像话
把玻璃球,弹进了老虎的鼻孔
还说我的朋友,都还活着
我伤心过度,见人就问好
古貌林,好兔友屠,奶丝兔弥球
还胡唱八唱,甜蜜蜜——

胡涂涂的,我拉开冰箱
里面有温暖的灯,她突然出现
嘴里衔着一瓶消毒水

我幸福地旋转入她的绸缎
就像蝴蝶住进花瓣的客栈
她扔下维特根斯坦的口红
我赠给她密那发的猫头鹰

十一

爱丽斯说她的故事都是胡编的
她的头发极细,穿着气泡,把大耳兔催眠掉
我当然,也被她控制,这网奇异,把我分成无数
小格子,每走一步,都有几千次堕落
嗷,我想我明白了,她正在编新的音乐剧

而我的内心，不过是一块蛋糕上的音符，命运
就是那一旁，偷笑的咖啡壶，困难在于，我们不成比例啊

因此三角尺必须放弃站立的姿势
变成三条平行伸出的手臂，下沉

而硬骨骼深陷于肉体不能自拔
霓虹灯下我的影子已经硼化，工程师
用铁锤，敲敲我的牙，说布鲁脱凹，我又明白了
原来如此，他指着远处矗立的巨大的
烤面包，又按下某键，水泥混着香水，把我塑入一个
更大的鼹鼠，我是一块眨眼的，鼹鼠砖

十二

散步的终点应该是森林里的
一棵树旁边的，大镜子外面的
我的卧室，可望而不可及
绿星星把自己的脸撕成线条，火箭
脑袋触地，我用新脚印覆盖旧爪痕
用新微笑代替老伤疤，颜色在变红，绿星星
潜入水桶看着我的眼睛，最终它被树的根，缚住
葬身刺蒺藜的错综

我收紧星空的铁丝网
说全世界的，无数的花，包括警察和
小偷之花，和鼹鼠之花，和崩溃之花
你们酿造吧，用你们共同的美
让我翘起鼻子，两脚离地

抖开雪的床单，在射线的光斑中，进入另一个梦时

2000 送给 Anne

隐　居

附近的海岛是珊瑚的金字塔
名字叫野鹿岛，松鼠岛，猫爪岛
都是我今天起的，用来记忆这些名字的
脑细胞，曾用来记忆你

有一天你看见礁石中
藏着一只海螺，形状像理想的新家
里面弯曲着，星群古老的触须，你想起

你原来的计划，在大陆的高塔上
你想象过，一点神力会把你弹走，你果然
看到羽毛着火的讲演者，头朝下的战神，命运冲动着
像海螺吹出的龙卷风，你也险些被夷平，你伸出的手——

招来了傍晚的潮水，我也跑到那里
驱赶着礁石——我们的相逢，重复过去的某一刻
但我忘记了，并住在海边，夜晚出现，就像一只
真正的寄居蟹——转动双眼，纺织着月色在黑暗中
留下的红斑，有时候我们打听到对方，就像回声里
漂浮的百合花；我爱过一个年轻的自己，他曾经是速朽的精灵。

2005

回乡偶书

化鹤的朋友,无声地
停在我的影子里,那酒纹和水果色的
落叶继续飘进,压扁的暮色,飞机场外的亭子
推到一边收成雨伞——请让我送你,替我回趟家

飞去别的世界,又走回来的你
只好做恍然的,短暂的神仙,当众星吐辉
我也想骑上落叶,纷纷而去,仿佛思念可以推迟到
地平线之外,又退回生命之中,你的遥远

是无限的放松,互相拥有的那一刻;当我为不落的黑云
举杯仿佛举起手,投降着回答问题——是的,我也回去过

到处都是拦路的繁华,日妓的狂人,也是齐声叹息的正常人
还有腾起火焰的,内心的魔鬼在绣花,隔着一个旋转的村落
回到我的家乡——我在深渊里挥鳞,请你在我不存在的地方展翅

2008

一个皇帝去找王敖

一

那飘忽的小灵魂,时常跳出我
蒙上眼睛就能看见它
如蝴蝶蘸着绿火,飘忽在
我的指骨间,是连我一起放飞的
风筝,宫女们笑着

裸跑在我周围，我捕捉着什么呢
这就是传言我风流的出处，我好德如好色

二

世界上最会服侍我的太监
是我内心涌动的阵阵狂笑
要忍住它们，只需要他的表兄弟
我眉间的一丝坦然，我已经
尽力而为，在镜子里左右研究自己
为的是你们我的人民

我巡游的时候，街道两旁投来的目光
在金币上继续印着我的侧面像

三

我钟爱的皇后，现在仍是最美的
最爱骑士的尼姑，如今幽栖岩谷，
曾经长如巴蛇，瞬间把我缠住
甩向遥远的梦乡，流放她
成了我的义务，毕竟我们需要
千山万水，才能保持思念
在我们已经修好的陵墓前

树有我披重铠她戴花冠的雕像
我在石头中稳握她的手

四

我的伟大不需要证明，

是我给予它定义，给它我的生命
创造我的神从不怜悯我，在短暂的
人生中成为他更有趣的化身
没有分秒的倦怠，没有迷宫
周围的迷宫是我的家，我甚至不需要卫兵
保卫我会让他们分神，来斩杀我的英雄
已加入了我的崇拜者

不如把迷楼也拆成图经，七十二式
绘有秦始皇来见我，询问海神的去向
我差点爱上年少的尼禄，我的友谊属于希西家王

五

我治理国家的时代已经过去了
我的无为已经融化进整个社会，黄金时代
已到了人们开始厌倦金色的程度
我开始烦恼，因为爱，我决定
在大街小巷中表演游泳
城中十多万蝈蝈般的儿童
必有一个说我没穿衣服
人们窃窃私语，早就误以为我本质上

也很普通，就像托尔斯泰不去幻想女人
而是描写拿破仑洗澡，我出卖了自己
我拯救了他们，所以我是耶稣和犹大的合体

六

你以为我是天才，你的错误非常普遍

天才是文化畸形的表现，独特是一种
缺乏信心的独裁，我蔑视
我哲学王的前身，苏格拉底发问之前
我代替他将酒一饮而尽
杯里留下的只有毒芹，意义
有一个无意义的朋友，就是我
就是我背后没有一个人，在黑暗的雨夜

我沉醉于空气中突然一阵离地飞走的地震
帮助我完成使命的，有无名的伟大作者
有写童话的苦孩子，有王敖

2015

余 旸

本名余祖政，1977年7月生，河南信阳人。1995年就读哈尔滨工业大学自控专业，2003—2010年，就读于北京大学中文系现当代文学专业，获文学硕士、博士学位。现任职于西南大学中国新诗研究所，从事当代诗歌批评与研究。曾获2007年第四届刘丽安诗歌奖，2012年中国诗歌评论奖。出版诗集《还乡》（阳光出版社，2015）。

过年回家

深冬，入黑。
土屋迫近。零星的灯火看过来，又模糊了
他们的脸色严肃得可怕

门口趴着的黑狗不见了
鸡群瞎子样抱拢成一团
猪圈空了。死寂盘踞在半掩的木门后。

行李箱落在冻地上。
我，朝着空荡荡的黑暗，喊叫着，喊叫着
慢腾腾地，茅厕伸出父亲那颗常年多病的白头颅

手里，正系着合不拢裤缝的布条子裤带。

呵,灯火大亮。黑狗、鸡、猪,晚餐
依序迈入堂屋。

2006. 9. 23

坟　墓

十年前,臭被窝套着初中三年级的我
躲避身侧唧唧喳喳的黑暗
烂木窗下,我一翻身,后山那块坟墓
突然闯进来:墓顶压着细雪,杂乱的枯草下
碑文清晰可辨。而月亮苍白、圆、大,躺在倾斜的墓坡上,
随时,要滚进被窝来。

我缩紧被子,没有用!
我转对着满满一室的鼾声、屁声和黑暗,没有用!
我掉头逃跑了十年,杂在闹市里遗忘,也没有用!
月亮滚着,滚着;一阵铁腥的锐疼,
直到此刻,追上了我。冰块浮了起来!

2006. 10. 5

种红薯

九月。骄阳晒焦脸骨的黑礁石。
他们弯下腰,锄头深掘进紫黑色的沃土。
嘴唇被堵住了,他们从不说话,
只是偶尔翻翻石头样的白眼。不说话。
他们却很响地放屁,或剔掉
指缝黑垢,对着电视张大嘴巴;
要不,就呆滞地睡下。他们不说话。

他们弯下腰,锄头深掘进沃土里。
一脸的荒郊地,苇草蓬松在耳廓的土包边
汗水的蚂蚁攀爬在被风雨侵蚀的沟壑上。
一阵风。杨树喋喋不休,薯叶翻译风的话语;
然后他们不说话,不见了。阳光暴晒荒野

只有锄头,固执地挺进沃土的黑暗里;
一如阳具插进阴影的阴道;
他们交媾出聋哑的红薯儿子,在土里歪头裂脑地闷长着
打着最野蛮的手势,如今赤露在霓虹灯下。

2007.1.23

敬　礼
——仿庞德同名诗

哦焦灼轻浮的一代
欲望混杂的呼疼一代
(夜晚键盘噼啪如遽雨)
我见过老辈们烈日下掘沟
我见到他们吃着尾尘,走
我见过他们市委大院里静坐,
田野里他们发闷跑调的吼戏声我听过。
我比你们远为寡言
而他们比我木讷多倍
他们总是慢腾腾地走着,伴着黄狗
落回山沟里。

2010

叔父们

他们凌晨出工,我尚在酣眠;
他们傍晚悄悄回家。在黝黑的卧房里鬼魂般搓澡。
红点烟头在凝不成图像的黑白电视前收听声音。
疲倦压倒他们,他们就是那抓住世界的轻骿;
瞌睡压倒他们,他们就是那崇崇山峦下的石头
哦,醒来,石头多矫健
他们因行业塑形的步态,可笑而尊严
我受无聊托起的脚步恍惚而耻辱!

2011.6.3 改于开封

乡村记事(选二)

一

如果我退返农村
静悄悄地挟书入厕
蚊虫总还是过来亲热巴掌。
读书则像偷来的喘息——

哦,我所以为的静谧港湾
从来都是战场
阳光照耀垃圾堆
垃圾堆里的易拉罐、塑料枪。

垃圾堆边抽条成长
说着乖巧又残酷的话
多悲哀,生活的悲欢

全由无辜孩子来供给

否则，总是过度尖刻
或难堪地有些心酸，由于失望：
几年前冒领了成功人士的荣耀
我懵懂为乡下人好客的本分

掩饰不住的淡漠，想想也非势利，
而是当年自动忽略了
热情背后那有所
欲求的悲哀之眼

甜蜜、肮脏的老农村
来呀，拥抱并窒息我。

三　头灵寺

俗艳、夸饰。金色的露天巨佛脚下的
住持和尚，来自附近地区。
偶然撞见他庙后露天小便，
一下子把我微弱的敬畏清净，

有意味的仪式蜕化成
松垮的程序。并非所有人与我一样
沉迷山景，妻子逢像
必拜，求签，让人陌生、暗惊。

啊，古老的佛教早就衰微。
我们残缺不全的信仰，
遭遇了个人的痛苦

龟缩在莽莽群山里,倔强地活着

如同矍铄的老妇,并不因讨还价钱就放弃了。
她热情数说门口高大的石狮子
是她丈夫独轮车推上山的。
甚至铸钟上镌刻有他的全名。

镰刀刈除的路边瘤瘿老松不见了山蚂蟥
下山沿途,空村老人垂头听戏
村干部的摩托惊飞野雉
天幕瓦蓝,巨佛依然俯瞰着我们。

闲　聊

<blockquote>
白发逢春唯有睡,睡间啼鸟亦生憎

——王安石《山陂》
</blockquote>

上海工作,从事化工
他却"不打算定居",
但听起来,怎么更像中年人
当众说起家里好厨艺的黄脸婆——
像是抱怨,其实倾慕
"上海,只适合外地人掘金
却进入不了本地美女不满足的玲珑心
她们聪颖、精致,宣称:'月薪七万,还不够花'"
(可我邂逅的上海女性
天生就觉悟到出生即失败)
"较理想的方式,就是几年后

从上海撤到二线省会如成都"
他边走,信手指指对岸:
"至少,郁闷时
可以呼友纵酒至黎明"
好像上海,不夜城的筵席,
真的礼貌性只到夜间九点

一河之隔,高楼居然就"刺目"、"煞风景"……
沿路为翘檐、亭榭
他不吝奉献啧啧连声。
自动漏掉了刚路过的繁忙的京东配送站,
排排制服配送员们,寸头
摩托车阵边蹲坐像轰鸣的飚车无产军
而凌晨赶机时阴寒大堂里
像祈祷像密议像晦暗的红云,
绛红袍的赤臂喇嘛们
至今总让我莫名吃紧——
但如此模糊的忧惧被如此温暖的阳光轻易射透
不如观看河岸对面灿烂的金腰带
——暴怒的迎春花——虚抱着望江楼

漫步公园,挺拔的竹林紧抱茶馆、精舍。
偏头接吻的游客,隔着口罩
精瘦的掏耳师傅,敲镊子桌间猴行
而岸柳石栏、竹下树畔
还在膨胀着瓜子、饭食、家庭游人
——舒坦、慵懒,泡在嗡响阳光中,
像浸泡酒池,红着脸,说话醺然,

甚至不想说话，只想睡。
但幽思依然固执地浮上来：
哪里安放我们的家？

哪里安放我们的家？
附带池塘、菜园、少不了的狼狗，
多少山坳架起别墅，渴盼
疲倦的浪子？或者镇上隐身，
背手闲逛、钓鱼、打牌
批评一下糟糕卫生，保持深思；
已经有忙人沿河上下
不倦地寻觅从来不住的消暑小屋……
但我的幻想遭到了激烈的否决
而江汉平原的水系湖网啊
形塑希腊神话化的变质乡怨：
冥河发臭，化工气味刺鼻
渗透田地、空气，甚至性情。
人人怨魂附体，似乎连同
庄稼一起被篡改了DNA
他放胆预言似寓言：十年后
随着搬迁，县域一地狱林立高筒，
泰坦大地喷吐硫黄烟幕
"唯有省会，法律线内，安全、慵懒
穷光蛋也有晾晒下体的甜蜜"。

2015.3.1

倪湛舸

生于1977年9月，江苏苏州人，北京大学英文系学士，芝加哥大学神学院宗教与文学博士，现为弗吉尼亚理工大学宗教与文化系副教授，著有诗集《真空家乡》（南京大学出版社，2010）、《白刃的海》（河南大学出版社，2015）、《尸解仙》（即出）。另出版有随笔集《黑暗中相逢》《人间深河》，长篇小说《异旅人》，研究专著 The Pagan Writes Back: When World Religion Meets World Literature。

双　栖

我的耳朵是一对花瓶，深埋在身子里，
插满了受惊的靛蓝、深紫和金黄。
我穿过午夜的长廊，像一支就要熄灭的焰火，
在你的手上。可你还说冷，你咬着我的耳朵，
像要吹开杯沿上那些倏忽生灭的气泡，
去探望幽闭内壁上的倒影，你自己的脸庞。

我们还能做什么？就这样守着彼此，
守着两根绳子打成的死结；双手下垂，
再也不做任何抵抗：像雨进入湖，或土，
像旧衣裳从椅背上滑下，当屋里堆满空的画框。

"天冷的时候,我画潮水……"——你说
"睡眠里的潮水是一张嘴,长满尖利的牙。"

瓦砾和灰从天花板上坍塌。你还在睡。
经过了那么多年,你变得虚弱,像一丝细水,
却再也不能,不能灌进被污垢堵塞的瓶。
我们深重地驼着背,当潮水又一次涨起,
我们如此深重地渴望屈服,像墙上被敲弯的钉子,
为了悬挂一幅画,多可怕,那里的美与和谐。

2005

流　年

从没想过巷子里的灯会这么亮,亮得
让人低着头也无法忧伤,然后我们同时看见
那只死鸽子,左侧的翅膀几乎完全张开,
洁白的绒毛还没来得及沾染上草屑。
唉,吹起草屑的风叩响我们空空的额头
——就这么结束了,甚至还没来得及记住彼此的名字。

总也忘不了的,是巷子里的灯,那么亮!
简直就是场审判,裁决匆忙,谁都无力辩驳。
海洋动荡不安,星斗和船只一同沉没,
遥远的国度此起彼伏,电车上,有人攥着唯一的
那只手套。他用额头死死抵着肮脏的玻璃
——穿过它就能回去了吧!夏天啊,那年夏天…

2007

即　景

陌生人晾在后院的旧衬衫，飘落在栅栏上，
已经干了。踩着木楼梯拔出瓶塞，瞥见火车
缓慢地拖动它的身子，穿越山峦，消失在远方。
喝完这瓶天就黑了，丧失温度的空气是张
被揉皱的薄纸，蒙住口鼻，让呼吸变得艰难。
——我为什么还留在这里？几乎是屈辱的，

就像这后院，堆满被遗弃的残破家具、
还没来得及清理的垃圾。夏天时疯长的野草
潮水般退去，它们如此任性！而我无能为力，
肩上越来越重的只有星光和霜。请原谅我
已经不再有信心。多空旷啊，这拥挤的人世
——那轻轻挥舞的，是栅栏上没有手臂的衣袖。

2007

无　题

我是个大英雄
我还没变老
我爱好在空落落的房间里切萝卜
下雨天我的刀会独自走到很远的地方
它前世是条养在脚盆里的黄鳝
我偶尔去巷口看芭蕉开花，菩萨过路
她却嫌我面目凶恶
唉，我想我不该走得太近
更何必悲从中来

2014.7.23

圣像与偶像

会飞的玩具最为残忍
看着它们远去不该成为必修教育
所以风筝有线,气球干瘪
而天使不再向人类显现

可是,别弄错了方向
气力如覆水,那些已发生的
譬如野花、雨滴和闪电
都独一无二,明灭在命名之外

我们本不该悲哀
我们与无穷尽的可能和不可能擦肩
却只能看见被框架的,听见正消弱的
偶尔,梦见那不可触摸的

2015. 2. 8

黄金国

和尚去沙漠,当然是为苦修,更出于爱美
沙丘起伏,本就如同洋流,日落时余温尚在
沙粒细腻与否,都能镇定从后颅到脚跟的寒意
若躺进沙里,死前所见的,是金黄海洋之上的血色夕阳
和夕阳消逝的瞬间,墨蓝天幕上的璀璨星群
所谓的美,怎会拘于掌心的镜面
天黑后世界清澈如冰窖,为肉眼所不能惊扰

2015. 9. 27

相对论

黑脚羊在山坡上吃草

红眼雀在电线上列队

白云在天上飘浮

我若走近,受威胁的羊会跺脚

我若呼唤,被惊吓的雀便起飞

我若追逐,天上的云总是看似不动却离得更远

我正老去,耗尽气力的过程就是这般简单

这般简单而毫不费力

2015. 12. 14

Invisible Black Matter[①]

去热带死的好处是,阳光亮得像白布,布飘在风里像太阳正在蜕皮,搭在肩上、缠在腰里、抓陌生人的头发并惊叹于猴子很瘦,猴子死在热带从树上掉进水里融化在珊瑚的嘴里,被抬走的人很轻很轻的骨头里都是洞,洞里很亮很亮全然没有影子。

2016. 5. 3

Lollipop & Jellyfish[②]

逃难的人在溪流边洗他幼小的手指

逃难的人在河湾处洗他杂乱的胡须

用尽一生逃难的人来到海滩

冲向铅灰色的海与天空呼告

---

① 透明的纯黑物质。
② 棒棒糖与水母。

——如果我归来,请接纳我如同水吞没尘垢
然而,水舔过手指扳动的铁
也舔过胡须间时隐时现的火
世间唯一的水尝过苦并发皱如同逃难人的脸
——请你离开,把你的死从我的清洁上拿开

2016. 8. 11

Intimacies of Four Continents[①]

雨天适宜做面包
为什么呢,我是只猴子我怎么知道
雷阵雨一层层地撕扯自己的耐心
天空时而很黑时而慌忙闪起光
总也不停总也不停的雨滴 推揉着
绿得就要转红的阔叶林
就好像是我,把手揉进手正揉着的面团
为了不再抓到虚空里的刀
还有谁相信,把棕榈移植到寒带
就能够令死者看起来死于命运
而非威权所行使的愚蠢
如果离开这个夏天,猴子也是会冻死的
我审查着以错位为命运的游戏
和愚蠢所能滋生的威权
被困在烤箱和雨天之间的我
琢磨着杏仁的苦、肉桂的辣和眼泪的咸

---

① 四大洲的亲密。Lowe, Lisa. *The Intimacies of Four Continents*. Duke University Press, 2015. 欧洲自由主义的兴起根植于非洲奴隶、东亚与南亚苦力,以及美洲原住民的劳作,而他们却被抽象的、普世的话语所刻意遗忘。

当面包在烤箱里膨胀

而雨天的晚餐啊,在密林深处发霉

佩戴猴子面具的宾客们永远都不会到达

2016. 8. 18

潮信来,方知我是我

金绳、羊皮纸还有比手掌大的矿石

我不爱这世界,却沉溺于左肩被箭矢穿透的屈辱

啊血,血的气味甜而腥臭

敌人从梦境这头走进消失太过漫长

我竟已髯须过膝

而银白仍只是海滨墓园里陌生女人的长裙

阳光如玉锁太过沉痛

我们躲在地窖深处咬噬彼此的脖子

别再离开,我正临空洗涤绷带

并偷偷告诉你每个人、每棵树连同每块矿石的名字

2016. 9. 29

The Burnout Society[①]

我并没有对你厌倦,我只想和你,谈谈疲惫

更好的是,我们太累了,说不出话

只能躺在一起听彼此的呼吸

停顿不是特权者的装饰品,或失败者的遮羞布

我们从早到晚都在劳作或猎食

---

① 燃尽社会。Han, Byung-Chul. *The Burnout Society*. Stanford University Press, 2015. 认知—数码资本主义与新自由主义的全球格局正在把人类社会转化成信息无限爆炸、人人疲于奔命的焦土。

不能停下来，除非我们冒险深入的荒漠足够宽广
对，这里没有我们之外的生命
你还好吗，我觉得我已经烧光了像落山的太阳

2016. 10. 21

曙光的宽恕

  再没什么可以给你，请你原谅，请你偏离我曾经指出的方向，学鳟鱼遵循河流，像孤雁回归鸟群，跟随临阵脱逃的士兵消失于众生。从未说出口的言语最为悠长，敞开后又关闭的门以绿蔓为眉目，如果你转过身去，背后的碑铭早已刻定如同奔马落入未来，如果你逼近，我是说如果我继续走向你，世间的困顿将更为竭力地呼啸，学沸水喷出白汽，像睡眠净化成死，跟随贪婪的徒劳再无形迹却已得道。

2017. 3. 24

谢笠知

曾用名温丽姿。1977年1月生,浙江温州人,2002—2005年就读北京大学外国语学院世界文学专业,获硕士学位。北京外国语大学文学博士。现为中国传媒大学博士后。已出版诗集《花台》(广西人民出版社,2015)。

冬天的一个下午

出南校门,下午正两点。
没有风,落光叶子的树站在两边。
公路比以往干净,看得见柔和的反光。
花圃的心里长着月季平静的皱纹
和矮种万年青。
它们在我旁边,在我的问题之外。
我匆匆行走,有那么一会,我停下来,
几乎在一瞬间,我感到它们,
连同后面一堵没拆完的墙,三角形草坪
一只绿色飞虫和浮在它们上面的清晰优美的树影
全都呼啸着森林般巨大的宁静。

2002.12 万柳

黑夜小令

终于，我们找到了栖身之所，
　　以石当卧，以树为蔽，
　　　　旋转着，池塘在脚下愈满愈涨。

也许我们更该喜而自禁，
　　当阴影踮起脚尖窥视，
　　当丁香花把我们囚于四月的中途。

布谷鸟的叫声，在远处，
在川流时日的辽阔混乱中，
　　被繁殖，禁闭。

还会有更宽的夜，
容万物辗转，容已诞生和未诞生的
　　随词语沉落。

而此刻，我们手拉手，
散步在荷花池边。一坐下呀，
　　就看见天上飞驰的月亮。

2003.4.20 燕园

短　歌

1

这么多年，你终于知道
绽放即热爱。把纯洁举往高处，

你才理解为什么
花朵和天空要互相赞美。

2

它的完成是个秘密:
当话语的蜜蜂飞翔着,
像甜蜜的风暴,将我们之间的
空间一次又一次地更新。

3

确实,你曾惊讶于
你起飞的一瞬,像春天
猛地向一个目光倾斜,
并释放出激越的芳香。

4

你仍然相信有扇门
一旦打开,群山就会奔腾而至。
这不是意象,而是创造
赋予的某种生活。

5

一切都在流动,
但你是我的中心。
这意味着,我被打开时,
是一朵白云正裹着另一朵,

6

它们用强烈的线条
临摹你的身体：
雷阵雨往小巷倾泻，
平原在爱的时刻微微震颤。

7

与风暴相关的也与
你我相关，或者说
盛大的倾诉与命运的突然显现相关。
这样，痛苦安于它的限度。

2009.3

秋　虫

它持久热烈的叫声让我
想到另一条路。

从绝望中绕回来，
它无畏、拼命地在黑暗中穿行。
像根针，在缝纫机上，
执着地跳动。

它有烟尘味，像草木灰堆里闪灭的
暗火，在厚土下，缝里，
挣扎着向外，明亮的舌头伸到
远处，更远处——

那里，难以抑制的悲喜剧的微光，
一层层颓入土堆中。

但此刻，被它的声音拉长的风无比清妙，
让我们感觉体内自有旷野，
自有沁凉干燥的星光交织在头顶。

此刻，我们在彼此手中，变成和它一样的
小身体，变成声音本身，
缠着飞，随着翅膀的颤动。

这声音携带的一切
在白昼中变老了。而那回音，
那颤动，仍会直立着从地里涌出来，
像无端的一阵火焰的蓬勃。

2012.9 魏公村

闪　电

1

要有乌云，饱含水的空气，
和一个等待着的，咬紧牙关的时刻。
要缓慢推进、加速，然后
猛地在体内完成一声叫喊。
此时，伤口闪耀着，
被撕裂的天空，一次又一次死去。

2

你的意志是真相的意志,
要更深、更深去看见,
直到把世界变成明亮的深渊。
花睁大眼睛,
而蚂蚁把它们紧紧闭上。
真相:一块在头顶滚动的巨石,
被吞咽,消化。
之后,天空站起来,
浑身长满温柔、悲悯的手指。

3

在你力量的顶点,
可以一棍子把人打进土里,
也可以于瞬间让利剑穿透心脏。
这力量来自两片
轻盈、易逝的肉体。
当它们想快速、深深地进入彼此,
毁灭的强光握住它们。

4

你激烈于纯粹,
要和混沌作尖锐的对比。
像你这样的瞬间,
只能是时间的异端。
当时间作为堕落的一种形式,
你是从它身上叛逃的

一次深呼吸——
像朵洁白的昙花，
开在我窗前。

5

你是光的大暴动，
也是启示性的隐秘知识。
它们有承诺飞翔的出口
诱惑我。当我跪着，在黑暗中，
像个诺斯替教徒，
我感到我跨过了自己。
这情形就像流水顿悟
它的恐惧不可能被
任何物体抑制，于是，
不断向前，进入一种循环中。

2012.6.19 魏公村

小　巷

他一直和儿孙住一起，
从他们学走路到考上大学。
去年夏天，我去他们家就是为
他孙子填志愿的事。
他还是寡言少语，
不走动时，你意识不到他的存在：
佝背、黑瘦，
和楼梯间的阴影融为一体。
年轻的时候，可是个美男子，

在山脚下的小镇
卖猪肉。他好赌而善良，
是我们村人人喜欢的姑丈。
每次来村里，
他会送老人们棉袜，
给孩子们糖果。
自从他随儿孙住到县城，
就很少走亲戚了。
昨天，我妈在电话里说
姑丈得脑瘤去世了。
现在，我能想起
关于他的最后画面
是去年他在自家后门
长长的窄巷里走着。
他的影子，
凸起来的背，
几乎从墙边一点点
蹭过去。
另一边矮墙上
尽是花草和
瓜架。南瓜花、
散发甜蜜的气味，
吸引蜜蜂来回穿梭。
丝瓜条、葫芦
随青藤挂到墙脚。
那里，一坑坑污水
映照成堆的花盆、锅盖、臭鱼干
羽毛球、运动鞋……

阳光透亮，但空气里似乎有

粘稠的东西

黏住了他的身影

使他极缓慢地

往前挪动。密集的影子

加重这粘稠。

他似乎被困住了。

他似乎很享受这困境，这迷惑，

这磨蹭，这慢，

享受这瓜果飘香又

臭气弥漫的人间小巷。

他无声、缓慢地挪动着。

我去赶高铁。

我没见他走到

小巷尽头。

他应该还在那，

既没被袭击，也没被拯救。

2016.10 燕东园

云南采菌记
——给赵星垣

1

急雨过后，远远的山峰更迷蒙了。
太阳在乌云背后时隐时现。
我们从盘山公路再次爬上旁边的缓坡。
这是我和儿子第一次
采野菌。我们的向导，星垣，

自称云南山大王，
打小跟外婆在大山里采菌。
他能发现最隐秘的，比如，就拱起一点点土，
偷偷藏在落叶底下。"不用细看，瞄一眼
就能感觉到。"好像他能快速接收
这些小发射塔的秘密电波。
很快，他就在前面的陡坡发现了
几丛红菇。我和儿子
拎着塑料袋，兴奋地向它们攀登。
岩石边，我们看到明亮的一朵：
雪白的柄，玫红的小圆伞，
倾斜，靠着山墙。在潮湿的阳光里
那么鲜嫩、水灵，
像刚刚诞生就被抑制住的一小声惊叫，
像沉溺于冥想的一小朵喷泉。
它被拔起的瞬间还带有
动物般的颤动，苍白细短的根还抓着
碎叶和黑土。"无毒，可以吃，"星垣说。
看我无比惋惜，他又喊了一句：
"你不采它，也会很快烂掉的"。
可不是，它短暂的生命
比这里的任何生物都像是匆匆的过客。
它脆弱得轻轻一捏就碎了。
但多美啊，虚幻的精灵，
刚刚从大地的怀里蹦出来。
你看，这小东西，似乎还冒着浓烈的腐味的蒸汽。

2

从陡坡到小山坳,到平坦的杂树林,
我们一路低头寻找。不时看见丛生的口蘑
长在树叶堆里,有的新鲜,有的烂掉。
滑滑的牛肝菌,看上去好的,一翻过来,
发现虫子们钻到菌褶里,把它吃空了。
很多大白菇被摘了又扔掉,
伤口流出来的汁液把菌盖涂成蓝色。
每次,儿子看见山菌,都要问:"有毒没毒?"
得到确认后,他才跨过杂草丛、树枝,
攀上或侧身爬下陡坡。有时,这个过程挺危险,
但他不害怕。借此,他学到必要的一课——
要接近、得到它们,就得历经险阻,
得深深弯腰,扒开烂树根、腐叶、枯草的坟墓,
忍受它们辛烈的腐烂味。
得倾听大地最低处、最隐秘的窸窣声。
得变成兔子、蚂蚁、爬虫,
让你水平的与它垂直的旅程
偶然相遇,得有欢呼、疑惑、探寻和冒险。
即使如此,你仍然无法理解
这些野菌对山坡,对这次偶遇的所有意味。
或许,对于小动物,它们是美食、玩具、
凉亭,宏伟的庙宇?
它们饱餐一顿,好奇地绕一圈,或者仅仅
在菌盖下休息了一小会。
然后呢?然后小动物们安全回家,
或者中毒身亡。

出于馈赠，大地吐出美味的词语，
出于敌意，它抛出剧毒的诱饵。

3

具备天堂和地狱的双重激情：
它们热烈、疯狂、致命。
被称为"神之物"或"死亡天使"。
有种蛤蟆菌，吃了，会患"视物显大性幻觉症"，
看到的东西都硕大无朋。
而华丽牛菌则让视物小如露珠。
还有的毒菌让人腾空出世，时而绿雾弥漫，
时而身陷火海，奇光闪耀。
这种天堂般的诱惑，让原始人视菌类为"神之肉"，
在宗教和节日庆典中食用，并作为圣物崇拜。
玛雅遗迹中有蘑菇雕像，
古印第安和萨满教中都有蘑菇图腾。
阿莱格洛甚至在《圣蘑菇和十字架》中说
"耶稣"一词并非人名，而是神圣、有毒、带医效的蘑菇。
神性中带点毒，更符合宗教本质。
而权力与阴谋跟毒菌的关系更为久远、复杂。
据说，古罗马国王克劳狄和尼禄都
沉迷野菌美味，都被政敌用极鲜美的毒蝇蕈毒死。
而那些"死亡天使"，更是在民间
各种阴暗角落，在密语中发挥作用。
美味和毒液——
这深深的馈赠，深深的敌意，
是否同属大自然难以测度的古老的需要？

千百年来，每一场夏季的骤雨，都催生了
鲜亮的野菌，一丛丛在山坡闪耀。
它们曾被认为是天空的圣言，
在电闪雷鸣中降临。
众生万物里，它们是最原始、
最简单、最有启示性的生物。
而现在，它们仅仅是人们竞相追逐的美味。
当我们从山坡回到公路，
看到一辆辆摩托车从身边飚过去，
筐里装满高山上采来的野菌子。
它们被送往这个西南大省的
每一个饭店，每一张餐桌。
那天上午，我们去县城边一个
吃火锅菌闻名的村子，看到几十家餐馆内外
挤满了排队的人，从全省各地开去的
小汽车一排排堵在巷子和村口。
"又到了云南人民生死攸关的时刻，"
星垣开玩笑说："每年都火爆，每年都死一拨人。"
这集体、反复的疯狂仍然有
强烈的仪式感。各种样态的野菌，裸体躺在
望不到头的竹筐中，沉溺于疯狂的献身，
同样有原始的仪式感。
然而，当它们在土坡上晒太阳，
或在树荫里颤栗，它们显得极其平凡，
极其脆弱，极其美，
极其无辜，极其虚幻，极其真实
像火焰，燃烧，熄灭，燃烧。
像火焰，与时光同行，古老又新鲜，

谢笠知

呼应着人类隐秘的欲望。就像每次，
我忍不住打开塑料袋，看它们鲜美的身体时，
一股清香导流出来的
乳白色浓汤就会在想象中涌至舌根，痒酥酥，火辣辣的。

2016.9 燕东园

马 雁

回族，1979年2月生于成都。1997—2001年就读于北京大学中文系古典文献专业，曾任北大五四文学社社长。2000年参与策划、组织首届北京大学未名诗歌节。2003年返回成都，从事过多种职业。2010年12月30日在上海因病意外辞世。生前著有自印诗集《迷人之食》，曾获珠江诗歌节青年诗人奖、刘丽安诗歌奖。马雁去世后，友人搜集整理其作品，编为《马雁诗集》（冷霜编选）、《马雁散文集》（秦晓宇编选）两卷，由新星出版社2012年出版。

我们的道路
——献给 Emma

我们走路，撩起长裙，仿佛
它并不存在。并不仅仅是喜欢的问题，
你爱上过他们吗？没有。正如我
到此刻还没有爱上过任何一个他们。
你没有见过，谷草上的鸟
突然起飞的情景。你也不曾听一只水獭
在篱笆里歌吟。我根本没见过真正的
谷草和篱笆。从来没有。每次，我
走近它们。意外地遇见，又在惊恐中

丢失。这些乡间生活，它们至少
能象征某种真实的生活。你想要丢掉的，
想要摇身抖落掉的。你终于没能离开
露水和靴底的泥；我呢，多少年了，还在
一支掉队的波西米亚人队伍里，打转。

2002 秋

热的冷
——献给 soumir，和我的灵魂

我从来没想到，我的灵魂会是那样。
这灵魂，轻盈、孱弱，并且羞涩。
如同一面可能之镜。一个幻象的坍塌
牵动了世界的粉碎。那短暂的一瞬，
灵魂睁大眼睛，穿过空气中的尘土。
好像玻璃器皿中的热水，干玫瑰的红
渗开……稀薄的，游离于空无，
寻找那命中的命，血中的血。

2002 夏

母 亲
——向北岛致敬

午夜，我穿过蒙霜的北京，
踏过地面，不留下脚印。
我愿逆流而上，寻你的爱情，
寻我不存在的出生证明。

在这午夜，我将穿过

大半个中国。飞跃过秦岭,
摘二十四年前的花,献你。
我采摘我一生的花束。

这里没有滚烫的物质,
我只葆有这午夜的青春。
我们共有的肾以及心脏,
是锁链两端的兽。

母亲,我捆绑自己,为你
做一个祭奠。你是一根鞭子。
在与此相同的时刻,我不能不
抽打自己,舔我们喷涌的血。

2003 春

樱　桃

我听过痛苦的声音,
从那一刻我缓慢病变。
那是沉郁的哀求,
不带抱怨,也没有
幻想。痛苦就是直接。

而痛苦是没有力量进入,
是软弱,不敢顽固并沉默。
我不敢把手探入它的核心,
不敢挖出血淋淋的鬼。
眼望着谎言的清洁。

当时我哀哀地哭泣，
转过脸，以缺席
担演无知，人人如此。
这一切就在面前：
痛苦，或者空无。

今天，我吃一颗樱桃，
想起一个女人在我面前，
缓慢，忍耐尔后大声喘息，
她曾经，作为母亲，
放一颗糖樱桃在我嘴里。

我缓慢吞食这蜜样的
嫣红尸体。是如此的红，
像那针管中涌动的血，
又红如她脸颊上消失的
欲望——这迷人之食。

2004 春

冬天的信

——给马骅

那盏灯入夜就没有熄过。半夜里
父亲隔墙问我，怎么还不睡？
我哽咽着："睡不着"。有时候，
我看见他坐在屋子中间，眼泪
顺着鼻子边滚下来。前天，
他尚记得理了发。我们的生活

总会好一点吧，胡萝卜已经上市。
她瞪着眼睛喘息，也不再生气，
你给我写信正是她去世的前一天。
这一阵我上班勤快了些，考评
好一些了，也许能加点工资，
等你来的时候，我带你去河边。
夏天晚上，我常一人在那里
走路，夜色里也并不能想起你。
"明月出天山，苍茫云海间"，
这让人安详，有力气对着虚空
伸开手臂。你、我之间隔着
空漠漫长的冬天。我不在时，
你就劈柴、浇菜地，整理
一个月前的日记。你不在时，
我一遍一遍读纪德，指尖冰凉，
对着蒙了灰尘的书桌发呆。
那些陡峭的山在寒冷干燥的空气里
也像我们这样，平静而不痛苦吗？

2003 冬

你是我重复的病和甜
——为陈志朋

你是我重复的病和甜，你让我把时间向前推
一年，十年。你让栀子花再次开放，你让夏天
一再来临而不会消逝，你是无限的时间当中
不出现的一种质地，你是沉默，你也是一种重，
你是夜晚。微微垂下的眼帘，你也应该是

为我宠爱的妃子，你是节奏中的诱惑和喘息。
你是只出现一次就消失的情人，你是长发的软，
在杨柳岸边缠绵的坚定，是塬上端坐的男神。

2004 春

上苑艺术馆

我从来没有进来过，此处
大约没有什么神秘之处，
神秘的是我。我奇怪的想象力中，
上苑艺术馆矗立在山谷里，
又漂浮在观念当中。
这里有三只猫，五只狗，
几十个人，还有向日葵、南瓜藤，
在在都是平凡之处，显现
冷淡的创造力，彼此相异的创造力。
彼此相同的创造力。
有人绘画，也有人雕塑，
还有人在这里做诗人。
保护可能性就是消灭可能性，
人们在这里倾向于沉默，
也倾向于聒噪，酒精是关键词，
但你可以不参与狂饮，
以某种代价。爬墙去整庄稼的
和苦斗于习作前的，都是
艺术家，毫无变现的能力。
他们也呼朋引伴，决非出于
绝望，也非出于自大。

这些人毫无神秘之处，还有客人
和工人，彬彬有礼或心藏秘密。
早晨，常常是下着雨的早晨，
独自在院内走动，会遇到
还没有凋零的野花，那是探访者
小小的遗迹，接受被复制。
这些卑微的造物有力量。

2010.9.18

沙峪口村

这里很安静，人们不大说话，
常常一只两只狗坐在地上，
等着人路过，看它们两眼。
村里有三只南瓜，村外还有
几只。它们无声地坐在屋顶，
运泥沙的卡车像龙卷风，一阵
又一阵地覆盖着村子，这是
北中国的庞贝城，走来走去的
是太阳系无魔力的外星人。
这里也不是绝望的地方，鸟语
花香。做酱肘子的小卖店总是
有生意，总是摆放着灰尘。
我是这里不客气的居停者，
懵懂地摸索着隐约的规则，
有时候我是木匠，有时候我
修房子，有时候我是一只紫色的
茄子，徒劳地等着被采摘。

集市上，我用自身换购蔬菜，
有时候我只是一只提篮，
有时候我是一个堂堂正正的
人，大义凛然而不知所谓。
整个村子都是知情不报者，
朴实而坚定地握紧秘密，
决不会开口，是沉默的毁灭者，
没有目标的队伍一直在行进。
他们真的有着天大的秘密，
这一点从嘴唇的形状就能看出。
只需要一两笔就可以描绘，
但是不断地润色和添笔，
不断地包裹着虚无的核心。
在那里，有谁坐在山顶俯瞰，
舌尖顶着一小块冰，轻轻
蠕动，这样支持着旋转。

2010. 9. 18

北京城

大多数是精确定义的符号，
一小部分是闲散来回的落叶，
这城市风大，喜欢旋转。
还有一些尘土，是从内蒙古来的
骑士，在这里做着古代的梦。
如果你在北池子，就能感觉到
南池子；如果你在钟楼，就能
领会到鼓楼；天坛和地坛是

一对不见面的夫妻,天天
通电话、发邮件。这城市被严格的
规则控制着,不允许脱离徒劳的责任。
有时候,也有美丽的瞬间,
譬如银锭桥下狂欢的游泳者
望见月亮,就忽然
成了万众瞩目的中心。
有那么些人常常聚会,
无谓地研究问题,这城市
热中于责任而毫无办法。
不敢再有人来这里,因为
它已经被毁坏。是多么无辜的处境……
让人痛苦地爱,绝望中一再重生。

2010.9.18

曹疏影

  哈尔滨人。1998 年考入北京大学中文系文学专业，2002 年就读西语系世界文学所，获硕士学位。在校期间，曾任北京大学五四文学社社长，参与创办北京大学首届未名诗歌节。2005 年移居香港，任编辑、记者，写作专栏。手作诗集《拉线木偶》《茱萸箱》，出版诗集《金雪》（香港 Kubrick 出版社，2013）、散文集《虚齿记》（香港 Kubrick 出版社，2011；安徽教育出版社，2011）、游记《翁布里亚的夏天》（中国华侨出版社，2012）、童话集《和呼咪一起钓鱼》（台北唐山出版社，2008）。曾获香港文学双年奖、香港中文文学奖、台湾中国时报文学奖、刘丽安诗歌奖。诗作、评论、散文发表于香港、中国大陆、台湾及海外报章、文学刊物，并收入多种文学选集、诗歌选本。与音乐人合作，实验文字与音乐。

赎

风灌满整间房。
我饮竹叶青，搬书。

搬书进昔日我心房心室，
出来时安一玛瑙小门扣。

死锁了的。

昔日争辩的，

可会在未来赎我。

我凭空造一处白山黑水，
像极了你曾沿途丢弃的眉眼。

昔日丢弃的，
可会在未来赎我。

2012.4.27 东涌

群　山

晨光不放弃群山的轮廓
也不放弃我们

山崖尽可以倾倒
然而它不

多好，它们让我知道
即使收回全部感官，一切仍在。
即使我缩进任何一枚无光的核。

我曾设想所有非透明的物体
都是大气的痕迹
就像一种反复积累的雕刻
世界是负向的，而我周身
可以向胸腔中某个部位下陷
那时，我看看自己抽缩的肩胛骨
便如同从海水深处反向观察一座山峰

世界可以忍受谎言

但它不证明

           2007.3.11 其宗

小游仙诗（两首）

I

金雪，长窗，落镜
树叶举以树叶之重
不若轻，不落于一场选举或称颂
万众的背景中，退进桥梁
过岸人擦金雪，栏杆分明闪动
雪之重，树叶举以这树叶
之重

而背景一路摇闪、扩生，长窗内遍是
镜面光耀其深重，金雪人短吁着靠近
裹不出窗中景，桥梁上举步，遇花果冷硬

          2007.8.11 东涌湾

II

揭开，抛掉，还有，
绿锦堆下挖金沙，
白雾里拧干一长束波浪。

有人驰骋于淋漓苔藓间，
大落于金线缕，
丹霞攥出一拳血。

下望桥梁往来、人事搭界、
固体沉落，金沙往逝于白水，

抛掉，还有。

而广大绿是一种人间绿，
仓促，相争，管制，
大道在硬处甩身。

而绿云金锦缎，揭开还有
桥梁上端然，投身，
在尘烟中勉强看去，勉强伸手。

于金雾中伸枯手，
于锦缎中拿捏骨肉，
于白水中留痕。

       2007. 9. 11 东涌湾

新 年

新年庆典结束
所有少年跑出来
积雪仍旧闪烁
清雪又下起
我来到马路对面的公车站
那一年我十四岁
所有语言都是新鲜的
世界如同公交车在雪地上也能辨认方向
只要愿意，我还可以双脚轮换
滑行着回家
把无论什么车辙甩在身后
就是那样的那一天

没有什么不是容易起驶，乐于暂停
那一天我喜欢祈使句，它就是杏黄色的
那一天没有风，清雪就又下起
松花江的冰层下，跳动着数不清的鱼

2007.12.18 大屿山

除 夕

将近年夕
我读古诗，饮酒
想念一些人
"如今住惯天涯"——
蒋春霖在晚清这样写

忘却满身清露，那是
他的飘摇朝代

我这一个伴海的时空也飘摇
人们在唇上涂火的死胎
出于恐惧，彼此相爱

我趁夜出街买酒
也沾了满身清尘雨
在如常大屿山之夜抬抬头

便有十数星斗，灼闪在
那样一个预备了
为我所见的远方
"住惯天涯"的意思

大概就是回望我们曾在的地方
竟也远得那么蹊跷

我想起你身上的星斗
我曾摘下过其中一颗

起初笑吟吟地,
不想还给你
后来天不亮,还不回去了

2.9 大屿山

强盗史

穿银灰丝袜的女孩
拎 zara 纸袋
她为自己选了一双橙色鞋
她喜欢它们不孤独
像睡了一晚上好觉

我喜欢她不孤独
像我可以从星尘中醒来
她消失了,我醒来
像世上第一个
动笔写些什么的人

铲掉这空间

一个字
一个字地

2014.4.8 IFC

曹疏影

哺 乳

她的小舌尖
时时救我
打捞我

蛇在上面点火
我的乳头
接她的吻

红莲绽开去
焰芯，盛
我准备三十年的
一滴血
腥甜山水
我迷了踪迹

乳之芯
她钻婴儿渊
用甜蜜
索取甜蜜

世界的败坏
可止于此
那些自我诋毁的
可止于此
愚钝于积习的、
狂人、与受虐
虐待他人的

可止于此
乌鸦传递
止于此
不见自己的
明白自己

她的小舌尖
时时救我

2016. 11. 10

tomatobuddha haiku
——给 t

和其他的佛陀不同,
它给你看命运的血色

你是这样鲜艳的
我也是。
"我帮你们选好了
圆碌碌、有始终的生活"

昨夜,番茄佛陀
抱耳说。它入梦来
穿肠去。于是我祈祷:

鲜艳的人
便要这样鲜艳下去

2015. 11. 28

王　璞

1980年生，在山西和北京长大。1999—2003年就读于北京大学文史哲实验班，2003—2006年在北京大学中文系攻读现当代文学硕士。在校期间是五四文学社主要成员，曾多次参与组织未名诗歌节等活动。2006—2012年就读于纽约大学（New York University），获比较文学博士。2012年起在美国布兰代斯大学（Brandeis University）任教。曾获未名诗歌奖、刘丽安诗歌奖和诗东西诗歌奖。出版有诗集《宝塔及其他》（黄河出版集团，2015）。

和巴赫有关，和历史有关

在集体生活的异味顶端
我哼起了诙谐曲。
自治市的管风琴
将臀部高高托起。
我要在一分钟内尽兴而归：
手舞足蹈，并化身为
一名圣徒，沉没于
灰色的街，含泪歌咏
新教的神异之光。
那边，原初工业化的道德
如同裙边上的花粉，

正癫狂地旋转

2001.4

从五道口折返

行路人最后一次和蒙蒙夜空碰杯。
从云的深喉中却掉出了一把
银匙般的闪电；接着是闷雷，如一阵沉吟，
在需要沉默的时刻。五道口，

白人们白白浪费着双语，正如那女士
翻看无字之书，裸露的嫩腰恰是其中
一页。当对面的朋友弹出一支烟，像是
在说"必须！"你还在

猜想，这云，又阴，又厚，
究竟是有什么构成？——
至少有你的愧疚，悔恨在里面，
也包括已被遗忘的秘密，已被遗忘的

最初的地理：它们共同酝酿你一生的降雨。
行路人，十年来，追寻江湖夜雨。
你穿过又一波稀松的雷电，看
空档案似的球场竖起了耳朵。

被脚步惊醒的楼廊灯
在湿热中亮得勉强，"明日多云，
无雨，如旧。"你且上楼，
且上楼。万物早已散佚。

2004.6－7

宝 塔
——给李春及一代人

宝塔亦是蜡烛。树边的湖
和湖畔的酒瓶,从中取暖。
宝塔为什么不是酒瓶呢?
你举起来,是要再饮一口?

是吹瓶哨?还是将它投入湖中,
扯开嗓子向夜生活一唱?
大我、小我风驰电掣。宝塔
忽然从周末的购物清单上立起来,说:爱!

仇恨!你的右手摸索的,不像是
鼠标或西文书,而是窗棂:推开吧,
让翻译的细雾进来。山形在多语中浮现,
犹如磨砂面的曙光——太伪劣!如此背景下

宝塔是险峰。你转而握住的黑暗,
总是它的倒影。宝塔于是向左看齐。
向你看齐。它可以是毛茸茸的,果味儿的,荧光的。但首先是红色的。

2006.7

未竟的事业

给李萌昀,刘子凌,胡南敏,余旸,李新,排名不分先后

在来不及悲伤的心里
一定有大大的夕照。

巨浪，巨浪，镶上了刺眼的金边，
汇入交通台里的晚高峰。
沿途的数座电子城中，
积压已久的欲望等来了结算的票据——
从芙蓉里到知春里，
从家乐福到磁福，①
秘密也都要揭开了吧？
只是，它们不在吊带裙的下面，
不在"小心轻放"的盒子里。
它们只是在你我狭窄的心胸中
推搡着一处更狭窄的门——
在大大的夕照下，
朝西敞开的是千万扇门。
当你像嫖客一样捏紧门把，
连快感也在海淀实现了民主。
但你为何不谦卑些，仅仅敲一敲门，
哪怕那只是一部伦理的观光电梯——
从半空中望去，
雨后的写字楼上，
还有不屈不挠的海拔；
诸众一派绛红，并非没有来由，
不平等地摩娑着：
仿佛他人是定价过高的书籍，是热，是晦涩。
团结起来！然而电梯急降。
此世有银行，海鲜，核潜艇，和观音。

---

① 芙蓉里和知春里都是北京海淀区中关村附近的地名。家乐福是附近的大型超市，磁福则是北京大学外面一家家常菜馆的名字。

王璞

此世有大大的夕照。

此世有夕照下荣辱不惊的中关村。

秘密也要打开了吧,

你身上的那一扇门不就是为它们备下的么?

虽然在猝不及防的某一刻,

那是我们最后的一点骄傲。

2006.7

怀 远
——为新生命而作

人民坐着火车缓缓地靠站。

月台却留在了另一省,

目送者的眸子里曾有火苗一样的手帕。

"时间再慢也不过如此吧,出差途中阅读亚当·斯密。"

新生命的心跳却如红军

在丛山峻岭中。就这样

亚当和夏娃开始了自助游:

那可是一生一世。

七年之痒,没办法,

干脆进一步到一摩擦就疼痛:

那是他们在建设无神论的自治区吗?

专列慢悠悠地,压实朝霞中的地平线,

为了"呜——呜"的惜别。

2009.8—9

秋 兴
——为新生命而作

秋天，上万扇窗户饱含金色的泪水。
秋天，驳船在东河水面上练毛笔字。
秋天，你体操，好比果实中的甜；
你慢跑向新生事物，你是果实之钟。
秋天，老楼道里的潮气被一丝丝地抽去，
白墙上留有空洞的影子，
像求职的空信封。
为什么只拖曳一个影子穿过秋天的午后？
大学吐露出冰凉的石阶。
为什么乘地铁过桥，从此岛到彼岛？
你也将犯路线错误。
消逝最快的眼神只能是夕照在旅行者的瞳孔中。
夕照下，时代的邮筒不起眼地积蓄力量。

2009.8—10

琐忆：史的交织，读程凯专著，感动而作

好时代的丁香味掩不住
大时代的白兰地味。
那不是一般的白兰地，
而是武汉左岸中暑的人呕吐出的白兰地。
分共前，小说人物中暑、呕吐、上床；
挨到上海租界的 Darroch Road，
就换成了血色的喜酒。也难怪，
莱茵河畔的白葡萄佳酿，到了中国自然要变红。

病愈中人也有春梦,梦回

起义(歧义)途中,你情我愿,

同志相爱与同学相杀,都证乎于肉长的人心。

我爱用"时代"这枚早已磨平的硬币,因为

我曾被史的品质婉言谢绝过。

五院的丁香味;资料室书架与书架间肉感的新生;师兄忽远忽近的

瘦影子。

我能硬挤进去的现场

似乎注定将归于虚无,

而我所未曾目送的

却留给了景深……

(啊,同路人一转身就不再空空如也的景深)

2015 夏

杂咏:赠别刘子凌

"连露珠的颤抖都是安静的;

那是史的眸子,反光中的景深不再空洞。"

然而在这干燥的冬晨,并没有露珠,

幸而,也没有霾。

我坐一截不太远的地铁。

站台上拉杆箱轮子的声音

像宿醉者醒来后的牙战,

像命运往旧钢琴身上扔鹅卵石。

一座城市的嘈杂暂不影响一座城市忽然的空。

我走一程并不长的路。

脑子里还留着一场表情的友谊赛。
连海淀的周二都是安静的；
一条路埋首于废园，
当它再抬起头，就要稳稳地穿过城中村必要的恶臭。

连一颗三十五岁的心都是安静的；
"有时觉得从未离开，
有时觉得再不可能回来。"

            2015 初冬

黄 茜

1982 年 8 月生于四川内江。2005 年毕业于北京大学信息科学技术学院电子学系,获理学学士学位。2010 年毕业于北京大学外国语学院世界文学所,获文学硕士学位。现供职于南方都市报社。出版有诗集《女巨人》(作家出版社,2015),译著《双生》(作家出版社,2014)等。

一 觉

我心中有大秘密。
厌世者的绣像已成为春之旗帜。
仿佛,所谓厌倦不因为熟悉,所谓爱好也
不由于亲切。有孤燕在海边沉落,天空竟烧红了脊背。
私语的不仅荷花。淘气的也不只你我。

我心中有大宽容。
尽可以不去懂得,那神谕一样无端
而晦涩的话语;尽可以理解一千次失约。
像这座高山的宽广的脊梁还未被折断,还在阵痛,
竟可以相信第一千种表达。

我心中确乎有大幸福。

如同身被彩虹,如同亲御銮舆。
在大风中的片金时光,不知被哪一块石子绊住。
我不愿意返回是因为地铁的吵闹声中会听不见我的爱人
在暗地里弹奏金琴我听不见了因为

我心中有大平静。
仿佛从一开始就知晓,仿佛我一开始就已
站在了所有事情的结束。仿佛早上才开的白玉兰现在正
静静地凋落,静静地失去。仿佛所有的
语言和时间,都在仿佛之间。

而我心中有大痛恨。
来来往往的人偶们在忙着做着各种生意,
像做梦一样地忙着做着各种合法的生意。——谎言,
谎言何以作为一剂良药在市民间广泛流传呢?大家贩卖
丝帛一样贩卖智慧,贩卖瓜果一样贩卖爱情。

我心中确有大悲戚。
片片红花洒落如雨,如血一样的雨。
再呕也呕不出更多的东西,再也呕不出
更多的血一样的比桃花还大还艳丽的东西。又何必立定发懵?
明日即将清明。

2004.4.1

给佩索阿

变形的花朵,正在崩溃的事物
向我们涌来。如果有时间
把破碎的身体重新考虑,

巨大的悲哀将降临这夜晚。

连怀疑也是虚无,
在思想的花序里,难以容身。
最终的胜利是属于人群的。
礼赞这古铜色,废墟般的城市吧。

在秘密世界里,坚持书写和
梦游的人,是寂静孕生的植物。当爱情
发生在词语之间,满怀颠倒的错觉,
我们是内心孤独的使用者。

2006.9.26

挖荠菜
——赠胡、阿,及诸友

春天的孩子们
舌尖举着锄头,向四野八方
啄吮新源泉,从野菜地到旧宅
到私人耕读史。一碰就开花,
一想就多汁灌溉美腹。
到处发现、呼叫,扩大着
新奇。他们推开次第消弭的
隐喻之门,遂有一朵面含
桃花,步出来羞赧相认。
有小乐府扛在肩上,
有不老套的误解,平添一刹
惊慌。都乃性情所至——

然后呢？一些亲爱者
拖曳大幅雀鸟、枝蔓，颉颃于
虚空的牧场；另一些温柔伫立，
凝视珍馐之夜。然后呢，
星空交错方向感，倾斜的
圈栏神色迷乱。那狡童再度
奔散为炯炯鹿群，黄昏
交出整个的秀美。

2008.4.2

忧　愁

在我写字的时候，寂静从右手的
小手指流出。它是一群灰鹤，
冰凉柔软，在脚下浸出一片沼泽。
这些虚构的小身体远在月亮上，
它们的黑眼睛向这边眺望。
后来有冰凉的流体漫过青灰色地板，
像一层海生物爬上桌面、墙壁、
衣衫，后来，不知怎么它终于突破门墙，
张开成羞涩而巨大的热带爬藤，
试图挤占夜晚的每一寸虚怀。
洗手间的镜子和清洁女工的脸孔
蒙上同一种古怪、难耐的病容。
盛大，软弱，又固执，
那些想用第三极的光线
摆脱它的镜子，只被它忧伤地抓得更深。
为了回避小回忆，我头朝下

陷入潮湿寂静的底层。我书写在
葡萄园里,云深不知处。
另一个世界转动在镜子背后,
它深不可测像酒杯,
这么多年依然无法与我消除误解。
早些时候,当我在大玻璃窗前看见自己
和灯光闪耀的城市,
我知道隔阂是永存的,多年以后,
它变得平静、清澈、优美,
而一种深深的,想要和解的愿望让我们
永不可能相互原谅。
所以当我柔韧的寂静侵犯了
你的爱奥尼亚之夜,我知道你的爱
是你的容忍。而我的爱是一个
消逝的词。当某一瞬间你给出
所有事物之美,我心怀怜悯
流着泪说:请慢一些。
某一瞬间我走出去不怀留恋,因我
是那一群无声的灰鹤,
或它们俗世的镜子,它们和我对望,
无论在哪还乡只是一首虚构之诗。

2008. 2—2009. 8

苏 湾

智慧是对生而非死的沉思。

——斯宾诺莎

1. 老妇

戴着毛线帽,穿过膝的棉袄和罩衫,
双手干枯得像树枝或鹰爪,
紧紧地攫住耕种了一辈子的土地。
她身板小巧但硬朗,面上的皱纹
是时间在人类身上刻下的最繁密而美的地图——
吸引每一个画家或诗人的幽探。
几天来,她为死去的姊妹操办丧事,
贴楹联、布置寿堂、剪裁白布、
杀祭献的鸡仔、到厨下帮忙生火洗菜,
甚至来不及哀哭!
严冬的寒风轻抚她烟熏火燎的双眼,
那眼仁依然像昏黄的池塘,闪烁着忍耐与顺从。
她有时闲下来坐在门前的阳光里,
看着因死亡而聚拢的儿孙,
想着自己也好歹曾有明媚青葱的时辰,
那戴着嫩黄围巾的外孙女,沉寂过一会后
便像只麻雀叽叽喳喳地说开了,
那从四川来的小媳妇儿,带着她的思乡病和
脆生生的爱情,在异乡的沉痛里束紧了纤细的腰。
她们在场院里蹦跳嬉耍,五六十年前她和她的姊妹,
也有这样活泼的个性和鲜嫩的脸颊,

引得新婚的夫婿和路边的男人一看再看。
后来少妇变了母亲，母亲变了祖母，
她的手指节粗大，她在河边洗衣时不再
反复瞧看柔亮的眉眼。她拿出湿冬的棉被
在阳光里曝晒，拍打尘土一如拍打岁月酸疼的脊髓。
她笑吟吟地待客，在饭桌上一声不响，
静而快地吃完了下桌。她走到屋背后的
田埂里去解手，一边走一边想，
这热闹还要持续好些日子，人人都到了，
除了老姑的小儿子和三伯的二媳妇儿。
她走过她过世的姊妹居住的土屋，纸糊的窗户
已经被风吹烂了，简陋的木床，破败的棉絮，
老旧的电热毯，床底下一把小小的尿壶，
屋子里散着另一些破破烂烂不值钱的东西，
这就是一个女人最后的财富，也是她所有的财富。
她男人死后她就这么孤单而穷困地活着，
外界的欢乐繁华不再与她相关，
偏偏她又活了那么久，93岁，快有一世纪那么长。
她年老后信了基督教，最后死在同样信基督教的
儿媳的怀里，临死时说的最后一句话是"赞美神"。
她虽不识字，却知道神爱人类，尤其爱穷人，
她每晚虔诚祷告，信仰照亮和洁净了她的肉体，
如今她已上升为云朵，沐浴着爱和光明。
赞美神，她提起裤带时嘴里叨念着，
至少她在死时是安宁的。至于幸福么，
幸福是一个早已被她们忽略或遗忘的词。
彻底的丧失和彻底的解脱，
她又想，这一切几时也轮到她。

大风刮过荒寂的田野和树林,
从池塘的冰面上,能看到被冻住的层层落叶
和一些死于严寒的无名的生命。
前头的葬仪还未结束,后头的死亡已接近尾声,
人人都在忙,哀哭的人和守夜的人是雇来的,
厨娘是当地布置筵席的好手,
外地回来的孙辈过两天就离开,
毕竟,还有很长的路要走,还有更重要的事儿
要操办。她的双脚踩在枯黄湿润的草根上,
一瞬间,一生的爱欲情愁涌向身体,
她眼前影影幢幢出现好多情节和面容,
抖抖索索听见好多歌唱和细语,
她伸出手想抓,却抓不到,张开口想喊,又喊不出。
她一动不动站在空地里像一个失去了操纵之手的木偶。
纯粹的丧失和纯粹的解脱,
赞美神,
这悲凉的人间无情的人间,欢庆死如同欢庆生,
这喜乐的人间飘荡的人间,欢庆生如同欢庆死。

2. 筵席

一桌是治丧和守夜的人,
一桌是祖父、父亲和女婿,
一桌是祖母和媳妇儿们。

男人们用红色小塑料杯喝酒,
面前摆着三根筷子,
一根横着,两根竖着。

女人们彼此相看，嘴里嘀咕，
这两年胖了还是瘦了，外地打工的妹子
回来穿的一身衣服还蛮美。

小孩子没有座位，
手里拿着喝水用的纸杯，蹭过来
让爹爹给夹菜。

一盘盘菜肴用粗碗盛着，用大铁盘子端上来，
新剥的莴笋，油腻的豆皮包肉，
咸香的烧土鸡和蒸腌鸭子，

肥美的排骨炖肉皮儿，亮滑的猪蹄，
干香的牛肉，酸爽的芹菜尖椒拌豆腐丝，
以及带着泥土微苦的野菜根儿……

在筵席上，生者对于死者无动于衷，
于是厨娘使出巧劲，
把饮食安排得大气而丰盛。

女人们飞快地吃完，
将桌子碗筷收拾利索，
脸儿红红地站到院子里去晒太阳。

男人们并不急于结束这一餐，
兄弟俩在桌上贴着耳根谈的话，
比整整一年里谈的还要多。

新妇听不懂陌生的乡音，只拿眼儿觑着周遭的人，

腼腆的，豪气的，热闹的，寥落的，
噼里啪啦说话的，恭恭敬敬敬酒的——

穿皮夹克的，穿黑棉袍的，戴袖套的，不戴袖套的，
肤色苍老的，红光满面的，高颧骨的，长下巴的，
舌头鼓动如簧的，眼珠儿滴溜溜转的——

她也想念家乡，想念清秀的山川和辛辣的菜式，
想念和母亲姑姑们干活时的欢天喜地。
她深知死亡如同节日，让远别的人得以团聚；

亦知面对死亡善诱的脸容，正直的人应该背转头去。
她想着一切坚实而美丽的都将烟消云散，
一切来自尘土的终将归于尘土，

我们却追逐永恒如透明的幻觉，
死亡如幻觉将我们包围，让我们餍足。

3. 二哥

二哥哥在上海做服装生意，
日子过得好，穿得也体面。
二嫂子高颧骨，深眼窝，小麦肤色，
拎着带圆点的小手袋，是针线好手。

二哥哥也信神，二哥哥说，弟弟，弟媳妇，
上帝在不在不要紧，关键是要信，
信得真不真也不要紧，关键要祷告。
我前年有单生意，砸在手里了，

眼见就要倾家荡产。我就祷告主,
希望买家延期,结果,果然延期了。
我们赶制出来的货针脚粗糙,
我自己都觉得没法看,不敢发货,

我又祷告主,希望买家退货,
结果果然退了货。这还只是一件,
还有一件。有一次,我们楼下食堂里的大厨师,
对你嫂子说了下流话,

你嫂子受了欺负,气得哭。
我去找那厨师理论,那人虎背腰圆,
身量是我的两倍,要过招我可根本打不过。
我想我是信神的人,就跟他论理,

说理他不听,我就打他老板娘的电话,
他出来一把把我的手机甩了。
我盛怒之下,抓起手边的一块砖头,
那人身量是我的两倍,要过招我可打不过,

可是我抡起砖头,感谢神,那家伙就傻眼了,
我往他脑袋上一拍,就是一脸的血,
你嫂子在楼上看到了,
怕他反扑,赶紧跑下楼来,手里拿的剪刀
"啪"地插到他肩膀上,你嫂子也是好样的。
后来惊动了公安局,
那莽汉要我们出五千块医药费,
我说我只出一千块,要不一起坐牢。

感谢神，一千块就搞定这件事，
我们还报了仇。二哥哥新盖了小楼房，
这几天忙着装修。二哥哥说，
弟弟、弟媳妇，能在同一个家里就是缘分，

不管以后老人还在不在，
我们也要常聚。你嫂子说了，
下次弟媳妇回来，带她去镇上玩耍，
还买点土特产做纪念。

弟媳妇，你在这里惯不惯？
弟弟，你要陪好弟媳妇，
只要弟媳妇脸上有笑容，二哥哥心里就高兴。
你尝尝我们这儿的砂糖橘，可觉着甜不甜？

4. 表姐

表姐生得俏丽，大眼睛，
细鼻梁，长腰身，
十四岁辍了学，去给伯父家当保姆，
十九岁，正是鲜花般的年纪，
又被带到南京，给军官家里带孩子。

不知道表姐如何遇上的表姐夫，
她结婚早，生的小女孩
患有先天性心脏病。表姐打电话
给南京的军官老主顾，
边哭边说，要动手术呢，请给介绍个相熟的医院。

军官不肯帮忙，冷冷说医院很多，

你们自己找。表姐提着十斤油和一百个咸鸭蛋
到了南京,在医院排队的时候,
又打电话给军官,
军官挂了电话,执意不见。

表姐从此对城里人恨得咬牙切齿,
他们以为我们村里人穷,去就是跟他们要钱!
做手术要一两万,一两万在那时可值钱呢!
六年后,表姐和表姐夫凑够了手术费,
如今小女孩个儿高挑,已年方十六。

5. 赞美诗

高热而痛楚的夜晚之后,
黎明再一次拯救了我们。
风在寂静的树林里嚓嚓作响,
池塘的冰层闪着晶莹的光,
这条窄路通向不远处的大河,
如你相信,它也通向喜乐与宁静。
清晨的冷让头脑清醒,
我们灵魂洁白,一步步向着河流缓走。
接近它的道路不止一条,
但我们必须探究自己的路。
腐殖土和粪便散发出生命的香味,
那么多沟壑与坑洼,也阻止不了
富于节奏的尖尖的步履。
有时候,我们累了,停在路上喘息,
却发现与河流的距离仍在缩短,
仿佛她是一位妙龄的淑女,

正也迈开纤足，跳跃着向这边靠近。
有时候我们以为快成功了，
却发现越走越远，远到近在咫尺，
却摸不到一颗温柔的水滴。
这条路源自我们内心，展开在我们脚下，
连接着大于我们的更高的所在，
掩藏着宇宙的神秘面容，和自然的瑰丽诗句，
这条路变幻无穷，时隐时现，
却在每个高热的夜晚之后持续拯救我们，
拯救我们于卑劣的情感和尘世的欲望，
拯救我们于绵延的朝圣者的天真。

2013.12.23 纪念苏湾之行

深 红
——致 MY

这深红与你不同，
它是利辣的舌尖，刺破幻觉稀薄的墙纸。
它是织满花纹的波斯地毯，裹紧
从玉兰花似的殿堂里透出的冷。
这孤独与你感到的不同，它承诺太少
又要求太多，虽然同样地
根植于我们悲哀的存在深处。
我仿佛从八千万里的高空坠落，穿越
一层云彩，一层琳宇，一层山岩，
一层燕翅，一层柔风，
我试图抓住你所愿抓住的。
我们依然可以讨论，

哪一样更珍贵，爱情，还是诗歌？
以及，如果一样被满足，又将怎样
填补另一样造成的虚空？
最后我们都归于寂静
似乎思考才是要义，而行动是耻辱。
这疼痛与你的不同，它缺乏
神话色彩，它不自言自语，
却牵动每一根神经和发肤。
它不是柏拉图式的，而是莎翁式的，
不是情感的，而是智力的——
她是意识散发着怀疑芬芳的伤口，
是对于永恒绵延不绝的乡愁。
哎，死亡的姊妹，我们原本可以相逢，
带着自身的慷慨、伤痛和烈焰，
以高傲的文字相互致意。
如今，我的灵魂虽与你同样下降，
却各自只能深陷于，沉默而迷人的无助。

2013. 10. 5

徐　钺

1983年3月生于山东青岛，2001年考入北京大学，2015年北京大学中文系现代文学专业毕业，获文学博士学位，现任教于中国社会科学院大学中文系。学术研究之外，写作诗歌、小说、评论。曾获未名诗歌奖（2008）、《诗刊》"发现"新锐奖（2014）和《星星》年度大学生诗人奖。出版的诗集有《一月的使徒》（漓江出版社，2014）、《序曲》（四川文艺出版社，2016），小说集《牧夜手记》。亦从事英文文学著作的中文翻译。

姆里亚

有一个混蛋对我说过，诚实，希腊语就叫"姆里亚"。
　　　　　　　　　　　　——曼德尔施塔姆《第四散文》

我和彼得在涅瓦河边交换石头，彼此欺骗，忘了1917年的白银。
母亲叫我回去，用旧外套上脱落的线缝
瞎的眼睛。

患失语症的出版商有两条腿，一只可以和我握手的手；
我用成年后艰难学会的姿势签写姓名。
一个女人却对我说：你应该揍他，狠狠地揍他。然后走开。
可是她认错了——像所有法官和好心的人民委员一样

认错了:
我不该住进茨冈人的医院。

我不是病人。我吃过那些冷,那些铅笔,吃过远方的针叶和神父
如果时间允许,我还会吃下童年的血和病瘩,一如谎言……
然而他们已经走开:
彼得的石头丢掉,我无法清白。

候补小偷的名单还未写完,打字机患着消化不良。
吃孩子的床单饿醒,鹦鹉教它的主人说:诗人。

乳制品和童话,十月和普希金,莫斯科和克里米亚海边的爱情
这些肿大的、在叉子上甜美的元音该配上抹黑鱼子酱的面包
而彼得堡的岁月则像断腿的虫子在克里姆林宫外爬行。
发高烧的蚂蚁累了,一瓶酒在它们手中
传递。喝得太快的那个(你的石头早已将他选定)
会在多嘴时看到:
瓶底——一张海参崴的传票。

2008.7.30 晨

夜晚,第二十五个荷马

我多么希望
这首歌唱完,让你
像海伦一样回到长老们惊叹的眼前。

手中酒杯已在海中干透。
星光在黑暗中被放下,如大船上的小船。

又一个赫克托尔在遥远的城墙下站立——等着
被凌辱。我的兄弟。
（一滴新鲜的蜡冷了；第二滴。）

古老的苹果梦着。月光的锈正啃噬果核。
我在礁石的盾牌下苏醒，走过雅典娜的面具
默诵英雄和毁灭的名字。默诵：

你的死者，你的金色的高贵，你未成熟的沉重和轻柔。
她们在我怀里呼吸如同帆和后冠，如同我曾歌唱的船队
和远方天空的青铜。
而特洛伊的静脉正再次战栗，酿着血：在盐的杯底，在热的沙上
在你从未退败的玫瑰之中！

啊。今晚，我多么希望你做我愤怒的阿喀琉斯——我的仇人！
我的眼睛还烙在你注定经过的沙滩，像被取走珍珠的贝壳，或是
被箭射穿的脚踵。

我瞎了，又一次。你的形象在长矛和金色的果肉之间涨落。
我不知道：命令我歌唱和命令我孤独的，哪个
才是你致命的面容。

爱琴海边的国王和母亲，他们睡了——冷了。
那只木马依旧不倦地数着尸体。十年。三千年。

可是。今晚，我多么希望这首歌可以唱完！
我多么希望：
你能吻我，像海伦一样回到

徐钺

我看不到你的眼前。

2009.1.6—7夜—28夜

序　曲

为着每一个高傲的恺撒，我们都要寻找
一座新的罗马。
寻找：一个新的，吃美和男人的
克丽奥帕特拉年轻的面庞。

每一年（无论死亡何时饱满）

海燕都从九月飞来，衔着未知的武器
滑向法老王们永恒安睡的尖顶。
当我们醒着，闭着双眼——用身体观看
命运的黑色蜂房正怎样闪亮。

永恒：这被置于诗句肺中的名字，沐浴着
珍珠一年一度纯白的呼吸。
我们，却像还未爬入贝壳的沙石，在甲板上
在星座和海潮腥涩的汗水之间痛响。

当弓耸起，当亚平宁半岛扯动南向的风
别管三桅战船锋利的弦月。——让我们等待
彼此年龄中最为缄忍的声音
转动视网膜上黑夜那巨大的重量。

因为命运仅只是

岁月在我们头盖骨上发光的涂鸦。而心
永远像刚刚降生的幼小野兽
用梦咆哮,用尚未长成的牙齿咬住夜空的乳房。
寂静,让白床单上的阴影反复聆听
这在胸腔中反复习练的跳动。——直到
一个更加
接近恒星的(却并不更加高贵的)词
烧穿九月蜡制的欲望。

爱,并不能使我们相拥而卧的身体
拥有对方。而当那个词,像弓箭手的指骨一般
扣住死亡的睫毛,我们就醒来
就在床头数出将我们自身染黑的波浪。

别管阴云拼写怎样的占卜——让我们等待
那破晓的石灰燃烧
那匿名的风暴把太阳浇灌
那依旧踟蹰的海爬上堤岸尽头的城墙。

因为(无论何时我读出你的嘴唇)

为着每一座梦中的罗马,我们都必须找到
那个恺撒。那个词。那一束
在克丽奥帕特拉年轻的心脏之中轰响的
尼罗河般的辉光。

2009.9.7—10

徐钺

另一种低语

你醒了,又一次,黎明像无家可归者
窥探梦的锁孔。
你收起钥匙,你带着我尚未完成的身体走出。

时间低矮,光的舌尖在我们口中相互交换
语言则以胚胎的形象在肺部悚动。

把我刺在泥土里吧,把我放进你酿造岁月的石头
用溺死者的声音问我:谁活着?——谁
正用阴影熔炼天空。

这里,田野是一百万年前海洋柔软的化石。

这里,词被喝尽,你怀抱我的血走向沉默深处。
握着闪电,我们
站在风暴到来前命运巨大的呼吸之中。

2010.8.1

真实与虚构
——致王风

六月,当第一场雨放弃夜空的时候
我听到你说:有一张琴
刻着东坡居士的名号与诗句,而你将用整个七月
找寻它的身世。

整个七月,多么长久的虚构。

你,不经意地与死者对饮,谈论生者的消息
谈论街旁酒馆的花生、青笋和鲫鱼;
我看到岁月在你的手中悄悄走动,命令我打开瓶盖
打开另一箱饱经发酵的声息。

我们喝下自己的喉咙,像苦雨斋喝下一九三七年的北平
像一九三七年的北平喝下东晋、南宋、明季
像嵇康喝下自己绝世的琴音——
虽然悔恨早已暗自谈和,与月亮上那么多环形的静戚。

但,没有什么和解能令你满足,你让名字
随我们的纸烟点亮:
帝王,贰臣,遁世者,受凌迟者……还有那张琴
你又提起它未知的身世,总共三次。

凌晨四点,某种谙熟的低音碾过大地。

凌晨四点,在记忆
失去我的最后一刻,我听到你说,人生;
我听到你说:
"人生,像梦一样是真的。"

2011.7.4 晨

钢　琴

海滨城市的下午，日光
在空调低沉的抱怨声中衰减
像镇定之后的癔症病人

晚报过早地送到，洗净的蔬菜
还在塑料盆里谈论价格
妻子还没回来

隔壁在放霍洛维茨，在他
刀头面朝的方向
心跳很轻，像被轻轻剁着的葱头

他认真地看着案板，有一次
将左手食指放到嘴边吮吸
但刀没有停

2012. 8. 13

秋　日

远行者像清晨，跨过我们
在过去的路上并肩躺下的身体，并以此刻
趋向落下梦的树冠。

我们是我们尚未醒来的地方，光
是更多光在追赶的姓氏。

最早诞生的星辰，用衰老的速度读着丰饶之词。

有一天，来自隐忍的云朵的土地测量员
会说出我们互不知晓的相像。

而此刻。每面镜子，每个来自露水的公主。

我们在此刻做着关于树冠的梦，而更多
不会醒来的我们仍在落下。屋顶上，那洗着树影的
蓝得发亮的风。

2012.9.7

希 望

> 她看上去就像是一堆烈焰的余烬，一块阴燃的煤，
> 你如果拨一拨它，它就会重新燃烧起来。
> ——约瑟夫·布罗茨基《娜杰日达·曼德尔施塔姆》

天赋的不朽，如天赋的诚实，不能使你
像历史一般长久沉睡于无人问津的旷野，或者
使你更长久地苏醒。它们更像是
树脂，金色的阴影，在橡木般倾覆的岁月中。

而我早已学习了黑暗，那迷人的质量。
我也学习了你的肺和喉管
学习在冻土中辨认你——像帆
在倔强的船桅上，在盐中，辨认低沉的海的速度。

荷马，茂盛的沙滩，致命的战争和你源自希腊的爱情
我站在其中如三千年后来此寻觅玩具的孩子；
而它们是词，是半融化的冰片

我碰一碰,它们就从命运线的航道之中流走。

我已听到脂肪和靴子的声音。我要告诉你:奥维德
这里仍然叫做沃罗涅什,伟大的帝国
在黑色的水里吐露它的威严,而你肿胀的木头
正在它的内部,变得更黑。变成煤。

2013.10.26—27
2014.8.5—7

王东东

1983年生于河南杞县。2010—2014年就读北京大学中文系现当代文学专业，文学博士。《1940年代的诗歌与民主》获2014年北京大学优秀博士学位论文奖，台湾第四届人文社科思源奖文学类首奖。曾获北京大学未名诗歌奖（2006）、美国DJS诗集奖（2012）、汉江·安康诗歌奖（2013年）。出版诗集《空椅子》（*Red Hen Press*，2013）、《云》（阳光出版社，2015》），专著《1940年代的诗歌与民主》（台湾政大出版社，2016）。现为河南师范大学副教授，并任河南大学华语诗歌研究中心执行主任。

诗

我感到不适……
胸前压着一块磐石
光洁无比，顶端
没入了云雾

胳膊刺痛，压痕累累
我用力翻了翻身
磐石，訇然倒塌
凑近了看，原来是
一段虚无的铭文

隐现在草丛里

诗产生自不安。诗是
我的疾病，犹如
从药草推测病人的
症状。我吓了你一跳吗？
在我的病历上写着——
曾同一朵云同寝
被其无故压伤
——我要为我松散的新诗辩护？
所谓自由，就是
与一朵云同寝，被其无故压伤

羞之颂

羞涩，最初只存在于神话里。
供人们翻阅。那时，人神杂居
个个都大胆无畏，注意不到
世界起源于隐秘的羞涩之脐。

人和神，一起陶醉于宴饮之乐
偶尔也下一个无法偿付的赌注。
可自从神的羞涩被人类偷去
如盗火，人类从此陷入寂寞。

再不能给对方一个玩笑或圈套
神甚至只有叫喊才能让人听到。
神偶，听任儿童玩弄于股掌之上
人的骄傲，本来植根于神的羞涩。

难道天神不也会感到羞涩
当他对一个凡人产生爱情?
为了克服羞涩,他才变成牛
变成天鹅,甚至,一阵金雨。

让头顶的星空向她俯首称臣,
因为人的羞涩至今仍余神威。
希腊的能工巧匠带着惊异和敬畏
给阿芙洛狄忒精雕细刻一个女阴

我如从梦中惊觉:在一幅画中
谁对我露出了一丝羞涩的微笑——
她正从森林、宫殿和大海向我走来
一个天神,却像世间女子那样可亲

一个赤裸的女人却近乎盛装
让我变成诗人、盲人和哑巴
由于炫目的光亮和爱的耳语
一瞬间却又想要逃离这宿命

如果不是导游拦阻了我。
当鸦雀无声的博物馆大厅
突然回响着孩子般的喧闹
我被淹没在众多游客当中。

你用羞涩来挑选男人
却终将遇到一个比你还要
羞涩的男人,挚爱中的男人
用他的羞涩击败了你的羞涩

我久久看着羞涩这两个字，
想要从中看到你，你的词
仿佛要从空气中看到你的呼吸
你的脸、头发、帽子和服饰。

仿佛它是爱的良知，是至善
一个被废黜的严厉的审查官
以灵魂的羞涩，以面纱
对着我们宣读一段经文：

他们二人的眼睛就明亮了
才知道自己是赤身露体
便拿无花果树的叶子
为自己编作裙子

天人怎会在我这凡人面前害羞？
如果承受得起，我将受到福佑。
但，看吧，当维纳斯轻触阿多尼斯的面颊
她羞涩的手指也正同时催促野兽复仇

由于你的羞涩，我才不会嫉妒
一只在你的庭园中觅食的麋鹿。
听任一条蛟龙在水边游荡，你的羞涩
也唤醒了我对一个羞涩的民族的记忆。

谒比干庙

> 仁人不可作,牧野尚遗祠。
>
> ——刑云路

当我们穿越雾霾在大地上疾驰
比干也正在马上狂奔,身体微汗
疲惫地摇晃,和我们朝向
同一个地点:新地,或心地

他想要变得轻松,轻松,轻松……
那神驹犹如闪电,他无比轻松
直到遇见一位老妇叫卖空心菜
才停下,轻松而疲惫,长舒一口气

他忘了一尝自己那心的滋味!
从容剜心后,他为何自己
不先咬上一口七窍玲珑,而是
将它掼在地上,像宰杀一个仇敌

后悔给妲己做了美味。但问题是
越残酷,就越美妙。"我的血喷向
未来:一种惨烈的时间已经开始
我的剜心,难道不胜过她的炮烙?"

皇帝们为何不绕开我,仿佛
要进行一种教育?就连孔子经过
也愤怒地用剑刻下"殷比干莫",
仿佛要用我喂养一个没有心的民族。

仿佛只要一片心,就可以让国家安定。
请,完成这心之辩证,但不要剖心!为何
竖立在黄昏,那些碑,律诗的大理石镜子
不管谁写下,一千年来都回响着杜甫?

2015—2016 给张恒元,兼示夏汉

复　仇①

薄暮中,十几匹马,站在台下了
我疑惑着自己,该不该出场,
忽然就看见一个蓝面鳞纹的鬼王
擦亮黑夜,闪电般占据世界中央。

人群噤声,出现一条沉重的道路
我从容跟上,看穿他狰狞的面相
缺少一颗恐怖的心!甚至他的左心室
还在嬉笑,匮乏一种游戏的端庄。

然而就这样他吸引了一群孩子
跟随他,跃上马狂奔,驾临坟场
乱石匍匐股骨头,杂草蔓生毛发尖
一时全消失。只磷火在闪烁、躲藏!

下马大叫,将钢叉信号般掷刺在坟上
他们不知道害怕,我却看着脚下
防止他们跌倒(我绝不会给孩子们使绊)

---

① 此诗改写自鲁迅的《女吊》。

又信仰一样收回，上马回到台下

那掷钢叉的情节就又预演了一回
钉在台板生根，那孩子一脸红窘
他们终于完成了什么，仿佛没了魂
坐在大人的板凳边，充当观众。

他们带来的鬼也夹杂在观众中
痴迷看戏，而并不害人。他出场，
引起一片紧张，将梁上飘下的白布
绕在身上乱舞，末了却只缠在脖子上

眼看他就要跳下高凳，铙钹声突停
于人们嗓子眼，仿佛一对蚂蚁在出征
他跳下，却一下挣脱了白布包裹的牺牲
他自己之死之圈套高悬之独眼之愣怔

一旦他忘情于表演，忘了板凳的高低
那白布在身上越缠越短，宛如他的生命
就有台下的鬼瞅准机会，秘密地上台
将白布系紧，打一个死结在生命的脖颈

这回吊死的是谁？是人还是鬼？
是那演员，还是他演的吊死鬼？
一霎时台上乱作一团，恍惚难以认清
一人冲出后台，那一鞭打了谁救了谁？

一面镜子高悬在后台，正好照见悬在
大梁的白布，也照鉴那演员，那人，那鬼

当镜中空空，不见一只孤鸾，只剩白布
表明了安全，鬼的求爱，终于被人击败。

他于是奔向台下，一条沉重的道路
和小孩子一样奔向河边，洗去粉墨
为此哪怕染上泥污；挤在人丛里看戏，
慢慢回家，仿佛擎在手里的曲院风荷。

我永远不会出现在后台火热的镜子里
那人拿着鞭子念念有词，穿着我的缁衣
干着我的活计：镜子的确会映出两个
但只要不映出我，就不会让我白白惊骇。

我的身影隔离着幽冥，如珠玉环绕
舞台。如此亲密，却不会被他们讹诈
那粉面朱唇的她，也只能妄想孩童
觊觎一根青葱的生殖器，犹如哪吒

红色的鬼很是可爱，如红色的细蜡
不用点燃已令人陶醉。你立在暗夜
两肩微耸，四顾，倾听，似惊，似喜，
似怒，慢慢唱道："奴家本是良家女……"

可为何你不能唱："哪怕你铜墙铁壁，
哪怕你皇亲国戚！"你本来是要做厉鬼
无奈换成还阳的红妆。我怜爱着红妆
将男吊赶跑了，忍心去让你讨替代

人们怕你来，年末的锅煤绝不会落成

愚昧的黑圈子。你的怨恨得不到原宥。
我怜爱着你，可是你如此迷信；既然不想
讨替代，为何你不到世间向人类复仇？

2016.1

南　京

我低估了她的温度，多出来的夹克
几乎要将我闷燃，像冬日的麦秸堆
遗落在北方的农村，我的童年
现在让我透一口气，啜饮长江

歇一下脚，像候鸟，从天空落下
仿佛我的北方回旋，像江中的石头
离开漩涡后，那石头将难以前行
犹如一个清冽的概念被反复出售

旅程被磨损，但仍顽固地模仿眼球
摄取两岸的风景，又在儒生的头脑里
恢复为山，在帝国的黄昏里竖起屏障
当他向上游回溯一首诗，陷入昏睡

那贡院幽深泛蓝，藏着无限河山泪
每个人只能分到一个逼仄的房间
像号子，蝇头小楷蕴含的良心或罪愆
命运并不吝啬，可为何缩小为小小的命运？

要跨越那障碍，何其难，又何其易！
夫子伫立秦淮河上喟叹，"不舍昼夜……"

夫子和香君比邻而居，让书生体会
一张纸等待书写的心情，尤其以血书写

我低估了她的湿润。那泥土仿佛
由胭脂做成，仍燃烧着宗教的香
叶赫那拉氏来到这里，也会变回少女
想念那被权力吸食的丰肌秀骨，青春……

只对老年，她才是危险的，没落贵妇人
现在她的健康犹如彩虹映现晴空的拱门
穿着棉拖来到地铁。又化身为调皮少女
在徐州车站下车时将闭眼瞌睡的我偷窥

在玄武湖，我始终注意着头顶的月亮
仿佛南京人都生活在月窗之中，虽然残缺
但无损于美，也无损于可原谅的功利心
当一个小市民嘟囔着，他的愤怒毫无用处

傍晚，散步成了潮流，汹涌的脚步
困扰着鱼，连吴刚也成了西绪弗斯
尼姑淹没于树叶，和情人的喁喁私语
但她的贞洁不是外表，而是内里，是信仰

让我从黑暗看到了前朝的天空，前朝的
前朝的天空，不是循环，而是重叠
我如此有幸来到了南京，你的故都，仿佛我
同时拥有了古代和现代，南方和北方，暂时和永恒。

2016

听　琴

琴声自高处的山林蜂拥而下
向我们的耳朵，久已遗失的琴弦。
你突然说，你看到弹琴人
正背对我们面对苍穹倾轧。

沐浴着日光的晕圈，
他也许在一个人祈祷吧；
又或在谛听天籁，仿佛有一只鹰
落入他的手指甲刮擦的山岩。

而我们只顾艰难攀登，不想
音乐的蜜蜂正在头上采蜜，
太过繁忙，甚至不发出一点声响。
有人怕蛰伤，生起了无边的归心。

你作为女性惊叫了一下，
然而也并没有踩到蛇。
听起来不过是为了试探天气
地衣和两个同伴中高个子的风度。

曲廊回环，我们不断穿行。
茂盛的高处一个道士沉思，
明知他能听见，我仍引用了鲁迅；
执著的姿势，带来了多年的懊悔。

那一刻天色转暗，争论激烈，
我们的步子慌乱如草。仿佛道士

隔空对我发出了诅咒,闪电般
指向我的未来,让我找回了信仰。

2015.3

白马寺

我们来到,已近黄昏。
围栏内游人稀少。
出来时,一张门票照耀黑暗。

我们站在广场边的水池旁,
用白马的眼睛
观看一只乌龟追逐一条金鱼,
伸出嘴,将金鱼扯拽到深水里
他一定是巧妙利用了重力
在淤泥中偷吃生灵,偶尔
冒出一束寂静的水泡。
趁夜色洒向水面。
(我们以为它们不会再出现,如果
出现,也只有一只更大的乌龟。)
然而,金鱼蹀躞着浮出了水面
喘息着,漂浮着明显的不对称,
紧接着是牢牢盯住它的乌龟。
如此反复再三,直到
我们看烦了走掉。
我们中有人惊叫:"金鱼的肺
不好!"它的呼吸有问题。也有可能
它全身是肺。它们就这样

在夏夜清凉的荷花旁艰难相继泅渡而过。

闭合的庙门前，广场上那白马的雕像低头
吃草。
默默咀嚼（白马的眼睛看见）
还需要再饮一些水才能出发。

2014. 12. 15

圆明园

那是在园中游人不多的时候，
蜘蛛也大胆地放下了一条丝线，
又秘密地隐藏在天堂的垂柳，
仿佛要对尘世作出一种挽救。

此时一定可以听到神秘的声音，
我不知道是什么。然而你却听到了
鱼的声音。有人过早地听到了蝉鸣，
有人一如既往，听到四季的鸟鸣。

你思想着可以在这里下起鱼钩
和你的一位朋友，并引起他的艳羡；
你幻想拿着鱼，而他拿着蚯蚓，
但是从水底却冒出一种烧焦的形象。

我一定后悔引来了你们，没想到
你们玩心如此之大，又贪得无厌。
当你们围拢福海像围拢冬天的火锅，
我只好在你们后面的初春踱步。

也许我还思想着你们少了一些葱蒜
和盐,因而想要到山坡上去寻找。
但在椅子旁,道路上迎面跑过来
一个脸部烧伤的人,五官如焦炭……

我看见。但如何向你们诉说
这并非我的虚构?但又不忍心
打扰你们,轻闲而又清静的样子,
哪怕你们钓上来一条美味的僵尸鱼。

2015. 12. 24

图书馆

一种声音,从野兽的头颈发出
弥漫了空间,吹入我的神经。
这是即将捕食的恐吓的声音?
还是出于交合,欢乐的声音?

今晚,它从书本的镇压中逃脱,
还是由无数作者的幽灵放出?
那些正在放牧的幽灵,放牧着的幽灵,
在灯光下,在这黑暗的野兽体内相遇。

它的身影无比轻松地跨越书架,
在角落憩息。灰尘加重它的鼻息。
它慢慢靠近我的脑后,无论怎样
都出于天意,白纸上看不见血色。

一条蠹鱼爬动,消失在书页。

也许——我是否敢说——是我
撑开了那片天地:野兽的上颌与下颌?
我惊惶抬头,上下四方,除了空气

无非是书,书架,书架,书。
我的一点爱,一点恨都影响重大。
怎能不慎重:一种偏好让书架散架,
那是重力也没有做到的倾颓……

2012. 11. 20

范 雪

1984年1月生于陕西汉中洋县,1993年转至海南生活读书,2002年考入北京大学中文系,2009年硕士毕业,2010—2014年在新加坡读博士,专业是中国现当代文学。现居南京,任教于东南大学。有诗集《择偶的黄昏》(《新诗》第19辑,2014)、《走马灯》(华东师范大学出版社,2017)。

爱的劳役

带着明亮的光的自由民
沉在心脏的深坑里。被
金碧自然狠狠剥削,
堂皇如同大河涌成暴瀑,
摊出的生生不息肥沃、喷射,
湿了所有的前胸和混乱的寝具。
为什么为普遍成年人推出的是这样一个的方案?

日夜断在日夜里,再被
软体时针接上,锋芒乱捣。
女人天然要在生养和
保养的话题里付真心吗?困。
外包给更长的自然的时光,

两年,十年,再过八年,
舍身赴老做成一个过来人。

奴隶拥有爱情吗?奴隶
顶多有点婚外情。压迫
才是好,追求一个等级之上
高贵的阳光的气味,屋抱
山泽,翠空下的性命大义,
摊开的尽是健康。念之
五情热,你学不会当主子。

人间风水为现代性一震,可
留了一块阵痛给自然性尽孝。
冬山分朱碧。锦鸡窜上山腰
公路旁的白岩几秒,仍然容易
找到大片野生猕猴桃。
春溪淌得缓,溪后田野落幕在薄雾里,
抬手一抹,得体舒缓的阴晦。

2016.12

感时(之一)

季冬披着阳光的鸟鸣里有一缕世外桃源,
感觉从来兀自跌宕,从来物喜己悲,
天将绵雨,雨从东来?从西来?从南来?从北来?
盲摸气候的边缘。
一个狭长的平原上会有这般融融冬日,
花应地气开在路绝时的园口,

花色如团,朱辉散射,洒遍金色的下午。
有人说这物事自在的细细纹路最动人,
你也观看到红褐萼,并生花,万蕊鹅粉,
是啊,温暖的肺不会骗人,
斯文缓慢往复环园的老人不会骗人,
疏淡的天际里有年轻宗教的气味。
可你又一次恐惧美好中的相物,
又一次想也不想欣赏那些好话。
气氛迷醉,
在度过瘴雨蛮烟后,
敢仔细地新知吗?
景物有几分人家,有若干男耕女织,
着染上过去将来绿色阔叶反映出明亮的一段平坦。

2017. 6

出差的旅人

推销酒的夜里,流水把旅馆送在街背后,
月色跟踪到大河北边的城市,
又陪着送进南方县和镇上的洗浴城。
乡下人有钱,
他们的新别墅、两辆轿车、成箱的酒、条烟
再度虚无了日光和辽亮的雪野,
在那之外,
欢场蓄含着两只污渍牡丹花,
联通起村庄与城的无作用力滑道。

2016. 5

北京的问好

正是隔别两年归国的闲散时光，
细微景观一下就把心抓住，
让我在空洞地撩拨头发时感觉到爱。
这是经不起推敲的感情，
平行于纽约东区街头观赏得体，
万国美味和美色，纵身愉悦，
与我又有何真实干系？
和四部手机趴上朝阳区的沙发，
我忽略绿荫映进地毯的舒服。
一种资产者的舒服，一个空中楼阁，
荡漾在土地被设计出的所有权，
开发权，使用权和产权上。
它们行走之处，是当代的神的所在。
但父叔辈表达了
现在不就是各家历史上最好的时候？
剩余和快捷在转瞬的每日
风云际会。
手机结合这愉快，
模样高贵，让人给跪下了。
这刻，我谈论着比特世界的意气风发，
寂寞柔肤总不断贴向冷漠机器，仿佛失禁。
统治丧失，我很焦躁。
像一个在广场分析自我的人那样，
我蓄意出门吸收所有风光和情意，
匮乏得怎么也不能于所在获得圆满，
昏沉地从城东晃到城中，

范 雪

重大和琐碎都漫出屏幕，
左右我们的状态。
我的咖啡需要动用一个团购的设计，
午餐需要它的唯一对手的相同设计，
把广告穿在身上的人淌汗送来冰激凌，
对面的人向我畅想，几种欲望
被网络一理，压榨得就再细些。
我认识到这次重逢需将一切 reloading，
reload 进手机的 app 也 reload 着弹药。
我的隐忧是我的成见。
我的成见让我浑身敌意。
我学到太多，立场太死。
操种和族的心，看市民的精神力比
90 年代经济特区的城中村里
性病治疗方案贴满水泥空间更糜狂。
这伟大城市将拥有最蓝的天，
以悉心照顾一些被损害的人晃动细弱四肢
享用另一些被损害者的精壮的伺候。
他们在挣体力。
一个无边的市场，
掐住来来往往把大脑袋探进去的脖颈，
这些脑袋被抽象成经济真理，
顺手兑换出朴素的方便的感觉。
而方便已光临过我了，比如开房，
它留下恶心的缺乏海誓山盟的后遗症，
秃秃羡慕球形人与天神干仗。
但其实，人们是高度统一的。
我想再用一杯咖啡，把自己补救一下，

却坍塌在星巴克的快递前。
无关的楼下。
无所谓的封闭的自由。
无欲无求的欲望：朝夕，遍地，民主。
通过线条比一般男性路人还性感的米4，
她叫来一辆计程车把我救走，
司机专注一路和软件对话盲抢订单，
她处理棘手的微信转账。
在北四环上，我看到这里仍有玫瑰色的盛夏，
爱的空洞，筋疲力尽。

2015.6

美国草坪

来这里五个月时，我发现
最多的风景其实是草坪
宽阔地，疲惫地延伸着
没有起伏的地理
看不见高高低低的过去和未来
人们走在二维的草坪上
太多风景，太少主体，谈不上享受

每隔几天会有人驾驶机器剃过草坪
这定期编辑景观的劳动
像它的轰鸣声一样，有着单调的工具感
给这草坪民族属性：工作是工作
为了那甜甜圈和白砂糖的家
剃过后剩的，是监狱的尺寸

门廊、视野、呼吸和动的范围

割下来的青草和蒲公英的头
腐烂在监狱里,连同松鼠和雀的尸体
汽车注意不到,路人也已习惯
他们无论冬夏都在草坪世界里奔跑
吃大把青草,追求劳损的健康
把溢满油脂粒疙疙瘩瘩的
白色身体,跑得涨红

优美的草坪会平淡处理
那些在我的经验里让人留神的死亡场景
一阵烈阳,一场风雨而已
动物和植物的尸体
与旁边教堂一同
被六月闪光温热的草坪整齐托起
等待那漫长的生命的腐朽,也是无聊

2015.5

赤　道

只有带着足够的历史感才能起兴
所以在罗马、在莫斯科、在纽约、在台北
人多感慨,灵魂也敏感,无数瞬间通体发颤
还是更在乎欺负了自己的人
文明确实有高下,我也想节省生命,心里只装高端知识
而此刻,眼前风吹过树冠,阴影向远处流淌

我在的位置,一棵花岗岩杵在深蓝色的海里,高百丈

巨大的凤凰木从岩缝里生长出来,火色红花照耀
靠在岩下浅滩边的人们,唯有扭曲颈椎才望得到它
神色慢慢变成恐惧,透过花的阳光使人站不稳
左边是百年风吃洞穴密布不会哭泣的石头
右边的深海,少年嚎叫着跃入,出水时船已经被吹远了

飞机爬离爪哇岛时,我觉得它在奔命
大片的树覆盖黑色皮肤的人群
直到现在,他们都更适合出现在自然探险的节目
与巫术合体,把日本人和白人带进蛇窝
太阳在我身边起来又落下,涂料旧了,人流汗喘气
植物太多了,又太大了,城市和人都被紧裹着

城里,大雨下了一昼夜,楼梯变成瀑布,空气里注水,灌满肺
小孩被冲倒,老鼠在积水里昂头求生
一个女人把着儿子拉屎撒尿
另一个女人淌着水惊恐要避开老鼠和小孩屎尿
黄灯摇晃,树枝满地,我推着车赶着路要离开
从身后赶来的手,捏了一把裙下屁股就逃了,人手很温暖

大自然过于恐怖,带着气血蒸腾的味道
巨型闪电裂在半边黑色天上,一只大蛛网
高楼的落地窗前目睹暴雨倾城
广告铁皮被吹翻,Gucci 砸坏路过的银车
五彩雷光把只穿红色内裤的裸身男模,映成死去的雕像
我看着城市灯光变暗,街道变得空旷,湿气从地底长大

成片的湿地,浑浊的河水从公寓楼下流过
上班的路穿过蜥蜴群,它们晒着太阳,看猴子飞过

范 雪

而苍蝇萦在腐臭大嘴和被高跟鞋衬得纤细而白的脚踝之间
我正在雨后树林间的小道上赶路,一切都在蒸发
热得不像样,头发勒住脖子,皮肤泄气
没有发动机,处处是神

吹多了海风人会中风,夹着无可奈何必然的腐朽
沿北纬 13 度的公路开车,水汽把景观蒸变形了
白色水牛好像天降之神,异种人伫立在混沌河水里
一动不动向遗迹祈祷,而遗迹已经被用肺生活的植物毁灭了
就像我看着的这个城市,温湿植物重组一切
人吐出每一口气给它们,带着最大的恐怖,看万物下凡

2012. 10

一个一般的晚上

一个一般的晚上
第五次修改完论文的章节设计
我拎包上了回家的车
停车的地方是一个排档中心
因为饿了也因为无事
我就点了一份炒粿条要打包回家

坐在红色的桌子边
旁边的马路也是五颜六色的
公共喇叭细细传出老歌的调子
有点像花好月圆
但也有些闽南语歌曲的风格
也许是惜别的海岸

在我附近的

有一对印度大汉，光头黑壮

脸上有些微笑，手边摆着八九只翠绿的啤酒瓶子

他们旁边是一对年轻男孩，黑瘦金毛

大概是廉价时髦的马来人

也是刚到，点了跟我一样的炒粿条

独自一人的一个老伯，华人，在我眼睛对面

他正把玻璃瓶中的啤酒倒进透明杯子

咕咚咕咚……一小半的金黄，几近香槟

另一大半是奶油一样的泡沫，厚厚的，稠稠的

他贪心，连喝好几口，酒就只剩了一层

盯着他，我忽然也好想喝一小口

粿条炒好了，中年老板热情帮我包好

小姐，两块半，

我递钱过去，他笑着谢谢

好心得让我觉得他一定叫阿炳之类

拎着食物，我也就离开了这片刻流连之所

但刹那竟有些脆弱：这就是美好生活么，这怎么会就是美好生活呢

2011. 11

李 琬

1991年11月生于武汉,北京大学中文系硕士研究生。从事散文、诗歌写作,兼事翻译和批评。作品见于《诗刊》《飞地》《上海文学》等刊物。著有诗集《瞬间和决定》(《翼》,2016)。获2015年第九届未名诗歌奖。

见 证

曾是在阿勒泰,在布尔津,金红色的盐在你身上
挖掘,寻找一种像发辫一样浓密、经得起歌唱的方言。
它们渐渐变得毫无价值,将你的肺部充满。

毫无预兆,血带有浆果的气味,
你像鸟儿那样伸开脖子,努力从空气里嗅出
神的诱饵:今天没有被说明,明天也没有。

你仍然试图理解冗长镜头中
袭击的一瞬:即使他们拿走了你的护照,
清空带有灰尘的、母语的瓶子,把雨水
分配给更干旱的遗忘。

当白亮气流像萨满那样拂过,你再次翻动

地层孤独、残缺的遗书，这些玻璃碴，
这些有黑色光芒的羊群构成了天空的熔岩
——事物的连接是粗糙、无法描述的。

只能感觉那种对于感觉的信任，你同样见过的
不会被熔岩穿透的词，草原的声带
攥紧，而且没有人会泄露：它确实出现过，它就像
刚刚，在河滩上，几个跨过黑暗的人私自通婚时
所感受到的那种清冷的快乐。

春　节

我发现已很久没有痴迷于
这些被延长的时刻了，当堂哥
端着茶杯，在院中观看闲逛的鹅，
仿佛宣布他已获得了理智、洗刷了耻辱，
又指向几块石碑，脑海中的五岳
为田野催眠，而修长的香蒲止不住地
摇晃虚幻的身体，当我们终于
被诱惑，触碰这些可修改的时间片段，
蒲棒立即裂开，白色绒毛跃起，
因风而克服自身，像细小的银河悄悄旋转，
分头寻找重力之源——
最深处是雄心壮志，坚固但难以辨认，
表层的理解则疏松、粗浅，
与他们所说的成熟完全不同。
像是在遥远的沿海城市，一整天
吃硬而冷的米，几个同伴以下坠的力

反抗一座大楼的建成。而现在
风又将幽魂吹回锈刀刃和辣椒籽中,
他感受着手掌和工具的清晰,
慢慢削荸荠的皮,把烛台移来移去。
这些不知从哪儿来的,萦绕着家宅的声响,
引领他割除蔓延无边的野草,由过去
每个年份的荒废留下来的。

雍和宫

现在,胜负已决,黑暗完整,
如蒙茸、潮湿的蕨,钻出
地铁仅剩的空洞,再次进入
定期服药的耳朵,风的笼子震动,
金刚鹦鹉欢叫,流泪,
逝去的烟雾跳上跳下,看守
大洋上漂流而来的绝美之城。
有时疯狂而静谧,像白蜡般的奇观,
有时也了解风的清醒与渴意,
在一天中逼仄的顶点,胡同召唤
它遥远的莫合烟兄弟——入场券
带来了明亮的异邦,乐手的年龄
必须耗尽,像杯中的西班牙小麦
封锁几片新晋的舌,扭动
它柔软、金黄的腰身——你惊呼,
这够不上万种的风情,不够好的
解决方案,低音的鲈鱼不会
闭目参禅,仍在与变凉的牛尾猜拳,

眼看内城的胃接近衰败，只能
扩大内需，加印防腐的荧光章，
替摇滚女青年的纤手按捺几种
无意识的怀疑。哦，脖颈的草莓
被数据的噪音捏碎，那动物
带血的足迹完成最后一种
无法处理的图案。你向我展示
健康与节制，为被俘的午夜
保留适度枯竭，当窗外的柿子树
自发摇曳，却收到四合院广告的提醒：
"你对于你的果实而言还不够成熟！"
都全无关系。即兴中的候选者
等待那漫长的信号灯变换，像催促
怎么也不会早点出发的双脊马
匍匐间超越众多埋葬的心。

"消极的能力"[①]

季节的末尾，它们再次
投入多于一生的游戏。
不必感到辛劳，
因为死亡在雪中，如雪的气息
难以分辨——
放射的草籽会浸没柔软长尾，

[①] 谈到如何正确地"听"一首诗，丹尼丝·莱维托夫曾呼吁，我们有时需要"削弱"过于精致的智性感官，以开启另一部分感知能力。她举了一首诗的例子，并说道："我们需要以更不敏锐的方式去听。消极的能力，对于读者和作者来说，同样必要。这首诗作用于潜意识；如果你愿意，会发现词语的声音带来微小的效果。"

纤细的坑道,滤下深厚光线。

机警的赤狐,并不会长久低着头
估测灰鼠们片刻的踪迹:尽管
在薄薄的冰层下面,细小移动
预言着芳香,猛扑,
如琴弓的火焰刮伤沉寂土地的母腹。

有时,错误的结果
更加迷人:灰鼠从缝隙中逃离,
像大部分记忆,连一个照面也没有。
但混合苔藓的冰絮
能进入血液最深的内部。

森林中繁多的事物多么擅长
互相引诱:野莓和野兔,破壳的幼鸟,
和猎手自身一样美丽,是风的侍祭,
永远消耗赤狐的欢愉。

但它皮毛之下的强大热度
会因疲倦而微微熄灭,
被另一种持续的观察取代——
不听,和听一样重要!
——当那静谧的双翅展开,
雪的碎舞也一齐中止,
仿佛为乌林鸮锐利的眼睛和耳朵
准确找到它唯一所需的。

探 戈

1

四月,他早起,晚报被蔬菜打湿
天桥下弥漫肉体的臭味。
他警惕地避开,但这气味
像影子跟踪他,直到正午。

2

他吃米粉,辣椒使他大汗淋漓
正如二十五年前,他十六,炎热空气里
他突然对着人群跳起霹雳舞
在即将消失的巨大广场的入口。

3

灿烂的春天:一座半透明的监狱
像塑料盒里的汤汁,反射出生活的棕色。
阳光穿过,阳光是男人们看不见的死者
女人们看不见的神。

4

太阳已从西面对准马路。
人群在弹道里接吻,假寐,各自看守梦境。
他走进他们,他是他记忆的中线,分割
过去与未来:两间急速移动的囚室。

在海边,克尔凯郭尔

"为什么他需要上帝?人并不是牲畜。"
"你也可以放弃这假设。没有绝对,就不能负责。"
"绝对和自我的相认就像月食,大部分时候不会发生。"
"是的,每一条路都是歧途。"

克尔凯郭尔的信使也是。
K 教授刚刚陷入第二次婚姻,
拒绝吸烟,坚持运动,
为火堆旁的我们分发滚烫的范畴。
在他四周,三位本地的诺恩女神不断发问;
物理男生扬起巴洛克的嘴角,
仿佛神学术语不值一提;
阿尔巴尼亚的苏格拉底有暴君和顽童的面孔,
将虚拟的忏悔推入喜剧的王国。

尽管骑行六个小时,故乡景色依然新鲜。
他重新拾起木块,将它们劈开,
把众人争辩的杂线抻成坚定的消失点。
但后景是模糊的。
穿过高大的公园、海堤、季末的中产阶级设施,
你是否不再感到惋惜?
是否将全体外部的奶酪卷进了口腔?
虽然克尔凯郭尔不喜欢人群,但我们仍然坐着
　　　　橘色火光多么空洞
　　　　让人想起深夜地铁或者酒吧
　　　　眯起眼睛　那麦香味的面包和乳房

历史书的背面无不是印象派

唯一所做的是嘲讽。
自我：无止境的环节，生锈的簧片。
K教授谈起自己，也曾是一个萨特，
后来却吃惊于其盲目。
"每一天我都问和你同样的问题。
我的儿子现在总是对我说谎。"
他开始在幽暗湿滑的石头中步行，
继续偏移他自身，并一再说明：
"结婚还是不结婚，
接受荣誉还是蔑视一切，
这不会有所改变。"

我们意志太多以致失去选择。
绝望：大陆架下面，国际性脂肪在美的硬通货中燃烧。
于是撬开更多酒瓶并咀嚼薄饼干，
听它们在各国脸颊间发出情色的脆响，
任何瞬间不会比一部文艺电影更乏味。
   现在它们混在了一起
   我感到尚未完成
   感到远人用烛火烘烤我变冷的四肢
   不知道这是不是另一个
   有关溺水和骨灰瓮的梦境
   重要的事情像被漠视过的婴孩
   我越是长久凝视它就越是轻盈
   而当我转过身去 它就再次沉重

也许来到这冰冷的国土是为了告别。

K，英俊而衰老，你额前灰色的鬈发。
一面现代的镜子，黑色，反光，停止了复制。
每个早晨，你为洁白的亚麻桌布留下新的折痕，
而布满阴云的海边风景离你的北美出生地更远。

浪　潮

那时站在海里，海浪要过来，
脚下的硬石如凹陷的双颊。
水加速震动，使我乐于把头埋进海水，
像数吨丝绒构成的巨鲸之腹，窒息被切分成
许多卑微个体隔开的小密室。

老朋友，总有一天，瞬间和决定
变得极为困难。
亲人问候的平安节，每天都是；
世界图像，在紧握的情人双手里冻僵。
还企求什么？你说你不再需要
充满负疚的生存，像珊瑚虫盲目的摇曳。
你一遍一遍诉说你的羞愧，那些被你反复伤害
却毫不察觉的人，特别是女人……

这么想没错，但你不该害怕这些水，
它们曾在梦中沉没每个贪恋幸福的小孩子！
你应该像我一样，原谅那让你害怕的
"没有掌握的、遮蔽的、迷乱的东西"。
它们建造了我们栖身的大陆架，颤抖，
像每次失眠时你手中的瓷杯托盘。

王彻之

本名王浩，1994年生，天津人。本科毕业于北京大学中文系文学专业，现在在美国芝加哥大学攻读当代文学和批评理论硕士学位。美国加州大学戴维斯分校访问学者。诗作发表于《诗刊》《星星诗刊》等杂志。

冷和热

像吐出去的橄榄，
唾沫中的彗星，血中的风，
他们称这种轻微的
冷叫做无济于事。
三点钟，世界仍旧围着葡萄旋转，
牙缝的星座一闪一闪。

在奔跑的房子里
听见爆炸从报纸传向音乐。
脸的聚变，让窗子迎风消失
如幕布拉起。这里——
谁在说话？谁在六月的天空疾驰？

隔着大海，我看见

谎言被密封入罐头，如天真之眼
使鸡恐惧，垂下他们的斯多葛面纱。
放火，飞翔，但得注视
这藤蔓，小小阴谋的舌头——
隔着铁皮：两端的黑色之吻！

这使他们的嘴唇结冰，
变得一致，如同塑料插花，
中空，竹笋般生长，变为地狱。
但沉闷的空气中，我将吃掉
你混着果浆的、孤单的、熔化的星星！

2016.6.6

柠檬的等待

柠檬的等待，使光变酸。
使星期天变红，
使飞船一毛不拔，太阳硬化，
使高空的雾变成石灰岩；
使我扩散，躲避室内蜂群的围攻，
我知道：它们将用花粉反射黑洞。

而在星辰上的人，
此刻正凝视黑墙上无限的白点；
厨房里的火花，
正是使法厄同栽下马车的那朵。
盲目的鲑鱼在沙子中乱游，
此刻，此刻我能做什么

才能从这蓝色地狱飞出!

没人对我说。在扩散的光晕四周
没有天使,没有数学,
没有休止,肖邦,幽灵从会客厅
没有粉刷完的星系中扩散;
它们欢快如骰子,古老的算筹游戏
在黏性的手掌中演来演去……

而这一切还不够!
当瞬间的光源在你的背上聚焦,
胖成球的蠢货,
仍然围着石制的圆桌喋喋不休。
它们的针让时钟越走越快,
如果,如果我能做什么,
我将让空气也纵声高歌!

2016.2.27

十一月之诗

在海顿沉默的十一月,空气是张开的帆。
穿过低音的太阳,冬日,天使之手的祖母绿
从大海的边缘将我们托起。

龙的木偶,我们艰难航行的聚合体,
沾满泥巴的陨石的闪光:
你的线操纵着季节,云雾和锄头。

没什么能解开柚子的秘密。

那双河流般透明的手,黑夜中森林的低语。
驶向它,但不触碰它分裂的灯塔,
不要像愚蠢者,苦苦等待潮水从树皮上升起。

当七月,那海上的金苹果像是子弹,
你的生命是蜂群的伤口,树枝空荡荡的黑管!
而我歌唱众鸟的喧嚣,和绿色的根的沉默——
因此我众多的灵魂集中如靶心。

哦,你——可怜我吧,但不要眷恋!
而要像河流怜悯它经过的地方。
一切永恒在那里盛放如花朵,
燃烧如诞生之日的种子。

密歇根湖

我坐在密歇根湖边,
如船上归来的帆,眺望着阿卡迪亚。
远远地,在银鸥看起来,
我:黑色,模糊,一个缺乏故事性的逗点,
突兀地,闪现在潮水起伏的诗句中。
而我看见悲伤上下翻飞。
它像你的布鲁斯,单调,汇入角马群之后,
尽管有人不再相信,我们
依然是来自大海的节奏大师,
如同狂风中的橡树,使我们头顶的
月亮古老而空虚地旋转。
然后,高更漫不经心地走过草地。

这一切像预先安排，在无限中
变硬，如荞麦面包，当他
在黎明时分爆炸，那些跳舞的褐色女人
等待着：我的蓝色吉他，秋水，
因岸而疲倦的帆，地图上的星星。

林荫道

终点的松树钩住大地，
不要前行！落叶正焚烧起飞的山峦。
你等的人将在冬日来到。
她身后，黑色暴雪考验海鸥的心。
我贴身于童年的烤架，
渴望越炙热，永恒离我越远。

我从空气中的金色划过

我从空气中的金色划过，
像玻璃上的水珠，倾斜地下落，
既不像流星，也不像彗星。
我从水中的绿色消失，
带着金色的空气，从帽子里挣脱，
却不像人们期许的
在鞋上走路，对着小喇叭说话。

台阶在忍受苍白！
它将飞过言辞激烈的四月，
如卵被电击——当不一般的愚蠢在天空开花，

五月在我的大腿生根,
并把毒汁涂在母狗的嘴上。

动物们看见致命的螺旋,
在我绿色的舌头里,碱性的爱
从分散中击碎上帝的酸;
而石块聚合,无声如大海,如彗星。
我的嘴巴变干,像白帆高耸,
从燕子的抗议中飞入
我自身的加法,用狮子的零对抗光的一,
我多么想有大海般不受损伤的心!
我多么渴望有限的明天,和锁孔的昨夜……

神圣的一刻将我倒数。
也许在人们看不见的睡眠里
如同杆菌的夜晚,我在我的胃里发酵
把两只菠萝当成一把钥
匙,
把数字交给火,和它玩笑般的电线。
我的声音在我的身后说:
看,那蛇的决定,风的速度——
那空气的水,水中狂暴的金子!

橙　子
—— 给 w

在橙子的光彩中,你的手曾伸向宇宙
那儿北斗星有时落在我们的餐桌上。

冰凉，像橙汁里的冰块，糖分早被吸干。
两个孩子在操场上追着足球飞跑。
有时你不吃鱼，空气从刺里面探出来，又进入树的
顶端，星期天，我们看着它冠盖发黑：
从铅笔般的人脸中隐匿入动词，一个人们争相
在死亡中写上一笔的"我是"，被无数个
陨石般大小的"并不"取代，被揉成一团，
撒在篮子里，像波塞冬心满意足的表情。
像是公园的猫，我们曾小心呵护，
用牛奶的手围绕它，那算不得什么的甜，
白色的苦，和让人轻轻呷舌的酸。
有时，她看到地上的花朵墓穴一般擂击，
在你的记忆中，弯腰的人们像雷管般燃烧，
但响声却小于闹钟的注视。每个早晨，
眼睛惺忪，有时我向你吐露风中的王国，
而窗外两只布谷鸟等待着。

2015. 12. 22

兵马俑

铜马刺的阳光。广场。
车队在防线之后匍匐。
越过山顶，我们看见那长方形大海：
人群争相与寂静合影——

而寂静是过时的配角儿。
它来自我的嘴唇，乌云的第一页，
镜子里的定时炸弹：

让女人们看到她们儿子的骷髅。

我听到她们在小铁盒里哭泣，
低沉，光亮如锡箔，愤怒如水银。
而男孩一去不返！他牵住母马的尾巴，
他在小马的碎片中飞驰，

在人造太阳的剑尖和剑柄间来回。
可怜的表演者，不要为轻佻的逗号悲切！
让白蚁们飞舞，围着扩音器打转；
带着孑然的句号，让玻璃鸟给暴风捎上口信。

但在雨的器皿中，
偏见与光荣会消失，木头会变软，
学说会像腐蛆般生长。
而我的爱人，我的母亲，她们是这一切寂静的起因。